U0854995

萧乾 著

一个中国记者看二战

生活·讀書·新知 三联书店

Copyright © 2015 by SDX Joint Publishing Company.
All Rights Reserved.
本作品版权由生活·读书·新知三联书店所有。
未经许可，不得翻印。

图书在版编目（CIP）数据

一个中国记者看二战／萧乾著．—2版．—北京：
生活·读书·新知三联书店，2015.8
ISBN 978－7－108－05432－6

Ⅰ．①一…　Ⅱ．①萧…　Ⅲ．①第二次世界大战－史料
Ⅳ．①K152

中国版本图书馆CIP数据核字（2015）第168927号

责任编辑　王海燕
装帧设计　康　健
责任印制　宋　家
出版发行　生活·讀書·新知 三联书店
（北京市东城区美术馆东街22号 100010）
网　　址　www.sdxjpc.com
经　　销　新华书店
印　　刷　北京隆昌伟业印刷有限公司
版　　次　1995年5月北京第1版
2015年8月北京第2版
2015年8月北京第2次印刷
开　　本　850毫米×1168毫米　1/32　印张11.25
字　　数　251千字
印　　数　10,001－18,000册
定　　价　32.00元
（印装查询：01064002715；邮购查询：01084010542）

目录

现场报道 / 59

回顾与反思

一　一个中国记者在二次欧战中的足迹

一九三九年八月，正当日军入侵湘北，深圳失守，花县告急之际，在欧洲，希特勒这个恶魔鲸吞下了捷克之后，又扑向波兰。间歇了二十五年之后，二次欧战已处于一触即发之势。看来又一场大规模流血已是无可避免的了。这时，许多旅客挤在九龙法国邮船公司门前要求退票，我却买到一张经马赛—巴黎去伦敦的通票。上船之后才发现偌大一条豪华邮轮，头等舱空空荡荡，三等舱也只有我们几个东方人：除我之外还有些新加坡和印度的旅客。唯一高鼻梁蓝眼珠的原来是个上海白俄舞女的私生子。他听说法国在招募雇佣军，想投奔去混个国籍。

果然，开船第二天，就从播音器里听到英法相继对纳粹德国宣战的消息。于是，船上马上宣布晚间甲板上连烟也不许点，每天早晨都得做邮轮万一遭敌鱼雷击中时逃难的演习。马赛、巴黎，到处灯火都在管制，整个西欧是一片漆黑。

英国这个岛国要靠船队穿过“卐”字鱼雷阵来供养它的居民，此时移民局奉令拒收非英籍旅客登岸是可以理解的。怎奈我持有伦敦大学东方学院的聘书，又有香港《大公报》特派员的记者证。官员不甘心地在我的护照上批了“准许停留两个月”，而我这一“留”却住了整整七年。

坐在开往伦敦的火车车厢里，摸着黑同邻座的女乘客攀谈起来。原来是嫁给英国人的一个希腊妇女，她这是刚从娘家归来。她一再问我：这仗得打到哪年啊？我告诉她我刚从中国来，我家里已经打了两年仗。如今仍在激战着。侵略者要奴役，我们不让，所以就只好打。

三九年冬天我经历的真是一场“莫名其妙的战争”。除了灯火管制和食物配给使人意识到是在战时之外，整个西欧没一点点硝烟味儿。圣诞节我从剑桥去伦敦观光，街上一片漆黑，游艺厅内可还是载歌载舞。

四〇年一开春，掌握着主动权的纳粹精锐部队就开始了他们蓄谋已久的闪电战，不多日就横扫半壁欧洲。五月下旬，盟军丢盔弃甲，狼狈撤到敦刻尔克海岸。浩浩荡荡的英法联军竟打得剩不到四十万人。直到六月上旬才陆续乘二百四十三艘大小船只逃回英伦三岛。我当时所在的剑桥正好临近东海岸。一天大早，市中心广场和人行道上净是满身污泥的败兵残将。我跟剑桥市民一道，也提了热水瓶前往慰问，一边往他们举着的缸子里倒水，一边向勇士们表示敬意。

伦敦大学是为了逃避战祸才疏散到剑桥的。可不料就在伦敦大轰炸的一个月前，大学当局竟决定迁回京城了。这么一来，那场号称“不列颠之战”的大轰炸我也赶上了。那确实是二战的一大关键。正如后来在斯大林格勒和莫斯科的血战一样，倘若伦敦——当时反纳粹战事唯一的堡垒，没能顶住，这场反法西斯战争也就没戏了。然而那座包括大陆难民在内住了上千万人的都市，经历了一个又一个地狱般的夜晚，成百上千的“卐”字轰炸机轮番不知丢下多少吨炸药。那阵子我如果不是夜夜睡在地铁站台上，也早已粉身碎骨了——我在汉普斯特德的住所两次中弹，还曾挨过一颗烧夷弹，可我算命硬。每天早晨我都踩着瓦砾去东伦敦踏访，然后向重庆的《大公报》的读者报告英国公民在战时的良好纪律及饱满的士气。他们在没有了屋顶的家里还向我伸出象征着胜利信念的大拇指。我在英国的那些年头是英国在物质上最匮乏的日子（一个月吃不上几片肉），然而精神（士气）上，那也是他们最伟大的时刻。

苦难中的英国人民对中国人民的抗战仍是关切的。那时我经常应援华会之邀，赴全英各地宣讲中国人民英勇抗敌，他们显然从中也受到鼓舞。但是一九四〇年七月，丘吉尔为了保全英帝国在远东的属地而绥靖日本，悍然不顾道义封锁了我们用血肉筑成的滇缅路，切断抗战中仅剩的对外孔道，等于掐断了我们的喉咙。英国人民为了表达义愤，纷纷上街游行示威。

四二年到四四年我去剑桥读书的那两年，战事转向苏联和中东、北非。中部工业城（如伯明翰）虽然不时也仍遭敌机轰炸，但纳粹主力已转到东方去了。那阵子我成天披着黑袍，坐在我那间十四世纪的书斋里，钻研起世纪初的西方意识流小说。

诺曼底登陆前夕，《大公报》的胡政之先生一天踱进我在王家学院的书房，向我挑战了。他说：第一次欧战给我赶上了，这回该轮到你了。你肯不肯——敢不敢脱下你这身道袍，换上军装，放弃那个回国后一点用也没有的学位，代表报社到欧洲战场上去驰骋？

我接受了他的挑战，并且马上去英国新闻部办了由兼职的驻英特派员改为正式的战地记者的专职。我把黑道袍往箱笼里一塞，就搬到伦敦，在报社林立的舰队街开了办事处，物色了几位当地的助手：有管电报的，还有管招徕广告的。当时英国厂商绝没料到大战之后中国还要接着打内战，都在抢战后的中国市场，所以广告户络绎不绝，以至我这家《大公报》伦敦办事处不但能挣出开销，自给自足，后来还给报社买了彩印机和汽车。

联军新闻部派我随正在由法国东部准备攻入莱茵的美军第七军（军长派赤）行动。在巴黎，我还和也是一身戎装的老师斯诺欢聚了半日，然后就动身去追赶前进中的部队了。那时，再没有比“联军记者证”更灵的东西了。一路不但交通免费，沿途凭证食住也全没问题。这当儿，纳粹军队已成丧家之犬，一路不见败军的踪影。我追到南锡，那里的兵站告诉我第七军刚开过。再往东的铁路就炸断了，要我沿公路去搭乘军用卡车。反正地面上的纳粹部队早成了强弩之末，夹着尾巴后撤，到处是炸毁的坦克残骸，有的还在冒着烟儿。法国东北部一片晴空，万里无云，也不见“卐”字敌机。一列卡车从后面开来。我侧过身去挑了挑大拇指，卡车见我身穿军服，肩上是“中国记者”的肩章，就立刻停了下来。车上载的全是一箱箱炸桥用的黄色炸药，开车的都是黑哥儿们。我就坐在TNT木箱上一路赶到凯撒劳吞，总算找到了第七军的记者团。我们驻扎在德国铅笔大王法布尔（FABER）的宅邸。主人自然早已逃得不见踪影。拉开抽屉，连假牙他都没顾得戴，可见临走时多么狼狈慌张。

现在真难设想我年轻时的精力。进驻之后马上用电报同刚刚在舰队街开办的《大公报》办事处联系上，然后就发出第一通“本报记者来自前线电讯”。照我预先安排的，伦敦收到我的电文后，马上就转发重庆。这封电报很长，我是分两截打的。不幸我在伦敦的助手只顾抢时间，竟把前后两截电报次序颠倒了。后来知道，尽管文不接气，《大公报》居然有记者从德国前线发回电报了，就还是照登并引起了轰动。

我原以为到了前线，我凭“战地记者”身份就能在工事里东钻西钻，也沾上点现代战争的征尘呢。其实，联军记者团离前方还有一段距离。只听得一声声炮响，却不见炮身。莱茵美酒却喝个够——只是原主人失陪了。在那里，行动并不自由。新闻发布官除了每天几次报告前方军情，其他时候他就陪我们喝酒聊天，也许还变相监视我们的活动。自然，像美联社、路透社那样的大通讯社，必然各有特殊的渠道线索，我这来自东方黄脸皮的单干户与其说是采访，不如说是来体验一下战场的气氛罢了。不但白刃肉搏的场面不会见到，就连战壕也无法涉足。

四五年二月，正当第七军准备展开莱茵大桥争夺战然后向柏林挺进之际，伦敦办事处忽然来电，说重庆《大公报》要我火速赶回伦敦。我感到愕然，但只好告别前方，绕道比利时奔回伦敦。原来重庆报馆要我驰往美国去采访旧金山联合国成立大会，而且《大公报》社长胡霖也将参加以宋子文为团长的中国代表团。当时已有《大公报》常驻美国记者杨刚，调我去估计是为了陪陪胡老板。

首先自然是先赶办护照。在美国驻伦敦的领事馆里，我那是生平头一回打手印：不是仅仅按按大拇指，而是在整个手掌上都涂满油色，留下全巴掌的印记。当时非美籍的记者（如流亡伦敦的法国及波兰记者）也都照办。记者团共二十余人，其中包括英共的《工人日报》和法共的《人道报》。通知要我们先赴伦敦一个专通往海口的秘密车站。火车天明抵达苏格兰西岸港口哥拉斯戈。平时横渡大西洋航程只需六七天，可我们足足走了十一天，那是个庞大的护航舰队——听说共五十八艘。前头有指挥全局的旗舰，两侧有军舰护卫。当时德陆空军虽已打得精疲力竭，海军却仍很猖獗，鱼雷艇四下出没。所以上船后白天要演习逃生，晚上只准和衣而眠。另外还有个不少同行难以忍受的禁令：不许喝酒。唯一的一次例外是四月十二日那晚，适逢同行的一位记者过四十整寿。于是，就由舰上做东，并且让我们“敞开喝”。战时由于死亡常在身边打转，何况又漂在大西洋中心，随时可能喂鲨鱼。大家就边喝边醉醺醺地唱起酒徒歌曲。尽管都是男性，还有人挽腰翩翩起舞。

真正是乐极生悲！而且并非遇上了鱼雷艇。大家正在兴头上，舰长垂头丧气地踱进舱来，击了一掌，然后用低哑的声音宣布：“先生们，刚才听到广播播出一个不幸的消息：罗斯福总统去世了。”大家听了也都黯然散开。酒会就这么结束了。

我们是在加拿大东岸哈利法克斯港登的陆，而且自开战以来，第一次吃到真正的牛排，印象中似乎有砖头那么厚实，而且细嫩滋润。在多伦多，我去参观了一位加拿大神父建立的中国乐器博物馆，至今仍记得挂在壁上的那把马头琴，说明书上写着鼓面是分别用男女人皮制作的。

那是我生平第一回踏上新大陆，心下充满了好奇。在芝加哥科学博物馆，我曾钻进一只潜水艇；在丹佛，瞻仰了多妻教摩门圣堂。两天后，抵达目的地旧金山，并且见到老板胡霖。

除了轴心国家之外，世界一百多个国家都派出记者并且集中住在斯奎利伯旅馆，中、苏及英国代表团则住在马可·哈帕金斯旅馆。中国代表团的副团长是外长（原武汉大学校长）王士杰，团员除属无党派的胡霖外，还有中共的董必武和民社党的张君劢。我每日在下榻的旅馆里用早餐，然后就去陪胡老板。中午和晚上我们总是去华人街的杏花楼吃中餐。董必武每餐都同我们一道吃。当时陪董老的还有来自延安的章汉夫和陈家康。席间时而谈重庆，时而交换对美国的观感。董老总是满面春风，可是一件事却确实把他惹火了。

我在燕京读新闻学时，课本上总是讲美国记者在报道时开宗明义第一章就是新闻要真实，不容许虚构捏造。而当时竟有两家美国报纸编造了《董必武访问记》，其中之一还借这位中共领导人之口，大肆攻击苏联。真是令人愤慨！

大会开幕前几天，不断有当地华侨开车陪我们去游旧金山：海滨风光，脱衣舞，同性恋者的剧院，所有他们心目中的“精华”都观赏到了。有一天他们开了两个小时的车请我们去一家名菜馆吃龙虾。当我们正在用心掰皮剥壳之际，餐馆的美国老板跑过来，把一坛贴了红纸的绍兴酒捧到我们桌边。然后双掌合十深打一躬说：原来是中国代表团成员光临小馆，请容许我略表敬意。

就在这时，我从事记者生涯以来头一遭抢到一条独家新闻。当苏联代表团团长莫洛托夫向宋子文敬酒时，他说了一句“欢迎中国代表团到苏联来商谈签订‘中苏友好条约’”。老记者胡霖正在旁边。他急忙传给了我，我立即往重庆发了个“特急电”。

四月二十五日下午三时，联合国成立大会在旧金山歌剧院隆重开幕了。请允许我抄录那天下午五点二十分我往重庆《大公报》发的电文：

> 下午二时，突然落雨。一些政治悲观论者认为是不祥之兆。但会议开幕前，阳光又普照大地。旧金山行政中心显得整洁爽快。会议定四点半开始，三时左右歌剧院中已挤满了人。来自世界各地的一千八百余名记者先入了席，摄影记者们忙着抢有利角度。楼梯口站着担任维持秩序的是着敞领海军服的红十字女郎。在这庄严的歌剧院的台上，是天蓝色的背景，杏黄色的台柱，展示着四十七国的国旗。在深灰色的幕帏下是一张浅黄色的桌子。后边放着四把椅子。铜乐队开始奏乐，曲调轻松愉快。当代表们步入会场之际，记者席也活跃起来。每当灯光一闪，就表示一名要人出场：哈利法克斯、莫洛托夫、宋子文……电影拍摄机声音更加刺耳。四时三十分，音乐戛然而止，身穿军服的美国男女青年迈着稳健自信的步伐步入会场。国务卿斯退丁纽斯偕加州长和旧金山市长步上讲坛，歌剧院中一阵如雷掌声。斯退丁纽斯举起桌上的木槌连敲了三下，全世界集体安全组织的成立大会就这样开始了。

联合国成立大会在旧金山就这样拉开了序幕。

然而会议进入正式议程时，我每日从早到晚坐在记者席上不是旁听大会就是小组讨论。不妙了，一个钟头一个钟头地听下去，听到的却不外一个“争”字。美国恨不得把泛美几十个伙伴全拉进来填满投票机器，而苏联争来争去也只为乌克兰和白俄罗斯争到两个席位。幸好最后拿出拥有否决权的常任理事会办法，不然联合国就真成了美国的御用工具。每逢看到代表争得面红耳赤，拍起桌子时，我就想起萧伯纳在他那《日内瓦》一剧最后写的一句话：人类作为政治动物是无可救药的。

反正人手多，力量雄厚的大通讯社（包括自家的中央社）都要发消息和通讯，我就在征得胡老板的同意之后，利用这段时间索性在全美打了个转儿。

第一站是洛杉矶，而且直奔我向往已久的好莱坞。陪我参观的是一位颇有名气的导演，午餐他邀来一位我不熟悉的女明星（名叫玖恩·费沃尔）共酌。邻桌倒有一位我一望就认得出的倍蒂·戴维思。从那里我又跑到南方重镇休斯敦，然后又转到东南的新奥尔良，看到十八世纪白人拍卖黑奴的场所。再经罗斯福的“新政”杰作田纳西大坝，最后来到华盛顿和纽约。体验完美国这支万花筒之后，才赴马里兰搭水上飞机赶回英国：航程二十四小时！

到英国，正赶上英国大选，目睹了在民主制度下，曾经力挽狂澜救了英国的丘吉尔首相的败北。英国人民认为他会打仗，但未必能治战后的英国。工党艾德礼真是个出人意料而又合乎逻辑的选择。

报道完大选，我就又搭机经法兰克福来到战败后的柏林。我踏着威廉街上的瓦砾，来到曾经显赫一时的元首府。希魔的尸首已同情妇伊娃的一道烧成灰了。悬在他那间办公厅里的枝形吊灯上的几十只灯泡早已被念物猎取者揪得一个也不剩了。另一种热门念物是柜里的十字勋章。当年凡杀良民有功者，就颁赏一枚佩戴在军服上去炫耀。

当我踏访住在柏林各角落的中国留学生时，为我开吉普的那个机灵的GI一路当心着还散在街头巷尾的定时炸弹。单干的新闻记者只能在夹缝中找题材。当时我估计欧战打完，国内在柏林有亲人者最关心的莫如他们的安危。所以访查后，我就给重庆报馆发了一个满是人名的电讯，最后只写了句“以上各位都见到了，安好无恙”。后来才知这个电报在重庆刊出后，不少读者给报馆去函电表示赞赏或感谢。我也继独家新闻之后，又一次受到报馆的褒奖。

说到波茨坦会议，我倒也去采访了。巨头们密谈于无忧宫的深处，记者们虽在宫墙之内，可都被关在内宫之外。每天的新闻发布照例是些鸡毛蒜皮的花絮，真格的只能等公报的发表，而那时，举世也就都知晓了。

看看在这里采访油水不大，我又见异思迁了，决定飞往纽伦堡，那里正在把大小战犯集中起来，准备举行公开审判。（看官也许怪我这人急躁，没耐性，老这么东奔西跑。可那时国内在西欧驰骋的只我这么一个记者。我不能陷在一处，不能泡，只能这么东游西荡，尽可能捞到点大通讯社不会去理睬而国内读者会有兴趣的见闻。）

战犯自然也有级别。以戈林为首的甲级战犯共二十四名。我到纽伦堡时，那些纳粹大头目都在秘密审讯中，公开审讯至少得在半年之后。纽伦堡这座古城也被炸成一片瓦砾了。这座审战犯的“司法宫”可能是市里唯一比较完整的建筑。大楼共四层，中间是审判厅，犯人都关在两旁侧院。这里有秘密警察头子，有集中营的管理人员和用犯人做试验的“科学家”，自然更有纳粹这个罪恶集团的要犯。在那几步一个岗哨的通道里，是“案卷组”“资料研究室”“审判组”等办公室的牌子。我旁听了几次集中营虐待犹太人的小号战犯的审讯，也从木板缝隙里瞥了一眼大块头的戈林。这位显赫一时、杀人不眨眼的元帅正蹲在草地角上，愁眉苦脸地嘬着一支雪茄。他是在确知逃不掉绞刑之后才服毒自杀的。

坐火车东行，来到纳粹老巢慕尼黑。南欧这座美丽名城也几被炸成废墟。从博物馆的碎砖堆里还可以瞥见希腊石雕的残部。我自然也去了当年纳粹分子聚会的啤酒馆，那可以说是歹徒的发祥地。然后驱车去访问了臭名昭著的达豪集中营。毒气室墙壁上看到死者最后一刻在墙上抓挠挣扎的血痕，焚尸炉也狰狞可怕，害得我当晚怔忡难眠。

在慕尼黑招待所的餐厅走廊里，我碰上一名有辆吉普的美军中士。他正在休假，想开车去巴黎一游。于是，我就当了他的黄鱼。我们跨过多瑙河，沿着阿尔卑斯山岭西行，十八天里采访了美国及法国占领区（考察了一下临时军政府，看到两区一富一贫的悬殊），然后穿过意大利北部沿着瑞士边上，经战事痕迹较少的法国东部，来到正在从战争噩梦中苏醒的巴黎。

那是一九四五年的暮秋。枯叶在这首都路边飞卷着，面黄肌瘦的市民挎着篮子，仆仆风尘地在争购着稀少的食品。

二 一个中国记者对二次欧战的观感

我的世界近代史知识一般，对二次欧战尤未作过研究。只是生活的机遇使我有幸在一九三九至一九四五年间，曾身临西方那场大屠杀。我不但经历了一九四〇年冬及一九四四年初夏两次伦敦大轰炸，又曾为了宣传中国抗战而遍走战时英国内地，后来又有两年跑过德国前线、旧金山联合国成立大会以及纽伦堡的战犯审判，访问了德国战败后盟军在占领区设的军政府，最后为了对照，还去了趟瑞士。这些，均见我在一九四七年所出版的《人生采访》（一九九四年河北教育出版社再版）及最近写的《一个中国记者在二次欧战中的足迹》。

这里，我想仅就那六年所见所闻，说说一个普通的中国人对二战的一些个人感受，既不代表什么团体，文章也不曾送审。文责完全自负。

1 工人也有祖国

整个三十年代（如无特殊说明，本书所指年代均为二十世纪——编者注），共产党站在反法西斯前哨，一直领导着全世界进步人士。当时不少著名资产阶级作家如纪德和福斯特，奥登和依什伍德都曾“左”过，有的还参加了西班牙内战，一九三六年福斯特甚至在巴黎作家大会上宣称：“倘若我还年轻，我一定参加共产党。”当时共产主义最得人心。然而一九三九年九月，当那场反法西斯战争真的打响时，已经同希特勒签了协定的苏联不但坚守中立，而且以莫斯科为中心的共产国际还立即把那场战争斥为资产阶级战争，英国共产党员自然也只能遵守党的纪律，站在反战立场，拒绝服兵役。当时英共机关报伦敦《每日工人报》自然更得“站稳立场”，长篇大论地攻击那场希特勒强加到英国人民头上的战争。当时我目睹一些英共青年一方面不得不遵循党的路线行事，拒服兵役，与宗教上的反战者（如贵格会友）为伍，一方面私下里却深深感到内疚甚至耻辱——有些后来因而就退了党。然而一九四一年六月，当苏德战争爆发后，一夜之间那场战争就骤然变为“反法西斯战争”了。一场战争的性质可以这么随着一个大国的利益而翻手为云，覆手为雨地改变，太令人费解了。说是工人（共产党员）无祖国，实际上是不能有生你养你的祖国，莫斯科才是“祖国”，这太不合乎情理了。当时的英共党员就如在自己家园着火时他的手脚却被捆住，不但不能和同胞们一道去救火，却还得违心地拍手嚷：“活该！”天底下宁有比这更违反自然，更令当事人痛苦的事！我当时也困惑不解，而且对共产国际也产生了疑问。爱国主义同国际主义竟然如此尖锐地对立起来。自那以后，人们开始意识到位于莫斯科的“共产国际”远不是人类走向乌托邦的向导，它也许只不过是苏联外交部的一个附属单位。它的指示是以苏联政策为依归的。

2 国际无信义

私人之间的承诺，或出于道义，或有碍于法律，往往还能兑现。世上最不值钱的，莫如国与国之间的保证了。二次欧战是从纳粹德国侵波开始的。其实，远在一九三四年德波之间就签过什么互不侵犯或互助友好的条约。一九三五年苏法之间也签过类似的协定。一九三九年英法两国更是接二连三地对小国作出保证。四月里是对希腊和罗马尼亚，五月对土耳其打过保票。国与国之间签订的条约真正立竿见影地“生了效”的，倒是同年八月二十三日苏联与纳粹德国签订的那个条约，因为一周之后，希特勒就在没有后顾之忧的保障下入侵波兰，挑起了为时六载的二次欧战。

政治家与政客之别，在于算盘打的大小。纳粹在国内靠耍流氓（如国会纵火案）白手起家。在国际上，钻的正是这个打小算盘的空子。可以说，二次大战就是在这种鼠目寸光利己主义的小算盘帮助下所造成的恶果。希魔充分掌握并尽情利用了西欧的恐苏心理。所以英国才纵容纳粹扩军，而法国则坐视歹徒们重返莱茵。他们默许墨索里尼侵占埃塞俄比亚，坐视长枪党头目佛朗哥推翻西班牙合法政权。西欧政客们勾心斗角，总想以夷治夷。其结果是把希特勒喂得胃口越来越大。一九三七年让他吞并了奥地利，紧接着一九三八年又占领了捷克。从一九三一年日本侵华东北起，整个三十年代，国际上充满了黑交易。对于纳粹这股祸水，政客们考虑的只是让它东流还是西流。希特勒看穿了这一切。他是靠英法恐苏心理起家的，从而随心所欲地钻了空子。

开战以来，就是在盟国之间，讲的也只是利害，谈不上什么道义。一九四一年夏，纳粹挥军向苏联扑去。此时此刻倘若英美联合攻德，让它腹背受敌，战争时间岂不可以大大缩短？这是常识，不需懂军事学也能想出。然而一九四三年春天正当苏联红军浴血奋战保卫斯大林格勒之际，英国却在攻打突尼斯，保卫着位于北非的英帝国及东方通道。倘若那时苏军在库尔斯克，在顿河罗斯托夫或在基辅失利，而没从列宁格勒和诺夫哥罗德转入反攻，一九四四年六月西边的盟军还会在诺曼底登陆吗？第二战场开辟，主要考虑的不是与苏军配合，不是雪中送炭，而是唯恐苏军抢先打到柏林，从而成为战后整个欧洲的盟主。英美之间要说够得上姑表亲了吧，然而倘若没有一九四一年十二月的珍珠港事变，山姆大叔也必依然会继续隔岸观火。一九四五年八月八日——距VJ日仅一周，苏联才对日宣战，同样也不是为了支援盟友，而是着眼于战后对远东事务的发言权。

作为一名中国记者，最难忘的是丘吉尔为了保全英帝国在亚洲的领地——到头来也并没保住——在一九四〇年夏天为了绥靖日本，竟悍然下令封锁了我们的滇缅路。那在当时是中国抗战时的唯一通向外在世界的孔道，我们的喉咙。

个人之间讲求道义、仗义和信义，国与国之间在平时从本国长远利益出发偶尔也肯拔根汗毛。然而在关键时刻讲的是绝对利己主义，连背后向盟友捅一刀的事也完全干得出。

国家要立足于世界，只能自强不息，绝不可信赖旁人的保证。

3 我终于醒悟了

对于纽伦堡审理纳粹战犯的某些程序，我和另一位也在那里采访的苏联同行当时有点儿想不通。那些双手真正沾满善良人鲜血的家伙们，罪恶滔天。光集中营里的犹太人，他们就通过毒气室、焚烧炉、细菌注射等种种残酷手段，屠杀过五百二十五万人。至于他们发动的那场战争所造成的死亡人数，更不知有几千万。那帮罪行累累、十恶不赦的纳粹头目就是把他们碎尸万段，也不为过。

然而纽伦堡战犯审判的主持者好像在表演耐性，一点也不急于为那些恶魔定罪，把他们送上绞刑架。听说纳粹德国投降时，除了已自我消灭的希魔，共抓了二十万名大小头目。花了足足半年时间经过初审，逐步缩小惩办范围，所以挨到一九四五年十一月才正式开庭审判，次年八月才结束。九月三十日及十月一日两天，分两批宣判并执行，统共竟花了二百十八天！

他们当然不是有意拖延，而是由于过程的“繁琐”。纽伦堡法院那层大楼两边关着各级战犯，中间除法庭外还分组办公，其中最忙的（自然也是人手最多的）是档案组。他们对所有汇集来的材料都一丝不苟地查对核实。开庭前给有关被告充分时间去陈述——往往是狡辩或抵赖。然后，就再去调研。在法庭上被告时而自我吹嘘甚至还丑表功。法官这时并不拍案制止发言，而是马上传来有关证人。所以经常一个纳粹头目在受审，法庭外候审室里总坐着几个等着被传讯的证人，准备用真凭实据来驳斥种种抵赖和狡辩。法官不是靠木槌而是靠如山的铁证，来驳倒被告的狡辩。

我当时所感到困惑不解的，是法庭不但准许犯人作充分的自我辩解，而且还为他们每人各聘有律师出庭辩护。事先，法庭为每一被告开列几名律师，其中还有德国人，并附有每人的履历，任凭被告挑选。因此，在法庭上除了准许战犯本人狡辩外，他们各自的律师也想尽理由为他们开脱，设法减刑。那时我在想，既然明知这些家伙做尽伤天害理之事，就是上一百次绞刑架也不为过。何以还准许他们当庭大放厥词，甚至还为他们请来律师辩护？最起码这也是时间的浪费！

到了一九五七年夏天，我才明白让被告也替自己说说再定罪的必要。及至六十年代中期，我更体会到让被告当众替自己申诉不仅仅是对他本人的公道，也是对后人，对历史负责。

据我所知，凡在纽伦堡被判刑的，至今没有一个需要改正或平反的，也没听说过关于当时量刑不当的烦言。

审判不是泄愤或报复的同义语。这里最需要的是唯物主义的实事求是精神。

能改正或平反，至少还说明理智也仍有占上风的一天，可那时本人兴许早已不在世了。另外，个别人“平反”或“改正”容易理解，倘若人数竟达几十万乃至上百万，那样判决就是另一码事了。

4 不许背后叛卖

二次大战期间，为了协调关系以便共同作战，曾举行过几次巨头会议。最早的应是一九四一年八月间丘吉尔与罗斯福在大西洋的百慕大举行的会议，会上把当年一月罗斯福在美国国会上提出的“四大自由”（保障言论及信仰自由，免除贫穷和恐惧）变成了《大西洋宪章》。“四大自由”无可厚非，但那次会议已显露出大国要主宰战后世界的端倪。战后半个世纪以来证明，大国的那些主观理想并未能实现：想保障的并不都有着落，想免除的也依然大量存在。这证明大国为世界画蓝图是妄想。

但是百慕大会议的宣言中，有一段是站得住的。他们宣称“绝不在未得有关国家的同意下，作任何领土（当然也包括主权）的改变”。

然而，一九四五年二月八日至十一日，美、苏、英三巨头在波茨坦举行的会议上，竟然在没有中国参加（也即是背着中国）的情况下，就在中国领土主权方面做了一次肮脏的交易。

这里，我想原原本本引用美国国务院所发表的《雅尔塔会议文件集》中的一段：

> 在雅尔塔会议前二个月，即一九四四年十二月十四日，哈里曼奉命向斯大林探询苏联对日作战的条件。据哈里曼说，斯大林当时提出：千岛群岛和萨哈林岛（库页岛）南部应归还俄国。他解释说：日本人现在控制着符拉迪沃斯托克的入口。我们认为俄国人有权保卫通往这一重要海港的交通线。斯大林（指着地图）在包括旅顺港和大连在内的辽东半岛南部画了个圈说，俄国人希望再次租借这些港口及其周围地区。哈里曼向斯大林指出，德黑兰会议设想的是一个国际自由港，而不是由俄国人租借这个地区。斯大林说，“这可以讨论”。斯大林进一步说，他希望租借中东铁路和连接大连的南满铁路。他特别重申，苏联无意干涉中国对南满的主权。(《战后世界历史长编》第一编第一分册，一九四五年五月至一九四五年十二月，第六十三至六十四页，上海人民出版社一九七五年版。)

荒谬啊！强行租借人家的北方主要港口，租借人家东北的大动脉，还说“无意干涉”人家的“主权”！

更令人气愤的是，首先提出这件事的并不是斯大林。当斯大林问罗斯福和丘吉尔“在远东能为苏联做些什么”——也即是问苏联如果参加打日本，美英肯出什么价钱时，丘吉尔主动提出：“像苏联这么大陆地，理应有不冻港。”于是，罗斯福就提出“把大连辟为自由港”，并且无耻地说，他认为“中国人会喜欢在国际保障下的一个自由港”。斯大林表示“这将是不坏的”。（见《德黑兰·雅尔塔·波茨坦会议纪录摘编》，第五十七至六十七页。）

而且，所有这些无理要求，五十年代就都被写入“中苏友好互助同盟条约”上了。当时我所在的那个“旧知识分子成堆”的单位里，想不通的大有人在。那些在“思想会”上本着“向党交心”而吐露出来的，就立刻被扣上了“反苏反共”的帽子而打入另册。那时，我还能咬紧牙关，保持缄默——可惜到五七年还是走了火。事实上，那个“中苏友好互助条约”不但把雅尔塔会议上的黑交易全部兑了现，而且苏联还进而要染指我们的新疆！

我能理解当时毛泽东主席为什么在莫斯科滞留一个月之久。他是爱中国的，因而可以设想在签订那个条约时，他内心该有多么痛苦。

“原来这就是无产阶级的国际主义啊！”

当五十年代末期中国大举“反修”时（那时我正在柏各庄国营农场监督劳动），我就从渤海滩上遥遥向北京伸起大拇指，悄悄地说了声：“真伟大，真有骨气！”

我认为联合国宪章里今后应明确规定：永远不许背着有关国家（也即是在有关国家不在场的情况下），对那个国家做出任何涉及主权领土的决定。历史证明，那种不义的决定最终也是会被推翻的。

今天，雅尔塔的阴影在中国已经消失了，然而世界上还有弱国小国在。这种在背后宰割的做法不中止，世界就永无宁日。

5 一个埋藏了半个世纪的疑问

在纪念二次欧战胜利五十周年之际，难免会有人悄悄地问：那场为时六载、使几千万生灵遭到屠杀的战争非打不可吗？存不存在避免的可能？

这也是我多年来怀有的一个疑窦。

丘吉尔在他的二战回忆录里，也称二战为“非必要的战争”。他甚至说：“从来没有一次战争比这次战争更容易制止的了。”（见他的《二次大战回忆录》第一卷“风云紧急”）他认为那次战争既不必要而后来又变得非打不可，原因是“英语世界的不明智，麻痹大意和好心肠听任恶人重整武装”。这么说仿佛英国并无私心。其实，英国纵容纳粹绝非出于“麻痹大意”，更不是出于“好心肠”，而是出于恐苏甚于恐纳粹，更根本的当然还是为了保住大英帝国的江山。

我并不是个反战者。三十年代欧洲既然出现了纳粹那帮歹徒，就应通过局部战争把它消灭。而当时如果有决心，仅就英法的海陆空兵力就完全足以制服那一小撮歹徒，何况还有更强大的美苏！问题是打大算盘还是小算盘的问题。纳粹那帮恶棍是在英法恐苏反苏心理的驱使下喂壮了的。是他们接连解除了战败德国在军备上的限制，坐视希特勒并奥又侵捷，胃口越喂越大，以致进而想吞并波兰。一九三九年九月，英法才被逼得只好对德宣战。我抵英后，初次经历了那场“莫名其妙的战争”——也即是毫无硝烟的假战争。当时，英国颇有些亲德派还在酝酿同希魔议和，理由是打下去对大英帝国不利。亏得有丘吉尔这位时势造就的英雄出来掌舵。他有胆有识，关键时刻咬住了牙。

在纵容希特勒这一点上，我认为英法应负主要责任，但苏联也不能完全辞其咎。当苏联问英法倘若同希特勒打起来，英法可以派出多大兵力时，法国说一百个师，而英国的答复则是“两个师——以后可以再派两个师”，充分显示出缺乏决心和诚意。一九三九年六月，当看到苏联要从反纳粹阵线退出时，英国赶快往莫斯科派了一名特使，而派去的却只是一位名叫斯特朗的外交部官员。

事实上，早在一九三九年二月苏德两仇家就在秘密接触了。五月三日斯大林撤换了犹太裔的外交部长李维诺夫而换上莫洛托夫时，就已放弃了同英法的联合。八月十九日斯大林通知政治局，纳粹外长里宾特洛甫次日要来莫斯科访问。二十三日，《苏德互不侵犯条约》就签了，也就为二次大战开了绿灯。

二战的主要责任应写在英法账上，然而苏联——或者说，斯大林——有没有责任？且不说二次大战是在《苏德条约》签署一周后开始的。我的疑问在于：苏联这个信奉马列主义、以解放全人类为鹄的的无产阶级政权，当时是以无产阶级的广阔胸怀，从全局出发，从人民的长远利益出发，打着大算盘呢？还是同张伯伦和达拉第之流的资产阶级政客一样尔虞我诈，勾心斗角，打着小算盘？

正当希特勒在侵占奥、捷、波领土时，苏联也向立陶宛下了通牒，并要求罗马尼亚割让比萨拉比亚和布科维纳省北部。当时在领土野心上，莫斯科简直不甘人后。尤其令人齿冷的是：一九四〇年六月十八日当法兰西陷入纳粹之手，欧洲文明之灯熄灭时，苏联外长莫洛托夫竟然向德国武装力量的伟大成就表示最热烈的祝贺（见丘吉尔《二次大战回忆录》第二卷上部第一分册，中译本一百九十四页）。

6 结束语

关于战争，我十分赞成“一反对，二不怕”的论点，说得干脆利落，而且符合历史规律。

除了像希特勒或东条那样的战争狂人，正常的善良的人们对战争必然本能地反对。首先就因为战争必然会屠杀生灵，破坏建设，而且规模之大，根本无法逆料。要花多么大力气才能把一个团团养育成人！可是一颗子弹就万事俱休。一座建筑物也得一砖一瓦地砌，可一枚炮弹就能把它毁于一旦，化为废墟。战争是生命和建设的大敌。那时我曾无数次在铁路站台上看到夫妻或母子诀别，抱头痛哭。不论是在上海闸北，还是在东伦敦，我都看过大轰炸后的惨象。战争意味着骨肉亲属生离死别，意味着一切美好的事物的终止。我再也不愿过背着防毒面具逃难的日子了。灯火管制，食物配给，更可怕是在死亡的阴影下苟延残喘。我不但希望自己不再过那种生活——反正我也八十五岁了，我更不希望我的儿孙，我的同胞再陷入那水深火热的境地。战争意味着愚昧、野蛮、歹毒和破坏。一个正常人，一个善良人，不可能拥护战争。那永远是强加于他的。三十年代，日本关东军占了东北又染指华北，他们非要把整个神州大地都吞下不可。于是，我们才抗了战。同样，希特勒在一九三八至一九三九年间，胃口也大得没有止境，战争才爆发。然而战争这匹野马一旦脱了缰，可就收不住脚了。

不怕，因为我相信人类社会只会前进，任何拖历史后腿的企图都必惨败。

一次世界大战之前，德国在非洲甚至在我国青岛都曾有过领地。战败后，领地全光了。希特勒显然很不甘心，所以他在《我的奋斗》一书中，就一再提“生存空间”。

然而，打了六年仗，屠杀了几千万生灵，把多少建筑物变成废墟，不但希特勒没捞到什么，英、法、比等国的殖民地人民战后也都站了起来。非洲、中东、东南亚以至拉美人民都相继挣脱了殖民枷锁，从非洲的矿工到马来西亚的橡胶工人，都成为自己的主人了。

这当然不是战争发动者的原意。只是世界并未因那场战争而倒退。它大大前进了。这才是历史的规律。

三

《慕尼黑协定》——二战的前奏

慕尼黑又名明兴，是南德巴伐利亚省的一座具有悠久历史的文化名城。它建于十一世纪，历代德国帝王在这里建下了巍峨的教堂和议会大厦，博物馆里珍藏着文化瑰宝。它位于多瑙河西岸，与阿尔卑斯山麓和音乐故乡奥地利遥遥相望。三十年代初，混世魔王希特勒就在这里的一家啤酒馆结帮搭伙，从那以后这座名城就遭到了这帮纳粹歹徒的践踏，而一九三八年九月三十日英法两个大国为了自保“平安”，竟出卖了小国捷克的主权，同希特勒签订了臭名昭著的《慕尼黑协定》，以为这样就会填饱纳粹那帮家伙贪婪无止境的肚皮。但是转年大战还是爆发了。战火很快就蔓延整个西欧，谁也没能幸免。

那为时六年的一场大流血本来是完全可以避免的。三十年代中期面对希特勒一步步地扩张军备，只见西欧以及苏联勾心斗角，力求自保，从未认真联合起来扑灭这邪恶政权。希特勒则绝不打草惊蛇，只各个击破。三八年六月他吞并奥地利的时候，东边的波兰和南边的捷克绝没料到下一步就该轮到他们了。

当时的英国首相张伯伦从慕尼黑回到伦敦时，还站在唐宁街十号门口欣喜若狂地对群众说："这是我们时代的和平"，并且还无耻地加了一句："体面的和平！"当时人人皆知希特勒是个战争狂人，张伯伦竟然在内阁会议上说："尽管我从他脸上看出他是一个残酷无情的人，但是我得到的印象却是：这个人在做出保证之后，还是个可以信赖的人。"

那时，丘吉尔在给张伯伦的信中说："希特勒让你在战争与耻辱之间选择，你选择了耻辱，而你将来还得进行战争。"

果然，希特勒通过《慕尼黑协定》要的不只是捷克的苏德台区。不到六个月，他就把整个捷克吞并了，接着就扑向波兰。随后，二次大战爆发了。

《慕尼黑协定》第一个教训是一个国家（自然是小国弱国才会这样）永远不可成为旁的国家的赌注，不能仰其鼻息而存在。因为随时都可能被其出卖。为此，国际法也应规定，没有有关国家的参与，一切针对这个国家的协定均属无效。

在慕尼黑，希特勒曾信誓旦旦地向张伯伦保证，那是他"最后的领土要求"。然而墨渍未干他就张开了那张海口又吞噬起来。强盗的胃口总是越喂越大。它必然得寸进尺。纳粹德国如此，"九一八"后的日本，何尝不是一样。

四　力挽狂澜的丘吉尔

一九四〇年五月十日，正当纳粹继占领北欧的挪、丹，入侵荷、比，又在色当突破英法联合战线，英远征军在西欧被纳粹精锐部队打得落花流水，联军三面受敌，丢盔弃甲向敦刻尔克海滩溃败之际，曾对希魔抱有和平幻想的张伯伦在危急中只好滚出唐宁街十号，以伸大拇指来表示决心的丘吉尔遂入主中枢，当上了英国首相。

当时，英国真正是处于兵临城下的险境——“城”只是那道狭窄的英吉利海峡。希特勒早已订下以狂轰猛炸为序幕的侵英“海狮计划”。当时英国举国上下对于纳粹会大举入侵，并不抱幻想。全国公路的标牌都撤掉了，全国做好了手搏伞兵的准备。民防兵志愿报名的一下子就上百万人，其中有十七岁的小伙子，也有扛着自家猎枪的七旬老人。

八月十三日，纳粹对伦敦的大轰炸开始了，光那一晚，“卐”字机就出动了一四八五架次。那时我还没找到逃地铁那个窍门，可我租的那间十九世纪盖的小楼里的斗室是呆不住了，就躲到住在钢骨水泥大厦地窨子中的一位朋友（他在中国银行工作）家里。那地狱般的一夜，这座人口上千万的都会简直被炸得地动山摇。炸弹之外还有烧夷弹，真以为伦敦会被夷为平地。天明后，我踩着废墟去踏访，一辆辆救护车正运载着死伤者，可活下来的还向我挑起大拇指，表示绝不气馁。那一夜，英国吐火式战斗机也狠狠地教训了闯入者。记得九月十五日那晚，就击落敌机一百八十架。一九四〇年那个冬天，真是一场噩梦。八万六千名伦敦市民死的死，伤的伤。每晚来袭的敌机都超过千架次。八月二十日竟达七千九百架次。

当时英国是在孤军应战，而且投降派在蠢蠢欲动。除了亲德的法西斯联盟的叫嚣之外，英共党魁哈利·波利特和他的《工人日报》也在指斥“这是一场与工人阶级无关的资本家的战争”。名演员约翰·吉尔葛德和首席女伶茜伯尔·梭恩戴克以至文坛耆宿萧伯纳也都嚷着快快罢手，退出这场战斗吧。更严重的是内阁重要成员如军火部长比沃布鲁克和外相哈利法克斯也都主张议和。哈利法克斯甚至提出让意大利出面调停。他们最响亮的理由是：这么打下去，太阳永不落的大英帝国就非完蛋不可。

面对这一切，中流砥柱的丘吉尔坚定不移。我清楚地记得他就任后不久的一次对全英听众的广播。他的声音略微颤抖，但十分坚定。他说：“我只有我的血，我的辛苦，我的汗水和眼泪可以贡献出来。我们要再一次证明我们能保卫自己的国家……如果必要的话，完全靠我们自己的力量。”

大西洋对岸的罗斯福保证了要为民主阵线当“兵工厂”，然而，倘若没有珍珠港事变，尽管英美有血缘关系，孤立主义势力强大的美国也未必会参加进来。曾经附逆的法国最后一任总理拉伐尔战后在法庭上为自己卖国劣行辩护时甚至说："一九四〇年六月，凡是神经正常的人除了承认德国的胜利还能有什么旁的可想呢？"

丘吉尔用他的果敢坚毅，证明他同拉伐尔是完全不同的人。一次他同英国中东司令威沃尔谈起战争，威沃尔认为战争的结局取决于火力及军备。丘吉尔大不以为然。他认为胜败首先取决于意志与决心。一九四〇年夏天的英伦三岛同占据了半壁欧洲的纳粹已根本没有相比的可能。在那千钧一发之际，正是他那钢铁般的意志起了决定性的作用。

一九四一年六月二十二日当纳粹调军东奔，攻打苏联时，丘吉尔的睿智受到了一次严重考验。丘吉尔一生都是反苏的。他曾参加白军，是反对"十月革命"的急先锋。战后，他又在美国米苏里州福尔顿作了那个臭名昭著的"铁幕"演说。然而当纳粹进攻苏联时，他马上成为莫斯科的盟友。他在战后出版的回忆录里写道：

> 我一向反对苏联，二十年代还打过初生的苏联。然而当希特勒向苏联进攻的时候，就立刻决定联苏反德。我只有一个意向：消灭希特勒。如果希特勒跑到地狱去，我也马上同魔鬼交好。何况希特勒屠杀的是苏联老百姓，而不是共产国际或苏联的制度。

这里，弦外之音是：他还是把苏联比作了魔鬼。

在回忆录里，他也说："当天我就向全英广播说：'在过去这二十年里，没有一个人像我这样始终一贯地反对共产主义。我并不想收回我说过的话。但这些与展现在我们眼前的一切相比，就黯然失色了。我们将给予俄国及其人民所能给予的一切。’”

苏德战争爆发后，斯大林当然希望英国早日开辟第二战场，而英国正像美国那样，起先只肯充当苏联的“兵工厂”。

那阵子我正住在伦敦西北郊汉普斯特德的一幢共四层的楼房里。搬进时，房东只租给我地下室，上边四层都空着。不几天，忽然搬进一批苏联人。他们都是军火工厂里的专家，被派到英国来指导监督武器生产的。平常，他们分赴英国内地工业区去工作，周末回来团聚。

以前，我只在上海当过白俄的房客。那是平生头一遭见到苏联人，而且同住在一幢楼里。印象中他们虽然语言不大通，却很快就摸到了伦敦的黑市，能买到我们一年的布票也买不到的衣料。他们唱起歌喝起酒来没完没了。当时英国男人大多应征入伍，没过多久，他们每个人的胳膊上就都挎上一位英国姑娘了。当时电话就装在一楼。我时常听到他们用斯拉夫热情打电话，又叫“乖乖”，又朝电话筒咂咂地吻着。

他们为苏联监制的军火，经由波涛汹涌、遍是鱼雷的北海运往苏联的港口摩尔曼斯克，一路还要经受空中“卐”字机群的轰炸。

当时丘吉尔抗敌的资格最老。美国参战后，他就折冲于美苏之间。丘吉尔本来就有反苏的底子，事事当然唯罗斯福马首是瞻。罗斯福则十分敏感于英美之间这种先天的特殊关系，生怕冷落了斯大林。另一方面，罗斯福却始终不把法国的戴高乐放在眼里。丘吉尔总在疏通他们之间的关系。戴高乐这硬汉子则谁的账也不买。他坚信在未来的欧洲，法兰西总是举足轻重的。

在丘吉尔身上，我们既看到了英雄造时势，也看到了时势造英雄的辩证关系。丘吉尔在那千钧一发之际顶住了侵略者，当然是他一生最光荣的时刻。然而倘若英国人民泄了气，也无济于事。四〇年夏天，英国人民表现了坚忍不拔的精神和良好的公民纪律。当敌机临空时，他们有条不紊地进入掩体。当烧夷弹在伦敦上空像雨点般落下时，连七八十岁的老人也都参加救火行动。

丘吉尔还称得起是文武全才。早在一八九五年他就当过兵，打过几次小仗。布尔战争期间，他曾是《晨邮报》的随军记者——在南非曾被俘过，以后逃了出来。他于世纪之初被选入议会。当过商业、海军、财政及军火部长。他在英国文学史上固然无一席之地，可一九五三年他竟以两部战史获得了诺贝尔文学奖。他不但在议会里是位雄辩家，还善于通过广播（二次大战期间，为了空防，电视停放了）向英国老百姓拉家常。他每周一次的炉边恳谈对于鼓舞英国民众的士气确实起了难以估计的作用。

然而，这位首相对中国人民却干过一件不义之举。一九四〇年七月为了绥靖日本，他曾下令封锁当时抗战中国唯一的出口：滇缅路，那就相当于帮着敌人扼住我们的咽喉。当时全英人民都上街抗议，游行示威。十月，滇缅路终于重开了。

那一事件更使我认识到：国与国之间只讲利害，人民之间才谈得上道义。

一九四五年丘吉尔在大选中惨败。当时英国选民好像有点“过河拆桥”，其实并不足奇。能打仗的未必能治国。当时英国工党拿出“贝沃利治计划”，从摇篮到坟墓的社会保险，英国人民投了工党的票。大选后这位战时首相只好乖乖地从唐宁街卷了铺盖。

丘吉尔为自己订下的行动准则是：战争时坚决刚毅；失败时顽强不屈；胜利时宽容敦厚；和平时友好亲善。然而大选之后，转年他到美国米苏里州富尔顿城作了那个把世界一分为二的“铁幕”演讲，可就说不上是友好亲善了。

无论如何，一九四〇年春，他临危不惧，硬顶住了“海狮”风暴一举，仍不失为西欧人民战胜希魔的关键。

五 顶天立地戴高乐

二次大战期间，法国有一条硬汉子。当纳粹占了他的家园而他的上司——总理和统帅挂了白旗附了逆时，他却孑然一身以他一腔对祖国的忠诚，拒绝战败的事实，而只身流亡已成孤岛的英伦，四下搜罗散兵游勇，重整旗鼓，继续奋战，直到凯旋巴黎。在流亡期间，他既不时受到本国人的攻击，更由于本钱少，实力悬殊，不断遭到盟国的冷落歧视。然而他坚守民族立场，寸步不让。他没有大国的实力，但丝毫也不损大国的尊严。性格上，他耿直不阿，倜傥不羁。他最常说的是一个“不”字。他就是自由法兰西的创始人戴高乐。

战争爆发时，这位身材颀长，面目冷峻的上校是法国军界的一名小卒。当时掌握军权的是上次大战以凡尔登战役闻名于世的贝当元帅——旧上海法租界曾有一条以他命名的马路。战局紧张时，年已八十有四的他，还出任副总理。

一次大战后，法国花了九年工夫（一九二九至一九三八年），动用了不知多少亿法郎，沿着法德边界筑起了名噪一时的马其诺防线，并驻进十七个师团，满以为有了这座钢铁长城，就固若金汤，可以高枕无忧了。殊不知四〇年纳粹大举进攻时，很快就突破防线，六月初大势已去。

三九年纳粹以闪电战术入侵波兰时，正驻守在阿尔萨斯的第五〇七坦克团上校团长戴高乐就曾上书法国参谋部。他预见到要打大仗，提出不要迷信传统的坦克战术，并针对纳粹的闪电战作了若干建议，但无人置理。转年战火扑来时，他又向当时的统帅甘默林呼吁。作为答复，上级只把第四装甲师交他指挥，军事布置上并未采纳他的建议。

当时法国还有坦克三千，机枪八万挺。如果使用得当，还可坚持一阵。怎奈法军兵力分散，纳粹则集中使用。六月十日意大利又趁火打劫，对法宣战。这时总理魏刚一筹莫展，竟宣布巴黎为不设防城市，并邀丘吉尔紧急商谈。其实，只不过是在投降前夕取得英方谅解。

这时，戴高乐挺身而出，主张要与纳粹血战到底。丘吉尔在他身上看到一位不同凡响的法国人，就像当年人们称许拿破仑那样称他为“应运而生的人”。戴高乐只身逃到伦敦，通过广播向世界宣布：法国将与不列颠一道抗德到底。法国的火焰永不熄灭，因为自由法兰西诞生了。

与此同时，丘吉尔也冲破英国内部猖獗一时的“和谈”烟雾，坚定不移地宣布将打下去。他说：“如果英国和英联邦继续存在一千年，人们也将称这是最光荣的时刻。”

自由法兰西开头真是可怜，然而干大事业的人向来不在乎因陋就简。戴高乐的办公室是在伦敦市区租的三个公寓房间，为了搜集散兵游勇，英国又把一个体育场借给他。当时法军除了从敦刻尔克逃回的十二万官兵，就只有英国港口法舰上的万把水手和几千伤员。那时只要肯打仗，连海上的青年渔夫都招募了来。

然而，对于沦陷区的法国人民，戴高乐却代表了法兰西的光荣与希望。人们都在说着法国没有亡，因为还有戴高乐。一九四〇年十一月，巴黎在纪念第一次欧战停战日游行时，队伍前边挑起两根鱼竿，因为法语deux gaules音近“戴高乐”。

正像抗战时期的中国一样，法国沦陷区当时也出现了一个伪政权。由于它位于法国中部的维希省，所以通称维希法国。也正像中国的大汉奸汪精卫清末曾经是怀揣炸弹想暗杀载沣的志士一样，法国这个伪政权的头目也是一次大战时法国的英雄贝当。晚节难保，两人都附了逆，成为民族罪人。

贝当在一九一七年任过法军总司令。他曾残酷地镇压过摩洛哥的起义。当纳粹在三十年代大举扩军的时候，他正任法国国防委员。他竭力鼓吹法国采取守势。四〇年夏天纳粹既要侵英，又在准备攻苏，就乐得由这个老傀儡帮他们维持后方。战后还有人替他辩护，说他当时是出于悲天悯人，为了减少对法国的破坏。他被判死刑，后改为终身监禁。这个老法奸一九五一年才辞世，活到九十五岁！

维希政权内部十分复杂。像三十年代两度任过法国总理的拉伐尔那样死心塌地当纳粹走狗的，毕竟占少数。正是这个家伙还抓了大批法国壮丁交给纳粹去当劳工。一九四五年他罪有应得地以叛国罪被判死刑，执行枪决。另外，维希有些人对纳粹还进行抵制，也有的既反纳粹也反英，持观望态度。

这个法奸伪政权成立之后，不但立即投入敌人怀抱，六月三十日还恬不知耻地要爱国志士戴高乐去图卢兹的圣米歇尔监狱自首，后来索性缺席判他死刑。这个维希法奸政权在远东还干了一件助纣为虐的事，对我们的抗日战争极为不利。他们把印度支那（即越南）三个机场和港口拱手交给了日本侵略者，从而使日军在四〇年冬得以穿过越南，威胁我国的大西南。

难怪西方不少侦探小说常以维希及北非为背景。那里情况复杂，充满了惊险场面。维希内部既有监视他们的纳粹间谍，又有自由法兰西派去的反间谍组织。真是出生入死，英勇事迹迭出。使情况变得更为复杂的是在丘吉尔默许下，英国一度与亲维希的海军司令达朗关系暧昧。幸而此人于四二年圣诞节遇刺身死，而英国内部（包括工党领袖艾德礼及外相艾登）当时也一直不赞成丘吉尔此举。

这里就涉及丘吉尔与戴高乐之间的合作问题。这位法国将军本钱很少，但绝不甘拜下风。丘吉尔既佩服他对法兰西的赤胆忠心，然而实际合作起来，却又感到十分棘手。另外，丘吉尔手下的人（如中东司令威沃尔）也常不把这位几乎是光杆司令放在眼里。

更重要的是法国战败后，海外的流亡组织不只戴高乐领导的自由法兰西一家，而留在法国本土的地下抗敌组织更是各立门户。一般熟知的就有“民族阵线”“特别行动执行小组”“解放”“狙击兵”等，颇有点像“文革”中五花八门的战斗队。这些多是地下的法共和社会党组成的。他们勇敢地为反纳粹及反维希而出生入死，干着惊天动地的事业。以伦敦为基地的自由法兰西得想方设法去联系并团结这些散兵游勇，形成一股统一的力量。同时，除了对付共同的敌人纳粹，自由法兰西还着眼于战后势力划分。他们也在中东和北非参加大型战斗，有时成功，有时也吃败仗。

为了战友间的信任与团结，丘吉尔从一开始就向戴高乐郑重保证：英国决不乘法国之危，谋取利益——也即是保证战后不侵占法国的殖民地。他们二人都以为战后会“物归原主”，没料到殖民地的解体和各地人民本身对独立的要求。自由法兰西在叙利亚和黎巴嫩的战斗，与其说是在反纳粹，不如说是在争夺战后的势力范围。

在拥护戴高乐者的心目中，他是十五世纪法国抗英女杰贞德再世；然而当丘吉尔感到同他难以打交道时，常把他比作英国十九世纪诗人雪莱的夫人玛丽所写的那部同名神秘小说中的怪物弗兰肯施泰因。雪茄不离口的丘吉尔威望正高，有时也难免盛气凌人。而戴高乐虽在矮檐下，但决不肯低头。两人的关系很僵，诺曼底登陆后，戴高乐准备回归故土，艾登为他饯行时，丘吉尔竟然没有出席。

苏德战争爆发时，戴高乐正在大马士革指挥中东的战斗。他立即电告在伦敦的自由法兰西总部，表示对莫斯科的支持。他针对苏联过去与纳粹那段关系说：“不管过去我对苏联有过什么看法，蹂躏法国、占领巴黎的总不是苏联人。既然他们与德国打仗，我们就将同他们一道消灭我们共同的敌人。”

戴高乐同美国总统罗斯福的关系可很不顺当。在开辟第二战场（诺曼底登陆）时，身为盟军统帅的艾森豪威尔交给戴高乐一份他准备登陆后广播的《告法国人民书》，上面只说他是奉罗斯福总统之命来采取这次军事行动的，却只字没提戴高乐或他所领导的自由法兰西。这位法国将军看完说：“这是不能接受的。”他拿出一份修改意见，可事实上，那份广播稿早已印成传单准备散发了。于是，戴高乐将军就另行通过广播号召法国的男儿们起来同敌人作殊死斗争。相形之下，前者俨然是以解放者自居，而戴高乐则号召自己的同胞起来保卫家园。

此外，戴高乐和罗斯福还为美国占领大西洋中原属法国的两个小岛争吵过。在罗斯福眼中，戴高乐是个扎手的合作者，而戴高乐对于领土主权，则理所当然地寸土不让。这方面最严重的问题是诺曼底登陆前，美国居然自行印就了准备在法国解放地区使用的钞票。

戴高乐是乘“战斗舰”重登祖国土地的。当时美军要在解放了的土地上自行任命行政人员，戴高乐则亲临监督弗朗索瓦·库莱的就职典礼，象征着法国主权的恢复。那时，“自由法兰西”已改名为“战斗的法兰西”了。罗斯福一直没明确承认戴高乐为法国战斗组织的首脑，当然二人也未会晤过。巴黎解放后，这种尴尬形势维持不下去了，罗斯福才通过法国驻华盛顿的武官交来一封信，其中说：“如果他问我他若来我见不见他，那么我就非常热情地给以肯定的答复。”就这样罗斯福还坚持在法国大选前不予以承认。至于英国，自然更是看着美国眼色行事。

《圣经》里有这么一个故事：两个女人指着一个囝囝相互争执，都说囝囝是自己的。判案的所罗门王说，好吧，把娃娃劈成两半，你们各取一半。这时，那个真妈妈就说，宁可不要也不可这么劈死。于是，所罗门王很容易就分辨出哪个是真妈妈了。在争夺巴黎时，希特勒当然指示驻守长官肖尔蒂茨要死守，一切文物的毁灭在所不惜。艾森豪威尔也只求部队前进，不惜牺牲这座欧洲文化名城。戴高乐派去的警察及行政长官，在法国共产党从内部的配合下，则在不损害京城文物的情况下前进。四四年初冬我以随军记者身份去巴黎时，不论歌剧院，还是圣母院，整个巴黎要比伦敦完整多了。

最能看出美英苏三个大国没把法国放在眼里的是：无论在雅尔塔、莫斯科还是在波茨坦，所有那些以讨论战后欧洲为主题的大国会议，都未邀请戴高乐参加，会前会后，许多事都对戴高乐保密。丘吉尔甚至在发脾气时还对这位将军说："你不是法兰西。"在罗斯福心目中，战后的世界将以美苏为主宰，以英国及蒋介石治下的中国为伙伴。至于法国，好像并不存在。例如，意大利是法国的近邻，而英美与意大利签订的停战协定，竟延到四三年九月二十七日才通知法国。德国战败后，罗斯福最初不划给法国一个占领区。倒还是丘吉尔顾全大局，表示愿由英占领区让出一块给法国。我在《南德的暮秋》一文中，曾着重写了财大气粗的美国占领区和灰溜溜惨淡淡的法国占领区的对照。

戴高乐没同斯大林直接打过什么交道，所以他们之间并没冲突过。然而有一回罗斯福向斯大林问起怎样处理好与法国的关系。这位无产阶级领袖回答得很干脆。他说："戴高乐不大讲求实际。在战争中，法国没有打多少仗，他却要求得到承受重担的美英苏同等权利。当前法国对西线的军事行动贡献很小，而四〇年他们根本没打仗。如果战后给法国一块占领区，那也只是出于慈悲。"（见《丘吉尔与戴高乐》第三八八页，沙克迪著，武仁译，新华出版社出版）

由于戴高乐性格那么孤高自负，从不妥协，战时许多方面都担心此人一旦主政，非搞独裁不可。战后戴高乐任总统时，他确实曾要恢复第三共和国，反对过多党制。他认为三九年法国就败在多党制上。然而一九四五年十月公民投票结果，百分之九十六的选民不同意他的看法。四六年一月二十日他就辞职引退。

在他当政期间，他广开言路。当时法国经济困难，报纸都受政府津贴，这方面法共的《人道报》也不受歧视。四五年我在巴黎同斯诺晤面时，几乎所有报纸天天都在指责政府。当时法国真是满目疮痍，经济濒于崩溃。有的报纸甚至还破口大骂，但无一遭禁。戴高乐既不搞裙带关系，也不受小人包围。他独来独往，光明磊落。合则留，不合则去。

戴高乐一生也有过不少失误。他曾因喊“魁北克万岁”而开罪了加拿大，更严重的是他持的是一本老皇历，一心一意要恢复战前的法兰西殖民统治，以致连越南的保大都向他指出：“你在过去极度艰巨时遭到许多苦难，不会不理解有过两千年光荣历史的越南人民不再希望、也不可能拥护外来的统治。”日本投降后，他竟然派人去安南妄想“接管”那片曾经属于法国的殖民地。

然而在二战期间，他在困难重重的处境下，表现了对祖国的赤胆忠心。他以坚强的性格，不折不挠的决心，成为二战期间法国——以至欧洲的一位伟大人物。

六 混世魔王希特勒

前些日子有位朋友要重印希特勒的《我的奋斗》，来找我写个序。我不但欣然同意，并建议把日本的《田中奏折》也印在一道。这样，魔鬼为二十世纪的人类所制订的两部黑色宪章就齐备了。他也接受了我这建议。可惜不知出现了什么障碍，这本书流产了。

《我的奋斗》一书不但文笔拙劣，而且内容多狂人呓语。可是当它的作者夺得政权后，就成为第三帝国的《圣经》。截至一九九四年就行销六百万册。写书的人就是欧洲二战的罪魁祸首希特勒。一九二三年十一月八日他由于在慕尼黑一家咖啡馆里聚众闹事而坐了牢。这是他在监狱中撰写的。在这本书里，他大声疾呼“要生存空间”，也就是要扩张领土，霸占欧洲。他大倡血统论，把亚利安种族誉为天之骄子，把犹太人视为应消灭的贱民。他在政治体制上坚决反对民主，痛恨个人自由。一切领袖说了算，主张实行“用领袖原则来统治，也就是独裁统治，绝不能实现由多数人决定的制度”。他也大谈“人民的国家”，但是他心目中的人民只限于日耳曼人。《我的奋斗》一书还明确提出国家的职责在于使群众国家主义化。个人方面智慧并不重要，重要的是意志和决心。他叫嚣要消灭一切异己，并要芸芸众生只有效忠和服从。他要日耳曼民族成为世界的盟主，为万国所拥戴。

现在重读此书，感觉这真是一部狂妄到了极点的梦呓。然而何以三十年代初期问世后，它竟那么不胫而走，并且此书的作者凭着他那歇斯底里的叫喊和狡黠凶恶的手段，居然就真正地当上了德国元首。像张伯伦和达拉第那样谙练的政客居然都被他耍来耍去，助桀为虐，帮他欺凌小国。而到头来，战祸还是没能躲开。

纳粹为人类所造成的祸害，真是罄竹难书。不说二战期间死于轰炸和炮火的人数，光就纳粹所设的几座集中营以各种非人手段造成死亡的就有：犹太人六百万，其他上千万，其中，百分之四十为吉普赛人。另外，死在他们手中的苏联战俘也近三百万。自然，希特勒和他的一伙最后也玩火自焚。

这个遗臭万年的希特勒于一八八九年出生于奥地利海关一名普通职员的家中，早年贫寒潦倒。第一次大战期间曾在慕尼黑被德军雇佣为间谍，级别是下士。在大战中，他的双目受芥子毒气损伤，曾一度失明。最初他想从事绘画，没成功，遂投入政治。他先加入工人党。一九二一年该党改名为国家（纳）社会（粹）党。一九三〇年在资本家的支持下，声势大增。他是不夺到政权死不罢休。一九三二年七月十四日这一天为了竞选他作了四十九次讲演。一九三三年一月，他就在政客巴本的支持下，当上了总理。

他立即代表德国退出国际联盟，恢复征兵，大举扩军。他当政就是为了备战。

以康德、歌德和贝多芬为代表的德国——也就是说，具有优秀文化和高度智慧的德国何以竟为这个野心家所蛊惑，让他掌握了日耳曼人的命运，并造成大半个世界的灾难呢？

有学者从希特勒本人的思想根源去追溯，提到尼采的地缘政治论，还有人认为希特勒是在仿效五世纪匈奴人之王阿提拉，他曾率军横扫欧洲。但是问题不在于希特勒这个混世魔王如何，首先是他何以能从兴登堡总统手里夺了权，把战后德国的民主机器整个打碎，随心所欲地建立起他的法西斯统治来？

这就不能不追溯到一九一九年六月二十八日在巴黎近郊凡尔赛宫所签订的和约。它确实给予德国过小的生存空间。领土方面：阿尔萨斯—洛林割给法国，另外，波、葡、捷克、比利时和立陶宛也各分到一块；海外殖民地自然由协约国瓜分——而且竟然把中国的青岛也给了日本。莱茵河以东五十公里划为非军事区。更重要的是每年还要付巨额赔款。那个和约既苛刻，又大大伤害了德国人民的自尊心。这就给希特勒这个旷世的野心家提供了欺世盗名的便利，也为他那套反动透顶的政纲准备了土壤。

当时德国经济萧条不堪，大批工人失业，社会动荡不安。这个纳粹头子一面向选民乱开支票，哗众取宠，一面对政敌耍尽挑拨离间和泼粪水之能事。

一九三三年二月二十七日，他利用国会纵火案，一举既击败了当时与纳粹势不两立的德国共产党，又废除了“国家及人民保护法”。从那以后，警察就可以任意逮捕公民。从那以后大批犹太人及进步人士就陆续被送往设在各地的集中营——也就是死亡营。他排斥异己的主要途径就是把反纳粹等同起来。反纳粹就是叛国。

夺得政权之后，希特勒的第二把手戈林就提出“用大炮代替黄油”的口号，要德国人民勒紧裤带，放手让他们扩军。一九三二年德国年产飞机仅三十九架，一九三五年就剧增到三千一百八十三架。义务兵役制恢复了，英国又为德国扩充海军大开了方便之门。《凡尔赛和约》里明文规定不许在莱茵河区设防也被明目张胆地破坏了。

人们不禁要问：难道像英法这样《凡尔赛和约》的主要缔约国，就眼睁睁地坐视不管吗？这就是希特勒的攻心术的所在了。他洞悉西方国家对“十月革命”后的苏联政权既仇恨又惧怕。所以他每在扩军上前进一步，都大声叫嚷：我这可全是为了帮你们一道对付苏联那个红色政权的呀。三八至三九年间，及至英法察觉形势不大妙了（毕竟纳粹的炮口既可以朝东，也可以朝西）。一九三九年八月二十三日，希特勒果然就同他天天咒骂的斯大林握手言欢，把炮口对向西方。转年当法国战败投降，他以为英国也被炸得差不多了时，就又掉头来“收拾”起东边的夙敌。

希特勒除了阴险残暴之外，还是个举世无双的大骗子。他真是个攻心大家。他知道一次大战后德人民失业严重，贫困不堪。他许给他们就业和温饱。等他上了台，又回过头来要德国人民为打翻身仗而勒紧裤带。三十年代，他以反共先锋的姿态使西方政客放手让他扩军。在慕尼黑，他信誓旦旦地向张伯伦许诺：“这是我最后的领土要求了。”哄得那老头子挥动着协定欢喜若狂地告诉英国群众：“这是我们时代的和平。”而紧接着，这只恶狼就又向波兰扑来。然而天网恢恢，最后他虽逃脱了绞刑架，却仍闹个自焚的下场。希特勒当得起是本世纪人类的头号反面教员了。

从希特勒和他的纳粹党的发迹史中得到的教训太多了。希特勒这个恶魔登台后，就一抓扩军，二抓言论控制。所以他手下二员大将一是戈林，二就是抓言论控制并制造言论的戈培尔。事实上，在成气候之前，他先抓的还是言论。是用言论开路的。在搞国会纵火案时，他们死命把屎盆子往共产党头上扣。倘若当时德国正义之声能占上风，及时并充分地揭露出纳粹这伙的阴谋，历史也许就是另一个写法了。

我在思考这个恶人及其恶党时，隐隐有这么个感想：民主太抽象，总有个是哪家的民主的问题，而广开言路则更为“实惠”，因为它也许更能杜绝把一个国家推向独裁的可能。

七　纽伦堡审战犯

二战硝烟落下后，一个迫切的问题是各交战国手里的战犯咋办。苏联最初主张分头各自处理，经有关各方研究，决定还是统一审讯为宜。一则这样量刑可以更公道，分开来有轻有重，不好向世人交代。更主要的是这样集中公开审讯的教育价值。让他们的罪行大白于天下，既对战犯本人及其家属，也对历史负责。通过审讯，可以让世人了解那帮纳粹犯的罪行是何等严重，也让他们的同情者明白邪恶终有绳之以法的一天。倘若推到后院枪毙了事，那就会失去一个以儆效尤的大好机会。

另外，苏联认为既然这些战犯手上都沾满人民的鲜血，剩下的只是个量刑问题。但是照英美法律，不管犯人的罪行多么严重而且昭然若揭，站在法庭上他开头也只是个被告。他的罪状只能通过逐项对证才能成立。而且不但准许被告自己当堂辩护，还得为他们聘请律师出庭帮同辩护。

下一步就是在哪里审这批战犯。英方原建议在慕尼黑——纳粹的发祥地，苏联则赞成在柏林，因那是苏联占领区所在地。飞机在整个德国上空盘旋，出现在机翼下的城市大多已成为一片片瓦砾了。（德国人民死于轰炸的为六十万，比英国多十倍，而比美国在整个二战丧生的三十万还多一倍！）只有纽伦堡这座法院当时基本上还完好无缺。于是，就确定它为审判这帮凶恶匪徒的地点。并确定这个国际法庭由美苏英法各派一位法官，检察官也是四位。

记得那是一所四层的楼房。一楼中央即是法庭，两旁走廊里尽是些木牌，都是一间间办公室，主要是从事分析案情，核实罪证以及文件存档的。二楼有一所教堂，三楼有医务室。我去参观时，看到单人监的面积约六英尺 × 十二英尺。进来后，犯人都隔离囚禁，相互间以及同看守一律不许过话。我在食堂看到他们缸子里是热腾腾的咖啡、麦片粥和面包。中午有肉菜，晚上是炖土豆、面包和茶。就这样，据说大块头戈林每个星期体重都掉两磅。大厅两旁，一边是关囚犯的地方——几步一个岗哨，另一边是证人的住所。他们大都是劫后余生——纳粹的受害者。

五月间纳粹投降时，一共足足抓了二十万名大小战犯。如果全弄到纽伦堡这里审，一是没地方关，二是那要审上几年！所以非先缩小范围不可。于是，战犯也分了级。然而光美国方面，甲级战犯就有三百五十名，规模还太大。于是，又由甲级战犯中“精选”出二十三名“主犯”，都是纳粹匪帮的首要人物，其中有希特勒的第二把手、空军司令兼四年计划主持人戈林，有外交部长里宾特洛夫，理论家罗森堡，劳工部长罗拔特·李，内务部长弗里克，刽子手希姆莱的助手弗里克，波兰总督弗兰克等。

苏联人原认为这种审判有两周时间足够了，然而不算预审——个别谈话，光正式开庭公审就用了两百一十八天。

首先就是让被告自选律师问题。例如戈林，主管人给他开了个六十人的律师名单，各附有本人履历，其中还有德国人。他要求同当过纳粹政权下巴伐利亚省的司法部长弗兰克商量一下，也照样同意。但最后他还是选了一位奥地利人。曾任纳粹驻土耳其大使的巴本竟提出要他儿子出庭辩护，结果也照准了——最后他还获得无罪释放了。海军上将多尼兹则非要位懂海军事务的律师替他辩护。

然而，当时许多德国人都不肯担任这种职务。有的对纳粹一伙的所作所为，心中反感。也有的怕代表这种倒逆施的人出庭，自己太不光彩。自然也有认为这完全是逢场作戏，摆摆样子而已。

最后，定下来了。四十八名德籍律师中，十八名本人也与纳粹有瓜葛。然而他们在调研案情搜寻反证时，始终都享有充分自由。除了供食宿之外，还由盟军照付律师费。当时需三万至四万马克——约七千五百至一万美元，一律先付四千马克，以后按月付二千五百马克。

法庭上备有英俄法德语的同声翻译。如对方讲得太快，可按黄灯要求放慢。如按红灯即表示暂停或重复。

总之，盟国就是要通过这次审讯，让被告口服心服，绝不捂着盖着。让真相大白于天下。

也正因为如此，半个世纪来没听说哪宗案件平过反，或改过正。

这些要犯很少肯低头认罪的。戈林被捕时，身边除了妻子、女儿之外，还有四名副官、两名司机和五名炊事员。他从欧洲各地掳来的各种名画名雕，古玩珍品，足够装满一列车皮。他的金银珠宝也够开个宝石店的。当他见到美军第七军军长派赤时，还手持一根镶了二十四只金鹰的短杖。他厚着脸皮说："战争就像踢一场足球。谁赢了就该握握输家的手，一切都忘记了。"派赤严厉地要他把短杖交出来。他居然说："这是我的权威的象征。"派赤说："你现在已经没有什么权威啦！"

当时戈林是被关在一座古堡里接受预审。负责看管他的是美国战略轰炸军司令斯帕兹。第二天他就被押往德奥古斯柏格，改由第七军看押。当时他还囚在三间套房里。用餐时，美国军官弹起钢琴，他也马上回屋取来他的手风琴合奏。他真以为那只是踢输了一场足球，还是故作镇静？

其实，这家伙被捕后一直两手发颤，脸上不断出汗。他随身带了十六只手提箱，里边放的是他历年从希特勒那里获得的各种勋章奖状。但是他身上还藏了两粒随时可以致命的毒药——那原是为潜艇水手万一在海底遇难而浮不上来时服用的。这个胸脯挂满勋章的家伙并不是什么英雄。他怕打雷，一听到雷声就浑身颤抖。

他是在听到判他死刑而且没有可能减刑的时候才决定吞那两粒毒药的。那晚十点半，这个穿着丝绸睡衣的胖家伙上了厕所。犯人在里边，看守从外边照样可以看到他的双腿。这时，狡猾的戈林捏碎了他手托着的烟斗，毒药就藏在里面。吞下不久，他就抽搐起来。这时看守才发现。他最后倒是干了一件"仁义"之事：他在遗书中坦白了自己两次转移毒药的经过，希望不要怪罪看守。

三号战犯纳粹外交部长里宾特洛夫是一八九三年出生的，早年在加拿大当过银行小职员，所以英语很地道。在审讯时，他最喜欢说的是："我患了健忘症。"这样他就可以一问三不知。他还有个便宜：由于懂英语，在供词的翻译过程中，他就可以从容地想法应付了。

这家伙很会向上爬，他在一九一九年当上了德国香槟酒巨商的女婿，干起出口生意。后来他感到德国共产主义运动影响了他的香槟生意，同时，为了在政界混点名堂，就投奔了纳粹。当时希特勒迫切想了解英美情况，很快他就成了这混世魔王的外交顾问。一九三五年他以纳粹特使身份赴伦敦签订了《英德条约》，那是纳粹废除《凡尔赛和约》的开始。后又当上了驻英大使。他举止动作处处模仿希特勒。英国国王接见他的时候，他本应握手，却举起右臂行希特勒式礼，从而成为英国幽默杂志《笨拙》（*Punch*）的嘲笑对象。法国大使有一回埋怨说："我没法跟里宾特洛夫交谈，因为他只听得见自己的话。"

这家伙一生最得意的事是曾去莫斯科签订了《苏德协定》，从而使希特勒放手在西欧大干起来。然而在纽伦堡的囚室里，他连自己的被子都不会叠。成天写了撕，撕了又写。对于杀害犹太人的罪行他始终佯作一无所知。

然而，在纽伦堡，凭的是证据而不是言词。要犯除了希特勒在投降前就自杀了、包尔曼在逃之外，其余二十三名通过审讯和反复调查对质，揭露出许多骇人听闻的罪行。主要是迫害犹太人和进步人士的暴行。奥斯威辛、布痕瓦、贝尔森、达豪……惨死在每座集中营的多则几百万。

审理完毕，在处理之前，犯人准许每天可同家人相聚一个小时。老婆们多带着儿女来探视，心里相互明白这也许是最后的一次相聚。原纳粹海军总司令凯特尔干脆拒绝与家人见面，有的家人仍被关在苏联战俘营里。

然后，凡判死刑的就一个个地上了绞刑架。

罪行不够判死刑的战犯，有的一直活到八十年代。海军上将杜尼兹和军火部长斯庇尔辞世前都写了忏悔录。曾当过希特勒副手的希斯也活得很长。一九四〇年他曾空降到英国来劝过降。他被判无期徒刑。事实上他早已神经失常了。在审讯时，他像张春桥一样，一语不发。

一九四六年联合国通过禁止以种族或宗教歧视而进行屠杀的公约，当时美国代表拒不签字，因为当时美国仍在实行种族隔离制度——一九四八年美国才在军队中、一九五四年在学校中废止了种族隔离，然而白人先天的优势至今却依然存在。在纽伦堡，盟军并未对二战的罪魁祸首希特勒作缺席审判，然而在法庭上一位德籍律师却说了一番值得深思的话。他说："曾经在精神和文化领域里出现过那么多杰出人物的德国，何以竟向希特勒这样的人高呼万岁。并且跟着他陷入人类最残酷的一场战争呢？"他呼吁："要让新一代的年轻人一定睁开眼睛正视独裁主义这个祸根。它践踏正义和自由。用恐怖、腐化、谎言的手段进行统治。它藐视人权，最终使人民陷入水深火热的战争。"

八 二战史话

1 英雄与狗熊

解放前，上海原霞飞路上有一条贝当路。那是以第一次世界大战凡尔登一役的英雄贝当元师而命名的。他在法国当时是仅次于福煦将军的民族英雄。二次大战之初，一九四〇年纳粹大举进攻时，他以八十四岁高龄出任副总理，蛮以为他的英名足以换回惨败的局面。但是纳粹的闪电部队不买老英雄的账，交手不上两月，法军和他们的英国盟友就败个落花流水。法国总理魏刚宣布巴黎为不设防城市，紧接着就在第一次欧战德军投降的原地向纳粹投了降。就像当年日本为了节省兵力而成立汪精卫伪政权一样，纳粹也在法国南部维希省成立了替它看守后方的伪政权，通称维希政府。这个法奸机构的头目正是一九一六年曾在凡尔登大败德军的民族英雄贝当——所以通称作贝当政府。正如清末怀揣炸弹去暗杀载沣的汪精卫一样，他也从英雄堕落为狗熊了。

就在法国危急之际，赫然出现了一位英雄，他就是戴高乐。

当时他只是一名上校，军衔不高却胸怀大志。他只手成立了“自由法兰西”。待到诺曼底登陆时，他已建立起五十六万人的大军，再加上法国共产党和社会党在国内建立的地下组织，配合英美盟军，共同作战，终于解放了巴黎，成为重建法兰西的英雄。贝当虽因往日战功，得免一死，而且活到九十五岁高龄，于一九五一年才去世，但却终究逃不掉臭狗屎的恶名。

一九四五年的今天，硝烟落下后，像中国一样，西方也立即论起忠奸。政治上的投敌分子简单，审完枪毙了事。像挪威的奎兹林就过了六天“首相”的瘾，然后饮弹完结。法国那个拉伐尔审完也枪毙了事。比较麻烦的是这样那样为敌人在文化方面效过劳的——通常是为敌台去播音的。由于这些播音本国人可以听到，所以比那些头号叛国者民愤还大而且广泛，处理起来就费事多了。

像我国京剧艺术家梅兰芳那样蓄须拒演，真是难得，值得为世世代代所颂扬。气节一向是中国文化人教养中很重要的一环。周作人一生的败笔就在于此。

英国有一位家喻户晓的通俗小说家P. G. 伍德豪斯。他的小说情节紧张，笔法幽默。他的系列小说多以名叫吉维斯的管家和一个时髦青年波斯密茨为主角。他还编过不少喜剧，是位很叫座的作家。大战爆发时，他正在柏林。纳粹当然不放过他，就让他在电台上作过几次广播。当时，英国——特别读书界，还是十分愤慨。但由于内容多属轻松打诨，不涉及政治，所以他不但未受到任何处罚，一九七五年还被封为爵士。

美国象征派诗人伊兹罗·庞德在一九四五年就被政府抓起来了，也是为了替法西斯意大利广播。一九五八年他以“神经不正常”为由被释放了。他又回到意大利去，客死在那里。

这里主要是本人罪过轻重以及民愤大小的问题，可能也有所在国处理的宽严问题。我十分喜爱的一位意大利男高音吉利（曾有过西欧的夏利亚宾之称）似乎就因在二战期间照样为墨索里尼的舞台演过歌剧，战后一个时期就遭过禁。

但是有个家伙，还是曾罪有应得地被枪毙了，那就是臭名昭著的“好好贵族”。此人名威廉，不幸与《尤利西斯》的作者乔伊斯同姓。他于一九〇六年在纽约出生，是个爱尔兰裔的美国人，后来又钻到伦敦，取得英籍。整个战争期间他都是以尖酸刻薄，甚至恶意污蔑的语气，从柏林对“自由世界”——主要是英国广播。由于这位“好好贵族”太信口开河了——比如有一次我听他广播说：英国在中东的部队某某、某某的妻子前天在英国某地同美国兵某某通了奸，用以挑拨并扰乱英国军心，声音尖酸刻薄，他招致的只有鄙夷与愤慨。但是，英国民众最喜幽默。政府并不禁听“好好”，而大家也只不过把他那些胡编滥造当作茶余酒后的消遣。同时，这种广播还暴露出纳粹政权的卑鄙下流。

一九四五年，盟军进入柏林时，这位“好好贵族”立即被抓，很快就罪有应得地被枪决了。

2 理论与实践

二次大战的停战日（V E Day）定于五月八日午夜起。其实，五月二日南线意大利就停止了战斗。四日，意大利首先在投降书上签了字；七日，德军也签了字。当时希特勒那个罪魁祸首早已同情妇一道在柏林元首府的地窖子里自焚了。

停战日那天，我正在旧金山采访联合国成立大会。我是被报社从德国前线临时调去的，既为采访大会，也为了陪陪社长胡霖。当时他是参加那次成立大会中国代表团的成员，属无党无派。团长是宋子文，副团长是曾任武汉大学校长的王世杰。团中最引人注目的却是代表中国共产党的董必武。身边陪他的是章汉夫和陈家康。另外，还有位民主党派的张君劢。胡霖每天顿顿都与董老共餐，所以，那时我每天至少可以见到他们两次。我们几乎总是去唐人街一家名杏花楼的华人餐馆。

董老是最典型的忠厚长者，我经常从他与胡霖的谈话中听到重庆政协的一些笑话。印象中，他总是捋着胡子微笑着，从不带一点火气，好像同我当时心目中的共产党人不大对得上号。

可有一天在饭桌上，这位忠厚长者也气得涨红了脸。我看到陈家康手里摊开一张旧金山报纸，名字已记不得了。反正是当地数一数二的大报。上面用大黑体登着一篇《董必武访问记》，我至今仍记得这篇《访问记》突出的一点，就是借他的口大骂苏联，攻击共产主义制度，简直就是把董必武化装成麦卡锡了。而且，当时以莫洛托夫为首的苏联代表团也正住在同一家旅馆——马可·哈珀金斯。

美国记者倒是多次想访问董老，都被他一口谢绝了。于是，他们才公然编造出这篇恶毒的《访问记》。

三十年代，我在燕京大学读新闻系时，用的几乎都是美国密苏里大学编的课本。其中，在谈采访学时，首先就强调真实性。千叮万嘱要记者恪守这一伦理原则。那篇完全杜撰、无中生有的《访问记》对我是一次沉重打击。

那时，我才知道新闻记者为了与同行竞争，可以不择手段。

除了报道之外，还可以“创造”新闻。英国代表团的艾登外长素有美男子之称。于是，美国记者就别出心裁为他编了一段桃色新闻。一天，当艾登从旅馆走出准备上汽车时，一位金发女郎就猛地扑上前去，在他耳边说了一句估计是十分肉麻的话，弄得他面红耳赤。就在这时，与金发女郎合伙的摄影记者把这镜头咔嚓一声拍了下来，就登在当天下午版头版的正中间了。

3 一个字的外交辞令

美国在广岛上空丢了原子弹之后，西方新闻记者关注的一个特大热点就是苏联有没有这玩意儿？如果有，那么有多少枚？

一次，莫洛托夫在伦敦被几个西方记者包围了。他们问他：苏联究竟有几颗原子弹？都以为那位面无表情的斯拉夫外交家不谙英语。不料，他绷着脸朝问话的记者们蹦出一个英文字来：enough（足够了）。

真是话不在多，有分量则中。那一个字既充满了民族自豪感，也包含着无限威胁。

现场报道

九 剑桥书简

先得向您告罪。我实在没料到是这么趟旅行。满以为有许多收获，可是，繁华这一路已没有了，大惊大险又还没上场。有的仅是麻烦和委屈。到今天，一切算是略微安定了些。我是说，在不列颠上岸时，警察老爷原把我的护照由一年改成两个月，现在又改成无限期了。于是，买了两张桌子，两把椅子，一张白天当沙发晚上可以支成床的玩意儿，又叫了半吨煤——看，俨然在浓云密布下又搭帐篷。这是离剑桥镇还有四英里的密尔顿村，窗口对着一片草原，晨雾晚霞里都有着牛羊群在蠕动。地平线上的丛林灌木把天空嵌了道毛茸茸的边缘，远远可以望到镇上古建筑的塔尖钟楼。左边是一片农场，鸡鸣狗吠，和老家没有两样。右边是个古老的酒馆，叫“金鹿”。房子远看简直像个教堂……现在，我便坐在这椅子上，心浮在祖国。摊开我的“好友星散录”，摹想着每张熟稔的脸，炙热的手，我感到了温暖。

以前在书上读到的印度洋、地中海许多地理名词，一旦身临其境，很令人失望：海都是一样无边无际，颜色随天时而变。是的，到了阿拉伯海，觉得夜空特别干净，宇宙显得格外亲切，星星低到几乎举手可以摸到。那晚一颗灿烂流星拖了个尾巴横天掠过。我几乎想跳上沙漠，骑上骆驼，当仆仆风尘的东方博士。红海使人忆起埃及文明，苏伊士使人赞叹工程的伟大……总之，都是历史的联想给这些地方涂上了迷人的色彩。天气阴晴不定，海水也一听风浪的摆布，那魔术师的杰作终于还是生活在地面上的人。

这一路有许多事我后来才懂，有些到现在也还不懂。譬如泊在九龙的法国船不准送客登轮，却放进一批比老虎还凶的流氓，三五成群闯进单身的房间，用拳头对了鼻梁勒索没名目的钱。而且送走了一批，又来一帮。更不懂是西贡那个看了中国人就冒火的港口警察长。谢谢他七天的款待，囚车、指纹、游街示众，还差点劳动了他的拳脚。船上理了回发。当我左边头发已剪掉时，忽然随了叩门声，扭进来一个买肥皂粉的妇人。那位热情的法兰西理发师立即丢下我头上那半壁未耕耘的荒田，去陪她聊了近一刻钟。话我没听懂，大约是很卖力气地演讲着肥皂粉的功用及其哲学吧。但我最大的谜是这个：无论船到哪个港口，亚洲或非洲，必即有一只水警船靠近。永远是十几个穿了半土半洋装的黑人，簇拥着一个肥胖傲慢的白种人。临离西贡，那港口警察长有意扣了我们二十张护照。东西就放在桌子上，我要那安南人去拿。他浑身颤抖起来，指给我看“Défense d' entrer”（法语：“禁止入内”）的牌子。但这时走来一个法国人，听说在桌子上，为了省得我再纠缠，他进去就拿了出来。为什么让这些天之骄子在别人的土地上作威作福呢！

第一遭走进船上的饭厅，不免有些不自在。面包是硬邦邦的，茶房是蛮横的。低头吃完最后的点心，便走了出来。刚到门口，肩膀给拍了一下，回头一看，啊，有了张笑脸。而且，第一句是："你的指头好了吗？"我想不起来了。亏了这好记性人的提醒，原来三年前在上海，一个黄昏，我因开罐头把小指割了半寸深，三个礼拜天天去广济医院换绷带。他便是那位看护。这时，我举起指头来自己一端详，那新月形的痕迹依然存在，即刻甚至疼痛的感觉仿佛也恢复过来了。

为了安全，我们净躲避直线航行，因此，由哥伦布到红海口的法属吉布提，竟走了八天，我们盼到第七天的黄昏，刚把希望熄灭，第八天早晨居然看到海鸥了，燠热啊，而且眼睛晃得睁不开。但甲板上还是挤满了船客。有的嚷着看到了鲨鱼，有的遥指秃田说是沙漠。

连船上的那只猫都闲不住脚了。它看到满天是白肚红喙的海鸥，哪儿来的这么丰盛的宴席。刚好救生船边落了两只，它局促不安起来。好容易跳到头等舱的走廊，又为那法父越母的美丽小姐抱住了。她以为这动物跳来是找她的。好容易它脱了身，攀到顶楼。水手们正布置抛锚，一个水手也以为猫是投奔他的。他伸手去抓。意志是舵，它终于跳上了救生船的边缘。衬了蓝天白云，那猫直攀到美丽境界，只是那海鸥却已鼓着翅膀，加入了同类的行列，飞翔到更飘逸的远方去了。

这时船四周已如苍蝇般聚了许多飘着红绸的舢板。这是墨索里尼当前扬言要法国让给他的那个港口，是埃塞俄比亚的近邻，我决定去看看。

远远地，我以为是兵营的帐篷呢，一个个尖堆，原来全是盐。走到哪里，脚下都咯吱吱地踩着盐粒。太阳把地面蒸出腥而且咸的气味。当地人兜售的扇子是芭蕉叶编的，柄在一边，握在手里就像一面小旗子。总督府在小丘上，宛如一座堡垒。挂着三色旗的岗楼并没有哨兵。

这是礼拜日，戏园子、邮局全关了门，我们在一家希腊人开的饭馆吃的饭，坐阿拉伯人的破汽车把这个弹丸之地转了一遭。看了回教清真寺和当地人的茅屋。灰瘦无毛的骆驼由我们身边走过，女人围了朱红披肩，头部包着，右肩扛了一只高瓮，窸窣走来，宛如小时看见的观音图。这以外，又看了一回当地人跳舞。腰肢和臀部摇颤着，用胁下挤出的脆响作节奏。

过苏伊士运河那天，是我们唯一大放光明的日子。白天，我们再不用担心鱼雷，晚上吸烟室、音乐间都灯火辉煌。这运河仅能容两条大船擦肩而过。因此，随了船的行进，平静的水面便被压成规则的花边，展到岸缘，拍波作响。两岸起伏的都是沙漠，荒凉、齐剪、沉默的大地。

在马赛的半天，除看了波兰被炸的新闻电影外，时间都用来逛马路了。但我更爱走巴黎的街道，那是微雨的早晨，落叶铺满道旁。我踏着落叶，沿了塞纳河畔散步。书摊都上了锁，许多店铺门口挂了牌："因被征调，停止营业。"拉丁区里的中国馆子到十二点还没人上座。

晚上，我登火车时，看到了更悲壮的一面。巴黎北站挤满了人。情人、母亲一个个挤在人群里，两腿僵直，紧紧抱住那全副武装的英雄，未来的马奇诺战士。我看到一个母亲送她的儿子。什么话都嘱咐完了，最后又递了一个小手巾包给他。儿子已消失到队伍里了，她还站在那里，大声嚷着，向他招手。

我的困难始自离开法境时。英、法间的轮渡共有三四条线，这时我不但不能考虑哪条安全些，甚而无法确知哪条还通。但巴黎郊外起伏的山冈、菜圃、枫林太媚人了，我一点没有考虑当晚该歇在哪里。快到布洛涅时，我才开始找去伦敦的旅伴。运气还不坏，因为走的刚好是仅通的路。经过三小时的盘问，我便登了海峡船。

海峡船上的乘客多半是去大陆消夏或上学的英国人。许多新由瑞士度假回来的家庭，母亲一路上还同孩子们说着并不高明的法语，为的是不白费这笔度夏花用。

在等候登记护照时，一个希腊籍的中年女人问起我是不是第一次看到物质文明的欧洲，便被它唬住了？我说，比我想象的要逊色。

在战争中，所有的人都憧憧如影子。一晃，便再也见不着了。

刚下了火车，我在车站上转了半天磨。终于，一个脚行把我带到一家“又好又不贵”的旅馆。

放下行李，我很想出门走走，看看星夜下的伦敦塔；但刚走不远，我便缩回了步。灯火管制下，伦敦街道一片漆黑。我没希望摸黑再找到这家旅馆的门。

而且，我才记起已经九点多了，我还没吃晚饭。我的午餐也仅是在巴黎车站上买的那一瓶柠檬水，两块夹心面包。

我刚坐下，走来一个黑皮肤的姑娘，斜坐在我对面。肤色使我们相互点了个头。这女人举止极文雅，点头时风度似贵妇人，直像用礼貌来遮掩她那厚厚的嘴唇。

饭后，我去听无线电时，她凑过来了。多巧，她也是刚落脚的客人，而且明晨就走，是来英国游历的。我问她是由非洲什么地方来的，她说是由美洲的巴哈马。我的地理知识太贫乏了，问她离哥伦布登陆的地方多远？她说，哥伦布就是在那个岛上登陆的。这以后她告诉了我许多巴哈马的故事。说本来电车上黑人坐后面，白人坐在前面，有一次电车出事故，前面的白种乘客全受了伤，后面的黑种乘客安然无恙。于是，就把次序调换过来了。

第二天早晨她走时，我看她上的车。她说由伦敦到利物浦的平安是保险的，那以后就只有听天由命了。

有一个早晨我在伦敦街上转。我不敢往远处走，大部分时间是围了威斯敏斯特教堂转。在“无名英雄墓”前，我立了好久，想看看那些有名的，被执事阻止了，说是正在作和平祈祷。

伦敦有了什么变化？这个我没资格说。和巴黎一样，只是很萧条。铺子有闭门的，堆沙袋的。一个不同点是，天空横了三排银白色大龙睛鱼，那便是保障伦敦天空的墙。我没看见过它们升起，但第二次去伦敦时，我看见它们落下了。那庞大银灰的怪物使我想到万牲园的巨象，庄严而且阴郁，脖颈下还垂着一串串肉铃铛。

一九三九年十月，于剑桥

十　矛盾交响曲

当我认真画这幅“英格兰”时，我反而不知怎么落笔好了。宇宙果真永是阴阳两面，战争又具有放大作用。我知道在游览上我遭受着不少可憾的损失。但十三个月来，我观看着善与恶，忧与喜的交流，少年的激奋，中年的镇定，一个民族的灵魂各面，如走马灯般晃着，如怒潮般澎湃着。你问我英国好吧？伟大吗？不好吗？我答不出。这没有军舰吨数来得省事。而且，这是怎样一个时代！一颗炸弹丢下来，十二世纪名教堂钟楼顶上的天马坠了地，一辆汽车可震上了屋顶。这是九月二十五日的事。一个叫约翰·雅各布的男子盼着入伍，可是报效无门。生他的是个糊涂的母亲，糊涂到把他登记为女性。妇人当时不过一时疏忽，但她不久即下了黄泉，如今这遗孤找不到谁作证人，来改回原来的记录。一个裁缝店老板被主顾控告，但他制成的那件值十三吉尼的衣服确实埋在炸毁的店里了。法院判主顾照付。过两天，那原告要求缓付，因为他的家也给炸成了废墟。

这是什么时代？这是英雄的时代！一座平民住宅眼看倒下

来。十个壮汉用胳膊硬托住了三层楼，让救护队在瓦砾中抱扶老少。一个戏班子巡行了二千五百英里，为军队作义务表演，回程汽车周围落着炸弹，演员们在车里洗着脸上的油彩。空袭既制止不了生育，产婆也戴起钢盔。第一批就是两万顶。一个绰号叫老爹的义勇救护员，上次大战中他是炮兵，可是全须全尾儿由法国凯旋。这回他反而丢了只眼睛，是右眼，为了救他的邻舍。英雄不止属于七十高龄的老翁，某城防空壕里，就有一个四岁的管理员。

但这个时代还有另外的一面。征兵法案在英国刚一提出，婚姻登记所门前就挤得人山人海。两百八十二个男子想要速成为“已婚人”，以免被军役抽去。这是全民总动员的时代。苏格兰某城市议会有人提议，既然瞎子耳朵特别灵，不能任他们在战争中游手好闲。正好利用他们那官能敏捷监听来袭的敌机。孩子也不得光玩，既然他们爱在林间打手棒，东岸某城的战时农业委员会就组织了一个“铲除麻雀团”，农家按只付酬金。北英国的树丛里常满地滚着无人收捡的羊毛。孩子们每捡十五磅，即获一份饽饽钱，毛织业也就多一把原料。全国三分之二的理发匠不久就应征入伍，现有的理发匠正在把手艺传授给各自的媳妇，大批女理发师即将出现。妇女在这战争中，除了维持家小，还做着一切男人能做的事。地道车站的脚夫，军用车的司机，以至驾飞机，开高射炮。一个牙医生的太太，婚前在伦敦剧坛上颇享有盛誉。市议会出示征求开垃圾车的司机，专收废铁碎骨或烂纸。她应征了。谁都忙。坐落于英国中部森林区的一个大修道院，有修士六十名；地方偏僻得警报达不到，修士们日夜在塔顶轮流守望敌机的来临。

英国人是个好幽默的民族。在危机中，他们喜欢用幽默来表现镇静、沉着。《泰晤士报》上有读者提议说，上届大战，法境战壕上种的是红罂粟、白菊花，本届他主张马奇诺应遍种玫瑰，以示杀敌不忘自然美。六月二十三日，即法国投降那个晚上，无线电广播完这可怕的新闻，由作家J. B. 普里斯特利作时评。他第一句说："昨天我看了个电影。"敦刻尔克撤退那晚，他追忆他曾乘过的一条"小白船"。新闻部发言人哈立德·尼科尔森向全国广播征捐书籍，以备军队阅读时说："未来的冬天，军营中势必无聊，枯燥得可怕。"在群情沸腾中，身边还有着无限闲情。屋顶为炸弹揭开，屋主说："这下子谜底揭开了，原来冬天苍蝇藏在那儿。"一个停车的空场落了个炸弹，炸出了个大坑。次晨，有人把碎砖排齐，坑缘上栽了几棵绣球花，旁题"戈林花园"。闲情不难寻。昨天威尔士朋友还来信描写巴茂港的初秋，我们曾共看日落潮涨的山头。新近《泰晤士报》上还登了某贵族征求猎伴的新闻。就在纳粹对伦敦狂轰猛炸之际，女钢琴家缪拉·海斯等一批英国音乐家在市中心的国家艺术馆举办起一种"午餐时间音乐会"，入场券只一个先令。大家一边嚼着夹肉面包，一边站在那里（没有座位）听三重或四重奏的室内乐。我也是经常参加的一个。其实，外面炸弹与高射炮的"交响乐"音量太大了，与其说是去听音乐，不如说是一种精神上的示威运动。

太子剧院前，一个耳聋的街头卖艺人为门前排队买票的观客们演奏。警报鸣了，人们四散了。聋子还低首用帽子讨钱。一抬头，人不见了。他丧气地说："嘿，票卖得可真快呀！"自从陆军部宣布军官禁挂腰刀后，七十六高龄的瓦铁尔先生，英国仅存的制刀剑匠人，也将发生面包问题。在战争中，你永不知道什么将告缺乏。不久，价值三十五先令以上的结婚戒指将由市上消失了。战时的戒指是划一的，越小，新夫妇越算爱国。但今天又发现缺一样东西，生理试验室里用的蛙大告恐慌。曼彻斯特大学动物学系主任说：对医学生，蛙的用处至广。最宜于研究心脏、肌肉、神经的构造。每年英国医学校的解剖室至少需要十五万只。去冬奇寒，冻死若干，如今大陆（法、比）来源又断，医学势必受一大打击。

这是什么时代？这是慷慨解囊的时代。莱斯特一个老樵夫，每周末把工资中省出的十先令交给红十字会，不等人追问姓氏，抹头就跑。一个伤感的老太婆，一九一八年为了庆祝停战协定，买了一瓶香槟酒。二十多年来她不忍碰那瓶塞，为了瓶上印着“此酒担保确为大战时在法国兰斯酒窖中所酿，地距德战壕仅一英里”。如今，这瓶宝贝酒她捐给第二次大战的红十字会拍卖了。在这个时代，不但人与人之间有着温暖，人对畜生的爱怜也倍于往常。一个农夫硬要领着一匹栗色牡马进防空壕。警察和纠察员不准，这农夫哀求着：“它曾经是一匹好马，我起誓它是。它见过大场面。”人们围上来。警察更坚决了。这农夫的大粒热泪落了下来：“你们多不讲理，它要是有个三长两短，我可怎么办呀！”还有一个六十五岁的老太婆，坚持要住在东伦敦炸毁的残屋。楼顶透了天，窗户揭了盖。但她是百多只无家可归的猫儿们的寄母。同她一样，这些猫也留恋着它们成天爬的台阶，攀的屋角，它们熟悉这条街的鼠洞。老太婆每晚特地生起火来，喂完了它们，就带它们烤火。一只只猫舐着周身瓦石的碎碴，望着火焰出神。遇有警报，她照例躲到楼梯下面，她还有大批客人们也跟了来——它们是五六十只无家可归的灰鸽。它们的家原在教堂，但教堂也一样化为废墟。

对于同类，对于小畜生，人尚且变得如此仁慈。至亲的骨肉，恩爱的男女，自更要加重一分。多少母亲在轰炸下，把身子覆在她们儿女身上，情愿代为受难。在人岛拘留中的德、意籍侨民，每月一次准许会见囚在女拘留营里的妻子。一个礼拜前，在做苦工之余，一个个便都采起野花来，预备在那甜美的一刹那奉献给自己心爱的人。

但这个社会也有冷酷的一面。住所被炸的房客彷徨在清冷的街头，房东还拉长了脸催付房租。爱丁堡一个印刷局老板，因为巨厦里收容了三对难童难母，竟起诉说有碍他独居的自由。而《法学杂志》警告塔桥一个仗义扶贫的地方法官说："只要合同未满期，无论房子全毁或半毁，房客须照付全租。如系每周合同，自可于周末退租。法律与人情绝不能混为一谈。"

我不是说过吗，这是个矛盾的时代，你有什么话可说！比方，下面这案子你怎么判：去年开战前夕，三条德国船载了值一千万镑的英国货。货在伦敦保了险。三条船在海上被英海军包围，自动沉了两艘，第三条逃回德国。保险商究竟应否负赔偿责任？这案子到一年以后的今日还未判决。案子明显到双方都不须证人，单由法官耗费唇舌。这案子的辩驳书已积逾五十万言。在罗马，古时用来囚基督徒（令与狮搏）的土牢，如今是法西斯意大利的防空洞了。希腊被侵前，英、美考古学者刚发掘出一批古希腊文化的遗迹。战争爆发，考古老头儿们又赶快把发掘出的玩意儿埋回土里去了。

一九四〇年十一月十四日

十二 血红的九月

1 两种本能

大轰炸的次晨，我踏了满地的碎玻璃碴，到伦敦中心区去巡礼。三四辆救火车还在向一古老巨厦射水，许多工匠正在赶修马路旁被破坏了的水道、煤气管。停放救护车的小巷里，防空义务队员正在挖掘尸首。圣翟尔教堂诗人弥尔顿墓上的石像倒在地上，圣保罗这古老的拱形建筑，平时皇后雕像脚下总徜徉着无数野鸽，如今已被标为“危险地带”了——一只“定时炸弹”正落在它的石阶前。我在那一平方英里面积的银行区（英镑的堡垒）窄巷里徘徊，英格兰银行门前是一个丑陋的大洞，最带讽刺意味的莫如保险公司的门脸儿也为昨夜飞溅的钢铁穿个透天，斑痕满目的墙上，“火险”“寿险”的匾额还残留着。这个世界，保东保西，可是谁也保不了自己的险！

瓦砾的紧邻，才竖起钢骨的一座货仓，泥水匠又在操作了。另一家幸免的咖啡馆，女侍正屈了腰一丝不苟地揩拭门面上的灰尘。她那副神情有多么镇静、刚毅啊！

防空壕显然成为内政部的难题了。煞神没认真光临前，就是放了警报，壕里也仍是半空着，正如防毒面具还是少数人的随身装饰。没人相信“卐”字轰炸机会对这么古这么美的大城下毒手的。所以伦敦的“防空壕”，大半就是较大楼房的地窖，甚而第一层，比不上当日的南京，更不用说马德里。上礼拜晚报登出一个被炸巨厦的照片，一只弹穿透了九层楼，笔直到底。当局到今天还认为“深壕”没有必要，但民众的想法显然不同。“安德生钢板”（当时英政府发给民间的一种标准防空钢板，是以英国内政部长安德生来命名的）并不够搭个安乐窝。近十天来，守法的伦敦民众，不等擦黑（有的为抢地盘，甚而下午三点）即携妻抱子，买一张站台票到地铁的站台上等着过夜去了。一块块的毛毯上，爬着吃奶的小囝囝，手里打毛衣的妇人们攀谈着。许多年轻的母亲，上次大战就是在地铁里保存下来的；但杂在里面的，偶尔也有壮丁。

2 大轰炸前夕

战虽宣了一年挂零，但对伦敦八百万市民来说，这半个月仍不失为一场突如其来的噩梦。七号，东伦敦大轰炸的前夕，我还在这座古城里酣睡着。英国的天气虽是四季如秋，这颜色的深浅和月份终还是有关联的，没有栗子、白薯，伦敦自有其初秋的衣裳。六号早晨，我坐地铁去海德公园，又穿到肯辛顿花园。我踩了大半天的落叶，橙黄而脆响。园里清道夫正辛勤地耙着，每耙成一堆，即点把火，白烟带了牧草的气味在小树林间袅袅盘旋。

贵妇人们的脖颈间已围起小狐狸了，她们随身不离的狗，在树根处嗅个不停。秋在四季里，是最富哲学意味的，风雅的工人也托了腮，对着树隙间银亮的巨象般的气球发呆。蛇湖边长板凳上坐了一些落魄的欧陆难民，望着湖面上悠闲游着的野鸭出神。一长条法兰西面包，一个苹果，便解决了一顿早餐。

下午我安闲地去寰球戏院看红极一时的《雷岩》(*Thunder Rock*)，写的是两个司灯塔的美国青年的苦闷，实在是两种世界观的对比。在第一幕里，那态度积极的终于动身到中国参加反侵略战争去了，另一个则在后两幕里受着心理的折磨。出现在台上的，是九十年前湖上沉船中维也纳一家人的鬼魂，缠了他，逼他恢复对世界的热忱。感人的是那个爱上了他的女孩，临回到鬼域前，抱着他说："我多么羡慕你这个活着的人！你有权利生活，有权利爱，有权利斗争……"

但刚演到第二幕，即隐隐听到外面放了警报，幕落下了，剧场经理由幕缝里微笑着出现，深深打一躬后说："请原谅我来打搅，官方规定的，真没奈何。我在这里报告外面正有警报，观众如有人要往防空壕的，请即刻退席。"观众纹丝不动，照例报以一阵自信的愉快的笑声。于是，幕一拉，世界又回到剧中去了。

看完戏，在地铁车站内候车时，人丛中，一个老太婆正在夸说她那飞将军女婿的战绩；扯住她手指的孙少爷不住地用尖声摹仿警报声，尤其煞尾那悠长的叹息，颇得神韵。

挤进车厢，唯一的空座是在一个中年妇人身边。我坐下不久，她突然在我耳边说："上帝祝福你！"我莫名其妙，就只好点头。她说："你得说呀！"红的眼睛，我嗅出强烈的酒味了。我想站起，但她把我盯得害怕起来。我只好敷衍地说："上帝祝福你！”她把手伸给我拉，拖了大舌头说：“现在我已被祝福了。”招得同车的大笑。她又说：“说，上帝祝福天下的母亲们。”我这时既挪不开身，而心理上已为她震慑住了。我也不能否认对这妇人的同情。我又说了。她又伸过手来，大家也又笑了。她说：“我有三个儿子，你信吗？一个在海军，两个在陆军。”她说：“我爱所有的人，英国人、美国人、德国人、比利时人……我都爱。”我只有苦苦地点头。她说：“哼，你一定没懂，我再说，我‘喜欢’一切人，你懂了吧！”……幸好她早我一站下车，但似乎刚下车，就是一阵纷乱，她大约晕倒了。我的车也驰入黑洞洞的隧道去了。

3 中古寺院

正吃晚饭时，警报又响了。我住的郊区汉普斯特德是伦敦地势最高的区域，市中心的警报照例先鸣，然后各区陆续响应，越鸣越近。但等我们紧旁的鸣起了，那声音才唤起死的联想：远东的，西班牙的，这回轮到伦敦了。

饭后上楼，把灯关上，推窗一看，探照灯的光柱像一只只细长的胳膊伸向夜空。这时正投下照明弹数枚，徐缓灿烂，宛如烟火，把伦敦这古城罩上了层淡黄光辉。云端银亮闪闪发光的是气球，翘出的是教堂尖塔，大伦敦幽静森凉，如一中古僧院。还正欣赏这幅画呢，咚咚咚，高射炮打响了。地上一股粉红色的光亮，到黑空就是朵橘黄的花。照明弹这时越降越低，也越暗了，终于缩成如刚熄的烛捻；随后又一阵光亮，这回花是开在地上了，而且带着猛烈的爆炸声。再一刻，地平线上烘起微紫色的光来，一撮红的火焰随之由地上腾起，火越腾越高；而左近新的火苗又冒了出来。这片红光把东南角圣保罗教堂的圆顶和“国王十字架”车站的尖塔都描画出来。起伏不定的火苗，说明着地面救防的工作。第二天才知道这便是东伦敦平民区遭殃的一晚。先说死亡四百，伤者数千，后又估计是三百八，其中有五人是中国水手。

4 地狱的夜晚

这是噩梦的开始。安全感的幻灭，席卷了全伦敦，贵族住宅区的南肯辛顿，作家猬集的布鲁姆斯伯里，以及我居住的这半旷野的汉普斯特德都掉了家伙。八号那天早上，房东太太费了好大工夫才为我泡出半壶茶，煤气微得像个临终病人的呼吸。当晚是一个地狱般的夜晚，炸弹三次掉在附近，人几乎被震下床去。电灯不着了，房东太太在楼下嚷：“快逃下来呀！”第二天早上，住在离我仅五六分钟路的蒋、周二位来了：“刚到楼下五分钟，就全炸了，有八家遭了殃！”随后，鲍觉民夫妇也提了包袱狼狈地来了，说昨晚外面闹得正凶时，他们本还在玩牌，十点多刚上楼，突闻巨响，灯灭了。这时巡警紧促地打门，要他们快逃，限五分钟，说这条街中了定时炸弹。他们还好，没脱衣服，很多邻居都瑟缩地披着单薄的睡衣，当晚被安插在一个学校里，席地打盹。清早公家还备了茶水面包。

我上海沃斯提克山街一看，家家铺伙都在扫门前的什么哪——不是落叶，是碎玻璃。下午同住的中国朋友回来说，中国银行一个女打字员昨晚被炸死了，另一个还在失踪。死者的胞姐正要去报领保险金时，突然又鸣警报了，本来逞了劲的她，这时睁大了眼，歇斯底里地嚷起来。直等把她拖到地窖，她才哭出声来。

5 牛津街的厄运

几天前，牛津街还是伦敦的繁华中心。由于十月一号消费税即将开征，稍有积蓄的人莫不争买过冬物品。杂在欧陆落魄者一张张愁苦的脸间，是一些笑容，胁下夹着大包小包的毛线、肥皂等“存货”，走路的姿态似表露出幸运者的踌躇满志。店铺也认真悬出醒目广告：“消费税即将开征，欲购各物从速。”我去买鞋，那售货员即劝我多买一双富余的。鞋油、鞋带，买一件，省一笔：“先生，省得交货价三分之一的税哪！”我心里怪不舒服的：所有的战事，出命的是穷人，出钱的也永是穷人！

然而，这闹市上摆摊的也不少。去年干电池缺货时，路旁净是卖电筒和防毒面具匣子的，另外有以卖火柴或拉琴作幌子的乞丐。大轰炸开始后，牛津街并未冷清，它还添了许多别致的生意，一种是“算命先生”。一个自称“精神学家齐卡拉博士”的印度胖子，披了件黄绫道袍，在一家歇业了的店铺门垛内，用恒河的智慧为伦敦时髦妇女们占卜起吉凶来了——而且准是吉多凶少。戴大耳环的吉普赛巫婆也坐在地上，夸说她洞知世界前后五百年。另一种生意是现实的——雕银业大约买卖不旺，几个雕匠摆摊，当场为人在铜牌银牌上雕刻姓名住址，戴在身上虽有“家犬”之嫌，但如果不幸被炸死，认尸时却便当多了，所以主顾们把摊子挤个水泄不通。

这条充满了生命的闹市，十七号夜晚遭到了一场浩劫。十八号早上，登在报端的牛津街被炸得稀烂，有如“一·二八”后的闸北，火在冒，救火车在激射。我赶去想抚摸一下它的伤痕，但已不准行人通过。

这厄运绝不限于牛津街。

6 阴险的玩意儿

死亡的恐怖，比死亡本身更为可怕。在这场屠杀里，“定时炸弹”比毒瓦斯来得还阴险。它也许掉在僻巷的垃圾里，也许是后园的榆树下；异于那种令人脊骨出汗的“呼哨弹”，它时常是人不知鬼不晓地落下。有人说是系降落伞上，徐徐飘降如同一个天使——黑天使。也许我执笔的这一刻身边就有一颗。昨天我们附近就先后有过七次“无来源的爆炸”。这晴天霹雳，使人不得不怕，又无从怕起。上礼拜这种玩意儿丢了不少，伦敦街道对我本来就是迷宫，那天到处都拦起绳来：“内有定时炸弹，行人止步。”书店街拦起了，外国饭馆区也拦起了（包括顺东楼、上海楼等三家中国馆子）。昨天中华协会一带也过不去了。

皇家工兵凭着胆略和机智来征服这些阴险的家伙，圣保罗教堂便是一位上尉和他的五个助手保存下来的。

定时炸弹的恐怖使我们这座百岁高龄的小楼的住客们也担忧起来，尤其我们住在顶层（三楼）的，每次这一带落弹，房子必大大打个冷战。前天去紧邻的一条街看被炸的一片房子。去看的多是附近街坊，只见个个不住地摇头，心下莫不生兔死狐悲之感。那以后，我们这位自称同当今首相是本家的房东丘吉尔太太就不准我们在楼上睡了。我们每人收拾了一只小提箱，捡出衬衫、袜子、牙刷等日用品及各人心爱的小物件；手提箱成天放在门口，准备那“限于五分钟内逃出”的通知来时好带出去。每天不等天黑，空中即动起手来。如果不想到结果，凭声音令人只能想到除夕：因为鞭炮不断外，还有剁白菜肉馅的。有一晚我们就真把它当成除夕，大开起音乐会。“我们”是指一个学法律的印度青年，一个皇家音乐学院的锡兰女生，一个匈牙利姑娘和我们三个中国人。死亡在窗外咆哮时，锡兰女孩正唱着弄蛇曲，继之以匈牙利姑娘的饮酒歌。另一位中国朋友蜷在楼角，膝盖上放了一具打字机，在打遗嘱。七个通宵，这四个国籍的六个游子就同滚在饭厅的地板上。午夜吵醒我的，不单是高射炮与炸弹的交响，还有那位睡在饭桌底下的锡兰小姐思乡的呜咽。

写至此，外面警报又号叫起来了，声音同炸弹几乎同时到来。听，救火车出动了，这是生死隔一层纸的日子，但是壮烈的。

我得钻洞去了，因为高射炮就在隔壁。明早又该抢着起早，去花园争拾碎片了，正像儿时除夕的次晨争拾祭灶神的青豆。但正如过了一年又一年，历史也是川流不息的啊！话剧《雷岩》里一个角色说：“生命？在中国才有生命，因为善恶在搏斗着哪！”

一九四〇年九月二十三日，于伦敦

十二

伦敦三日记

月曜日

昨夜叮咚一宵，这百龄小楼摇摆如划子。天一亮，死神抖了抖翅膀，狰狞地向这遍体鳞伤的古城龇龇牙，就展翼飞过英吉利海峡，胜利地飞回欧洲某个角落了。伦敦八百万民众也由草垫上爬起。夜间，有如上元佳节的烟火，燃烧的，爆炸的，定时的，呼啸的，尖叫的，大大小小；蜷伏在草垫上的人们，只觉得睁开眼睛周围就仅剩一片荒凉了；但清早一开门，如神话里妖魔光顾后的森林村舍，斯提尔路上住宅的房顶，又为橘黄的晨曦镀亮了。年轻的，中年的以及上了年纪的妇女，或提菜篮，或推孩车，或把菜篮挂在孩车上，轧着甬道上覆盖的落叶，向坎姆顿镇进发了。男子也夹了公文包，脚步匆匆，向地铁车站奔去。送牛奶的坐在车厢前，和他那匹老马搭讪着。马也竖起大耳朵，骄傲着自己的存在，鼻孔里吐出白气，点缀着这条为两行桦树遮成幽谷的僻巷，增添了秋意。

时常想，真的打完仗就把天空那些气球收起来吗？说实话，我爱那些银色家伙，落在地上，庞大、严肃如巨象；升到天空，匀称地排列在碧蓝的秋空上，衬着朵朵白云，有如古瓷碗上的银锔子。而高爽的秋风，更在那埋伏空际的钢丝上弹起铮铮响声，越发使人想念北平城上飘浮的大沙雁儿。

没有人能忘怀老家！

早饭桌上，报纸外，照例还有房东太太的“最新消息”：送牛奶的说，东边中了什么弹，送面包的家里屋顶炸了窟窿。每个英国老太婆都是本永读不完的书，尤其当你忙着出门的时候。

第一件事是得打听明白今天二十四路公共汽车走什么方向。这些双层的庞然大物，在伦敦竟沦落为无主游魂，穿过偏僻的小巷呜咽着。这个方场炸了，它们绕半英里；那个十字路口插了黄牌子：“危险，内有未炸之弹。”它们又得兜个大圈。有人说，今天花两个便士可以周游半个伦敦。至少我坐在二十四路汽车上，穿了许多我从没涉足过的小巷，有时屋顶快和车身齐了肩。街巷的狭隘与庞大车身相比，如英雄上天桥卖艺，如“玛丽王后轮”航入苏伊士运河，不相称得可笑，却又十分动人。

车窗外的一切，也逐日在变动。旅馆的墙壁腰斩了，盥洗台露了天。巍峨的大百货公司，剩作一片烤焦了的颓墙，荒凉有如雅典遗迹，或圆明园的残柱。颓墙下的灰烬，昨天下午也许还是珍珠睡鞋，真丝的衬衣筒袜。救火车摆着铃远远驰来，起重机伸长了脖颈，一嘴嘴叼起劫后残余，又低下了头。

午饭是在狄更斯咖啡馆吃的，望着壁上《匹克维克》的插图出神。我特地沿着白金汉路走回去，因为它像煞我们的长安街：庄严、宽阔，只缺少碧瓦朱甍！

走过滑铁卢石像阶下的前德大使馆门口，抬头一望，窗户也全是黑洞了，怪幽默的。

到家，每人都有说不完的见闻。由银行区回来的，说“房顶巡风人”今天吹错了哨。去南肯辛顿的，屈指数着一共换了多少趟车才走到。房东太太抱怨的是，煤气微得成烛头，煮什么也煮不熟。

晚饭摆上时，照例天空的戏即开了台。紧密的高射炮与盘旋不去的轰炸机，在玩着猫追鼠。一阵阵尖锐的声响，沿了我们中枢神经溜坡而下，随之，刀叉就得抛下了。如果人胃真是细长的，今晚我吃的，势必截为一段段腊肠。

人在无聊时的谈话，时常反而有趣，傻得有趣。想家时，常同中国朋友开菜单玩，我还争执着甜菜一定要扁豆泥。（有一个人非吃核桃酪不可！）有时能争得要起小脾气来。

今晚，我无意中托腮在对着壁炉出神。坐在我对面的锡兰小姐在偷偷学我。大家都笑，我还莫名其妙。等发觉后，我用中国话逗她说：“跟人学，变狗毛；跟人走，变黄狗。”锡兰小姐以为是什么了不得的坏话，红着脸一定要我给翻出。于是我们又议论起如果下辈子都变狗，谁变什么狗来。一个说，愿变作一个阔寡妇所钟爱的板凳狗，睡厚毯，吃牛肉，享尽了一个妇人的厚爱。

这么胡思乱想，也许是因为死在头上不息地盘旋吧！

滚在地板上睡，这是快第四十五个夜晚了。朋友们都管我们叫“小国联”，三个中国同学形成多数，印度、锡兰各一位，还有位匈牙利姑娘。我们有难民所的杂，集中营的苦，但比起地铁里的朋友，还算享受着布尔乔亚的奢华。有人还把新买的无线电放在枕边，一下是罗马的歌剧，一下是爱尔兰“中立口锋”的新闻。学法律的印度青年拉贾拉南不停地吐着香烟，和他的匈牙利女友说着恒河的故事。睡在桌底下的锡兰小姐，在用枕头比比划划地同一个中国同学交谈着。白烟衬托着壁炉里熊熊的火苗，无线电的伴奏是房外的炮声，直到房东太太端来烛台（备我们半夜紧急外逃时用的）说："小姐们，先生们，晚安，并且祝你们好运气。"电灯就捻灭了。幽淡的烛光由饭桌上倒放的椅子里透出，壁炉也吐着嫣红舌头。天花板上照出横竖的椅子腿，有如这时划破黑夜的探照灯。

说晚安时，拉贾拉南嘟囔着：这还不如干脆穴居呢！

火曜日

伦敦的冬雾，真的提前保卫这古城了吗？早晨起来，把毛毯一卷，连同草垫抱到堆房里。上楼时，觉得很冷。用木棍拨开窗上的黑帘，外面是一片凄迷的灰雾。不但没有了后街伊顿路教堂的尖楼，竟连后园的梨树也依稀只剩条黑影。正在发愣时，一声咪噢，一个蹿动；我们的狸花猫坐在沙发背上了。它怯生生地瞭了我一眼，就缩着四条腿，把身子蜷得像个鼓肚子花瓶，对着灰雾出起神来。浓雾中传来汽车的喇叭声，时而短促，时而悠扬。楼下的锡兰小姐已开始了她那老是一个调子的提琴练习。

警报解除后，我在舰队街上汽车，赴援华会访伍德曼女士。他们在维多利亚街三十四号顶楼的会址，也为炸弹碎片毁得不成样子。女打字员正抱了一束束印刷品，在电梯口看到我就说："我们搬了，您随我来。"她怀中抱的，还有《重逢》（丁玲作）的英译本。这陕北窑洞里的产物，也卷在西方大战的漩涡里，承受希特勒的炸弹，真是不可思议。

援华会除了两位西班牙籍的助理，没有负责人。我坐等了好久。这中间，来访伍德曼女士的有好几位。有一位年逾六十的人，矮而且近视。告诉他伍德曼女士不在，他想走，又停住了脚步说："滇缅路不是下礼拜重开吗？我想准备一面中国旗，那天挂在我家屋顶上。"我在旁听得无法不感动了。我忙由胸上摘下国徽："先生，您用完交还这里好了。"老先生眼里闪出微笑的光辉，问："你天天戴它吗？"我告诉他，特别是自从德、意、日签了协定以后，被误作日本人并不是什么光荣或愉快的事。

"那你可得冒两天大险了。"他临走时再三谢我。

清早不是有雾吗？下午在屋里抱了煤气炉念书时，猛然发觉窗外一片淅沥声；然而，雨也没挡了大陆空中飞贼的驾，高射炮对准那一片片灰云放着，直似在驱逐头上的灰云。

四点多，同住的中国朋友回来了。他提议冒雨散步。自一九三二年在福州仓前山玩雨，好久没这样疯过了，不等他说完，我早把徒步游湖区的靴子取出，罩上雨衣，绝不戴帽，就出门挨淋去了。

这就是在汉普斯特德住的好处：不论什么天气，草原总是一幅百观不厌的水彩画。雨中的荒原，清新宁静如幽谷。玛丽王后医院的残旗，在雨中摇摆。褶纹形的雨浪，一阵压一阵，紧促地在草原树丛中穿梭追赶。我们沿了黏滑的土坡，一道木桥那边，缆起根绳子，上挂红旗。不知是定时炸弹还是捉敌机的埋伏。没有一点害怕，死在这幽美湿沥沥的树林里也无可憾了。走进一丛密林，刚巧是苹果园，风雨把未熟的苹果刮得满地都是；脚下娇脆响声，小果实似在不住抗议。怎么好呢，都只有沙果大小，捡了颗红脸蛋的尝，酸涩难咽，却散放着沁脾的果香。握两只在手里，当胡桃揉。即刻，我腰屈起了，恍然如进了老年。

出苹果林，第一眼是草坡下的一个大坑。莫非德国空军里真有留英的老学生吗？不忍得炸城，把弹卸在这荒原上？热心猎取纪念品的这位朋友赶忙跳下去寻碎片了。昨天他到办公室，他坐的椅子上就落了一块。

“西班牙客栈”的门关得紧紧的，茶没喝成，却在远树前草坪上发现了个灰玩意儿。沿篱笆小路走，爬上坡去，空坪倾斜圆阔如露天剧场。中间是一架公开展览的德国战斗机。机身周围用绳缆起，入口挂个硬纸牌：“入里圈六便士，全部收入用作本区旋风号战斗机捐款。”但雨显然把收款人淋跑了，七八个爱雨的人可乘虚而入。我们也混进去，踩在这匹恶兽的肩膀胸膛上了。这是德国的单座战斗机，身子不大，也就四丈多，但折断的翅膀下，挺出四架机关枪的黑眼。顶上的玻璃打碎了，不知是否因为飞行人跳了伞。机身四周，都贴了“请勿动手”的牌子。但急于猎取“当代古玩”的男女，正用小刀剥这恶兽身上的皮哪——由声音，也辨得出是胶布。这使我整个回到十年前一个滨海的小商埠。有一天港外飘进一条大鱼，左近几十里都来看。它的鳍虽没有机翼那么宽，但身子的长阔全差不多。那时我第一个爬上了死鱼的身躯，用小刀割了块厚肉；但鱼大臭味也大，后来还是用小汽船把它拖出港外去了。

归时天快黑了，店铺抢着放十多分钟的光明。于是，窗口陈列的货品益增光彩。淋湿的马路上，也反映出另一世界：南非的香蕉，缅甸的蜜枣，女人的冬大衣。

看到邻舍在大轰炸中遭受的损失，我们着手预防，免得发生一生的憾事。晚间下楼，大家都带了自己的宝贝：锡兰小姐带的是值七十镑的提琴，还有带情书或公文的。

我带点什么呢？

水曜日

昨夜大风大雨，窗门响动，但梦中似仍听到高射炮声，不知究竟是空中的还是脑中的。清早在地铁里，乘客们都互相道贺着“舒服的一夜”。《每日快报》用斗大的标题：《一月来奇特的夜晚，伦敦人闪电大睡》。

正午赶到国家美术馆前石柱下等另一友人，望着特拉法尔加广场中间纳尔逊的华表柱出神。交通的疾流由协会，由皮卡迪利，由圣马丁教堂，由河滨涌入；红的公共汽车，笨大的运货车，标了“LMS铁道快运”的马车，都如旋风般围了这古老庄严的方场转。

方场中间，数百只灰鸽蹁跹在那四匹象征大英帝国的石狮脚下。一个空军模样穿制服的，正同一个女人在用米喂着鸽子。鸽子栖在她的肩膀，她的臂，甚而头顶上（帽上也许还插了枝鸟羽），直像把她盖住了，就没盖住她的欢喜。

国家美术馆向来有所谓“午餐时间音乐会”。自从空袭加紧，剧场屡次中弹，许多艺术活动无形中停顿；但这音乐会从没停过，算是乱世的一点文明挣扎。不过通常的饭厅，如今改为公务人员的了，我们的便餐（一杯咖啡，三块夹心面包，站立而食）是在画廊下吃的，音乐在地窖里演奏。演奏者有两个是空军机械员，战前是弦乐队里的名手，被征入伍的。

音乐会散后，朋友还不见来，我站在美术馆的侧门等，警报本是有的，料不到转瞬之间就在方场上空交起手来。许多等汽车的路人在指划着天空。恍惚间我似也看到点点蚂蚁影子，高射炮的白烟凝结不散，但紧张远不如上海南市或外滩公园上空炸“出云号”那回。

这时站在我旁边的一个中年妇人问我：“是从中国来的吗？”我说：“是的，太太，您也到过中国吗？”她说没有，但她可知道中国人。她旅行澳洲时看到过许多中国人。她喜欢中国人甚于日本人，因为中国人勤劳，会种菜。在澳洲，中国人种的白菜黄瓜，比别人的都大。中国人好。我想说：“太太，中国人还有别的长处。”但那么说不礼貌，而且这时高射炮越来越密，美术馆守门的催我们进去了。

多巧，这妇人又坐在我旁边。她打开黑提包，拿出她的毛织物，随织随看着我笑。终于忍不住，又说：“我真一辈子没看见过那么大的白菜。”我想回敬她说：“太太，如果这美术馆的地面不是水泥的，我很可以当面种一棵给您看看。”但我没说，我只傻笑，如一棵大白菜。

一个旅行家的印象总是一鳞半爪，十分片面——我心里想。

一九四〇年十月二十九日

十三 银风筝下的伦敦

照伦敦人口的密度，希特勒动用飞机的数量，这古城的遭劫还不能算严重。十一月六日丘吉尔首相公布的死亡人数，九月共四千五百名，十月三千五百。然而这两个月里，大陆上几乎日夜派遣凶手过来，而且时常一天有十次以上的警报。是什么使伦敦的死亡减少了呢？哪个认真相信是威斯敏斯特教堂的祈祷！是那埋伏在全城各角落的高射炮手，放银风筝（气球）的和冒了枪林弹雨生命危险在黑暗中吹哨的纠察员，救护救火队员们。自然，主要是截击的战斗员。

我管它们叫银风筝，因为它们不但有风筝的庄严，飘逸，而且在秋风中也一样弹出铮铮响声。逢运气，黄昏时也许在什么空场上能够看到一个正徐徐下降。这些巨象偶尔也会如星球般逾出轨迹。九月底，德国电台即说有数只英国气球被飓风刮到瑞典，毁坏了二百五十座变电站，毁坏了一座无线电广播台，害得火车误了点。在哥德堡，气球的钢丝触着了该城无轨电车的电流，黑空中画出一线闪亮。后来又刮到丹麦某城，落到一列客车上。那一次我才知道银风筝如离开地上的执线人，能惹出多么大的乱子！幸好它们不常逃学。

当它们规矩时，它们保护伦敦不至于成为华沙。德机永远不敢低飞，因而也就无从瞄准。但这不是像放风筝那么容易。《新闻纪事报》一个记者说，在空袭伤亡单中，气球管理员占很可观的数目，一旦风筝断了线，他们得摸黑去找，不然那结果不堪设想。

高射炮手也在无名英雄的前列。

最初，德国也丢过数次传单。但这些传单发生的作用却正相反：它们变成了募捐救国的工具。八月六号德机在英国东北部丢下希特勒劝降演词的全文，红十字会把它们集起，卖一便士或两便士一张，不出数分钟凑了十多镑。在威尔士某地，行市每张贵到五先令。后来买者太多，幽默的英国人发起了"一便士看一眼"，这下集资更多了。一个人花两便士买上一张，竟募够买一百五十枝烟卷的数目，烟卷送给了军队。这不仅表现了英国人的幽默感，同时也表现了他们对战争结局的信念。到十月二十四日，当局开始警告传单收藏者，说敌机近日出一诡计，用小气球系传单一束投下，传单内藏炸弹一颗，拾者势必遭殃。

六月七号，我在英国第一次遇上空袭。那时我住在剑桥一位意大利人家里，距开战已八个月。那是我第一次欣赏剑桥的午夜，闪烁的星光，剑河的潺潺流水声，鸡叫，火车缓缓而行，花草馨香，人在篱笆下呢喃。个个抱了"未完成的杰作"的原稿，或什么纪念品，木乃伊般站在地窖里谈拖鞋，谈约翰逊博士。次早房东先生（意大利文学讲师）筑起防空壕来。每堆起沙袋若干，必跳上土堆，然后，突然跃下，把自己当作炸弹，试验洞口的安全。

但真正的空袭始自八月下旬，我刚由威尔士草原赶回伦敦后。德机丢弹的种类并不太多，不外乎立刻爆炸与慢性爆炸两种。立刻爆炸的有尖声嚎叫的，细声呼啸的，以及烧夷弹等数种。对付定时炸弹的是那英勇的“敢死队”，自抢救圣保罗教堂那一着，他们的功绩才彰显出来。实际上这些英雄们成天凭了机智和勇敢在同死亡开玩笑。今早我去荒原散步，湖旁草坡的树上用绳缆起了，黄牌子警告游人：“危险，内有未炸之弹。”然而，四五个小伙子正站在弹穴里，一锹锹地往外扬土。我们互招了下手。圣保罗那一弹，震惊了大西洋两岸。这拱顶教堂是伦敦有名的古建筑。那天定时炸弹丢了一大片。我不是兜了个圈子吗？圣保罗门前再也不罗鸽了。一道绳子后，是个阴森森的大坑。“未炸的”比什么都可怕。但三天后，九月十七日，德威思中尉亲自驾车，把那些炸弹运到郊区草地，炸了个百英尺深的大坑。从此，“敢死队”在伦敦成为人所共知的赫赫英雄，竟至有人在货车后写上那三个字来冒充，吃了一场官司！德威思中尉荣获了奖章，圣保罗教堂为他们举行了一次礼拜，并许下战后为他们立座石碑，与威灵顿和纳尔逊的灵寝为邻。一个受惠的电影院无以报答，赠之以“永远免票入座券”数张。

定时炸弹扰乱秩序的作用大于实际的危害，更头痛的是现丢现炸的家伙。究竟丢了几千几百吨，没人敢确言，说德国曾有过一分吝啬，那是扯谎。人的伤亡数目以外，建筑呢，丘吉尔说以眼前这比例，毁灭半个伦敦还需十年工夫。军火工业呢，军需部长莫理逊说，损失仅百分之一的四分之一。但市民遭遇的惨痛，却无法估计了，这方面，最凄惨莫如工人聚居的东伦敦。

越是工业国家，这越是注定的：穷人是战争的祭羊，因为他们的住处不是在铁道附近，便是靠码头货栈，要不就挨着工厂。东伦敦便是这么个地方。平时拥挤肮脏，战时遭殃。这一带除了英国工人家庭外，还是穷犹太人及中国水手工人麇集的地方。炸死了倒也干脆，惨的是那些遗孤。一个妇人由坍塌的房屋底下被拖出来了，她一直等到得悉自己那四岁的孩子安然无恙才断的气，把悲哀托给了从军队赶回的丈夫。在同一天，他没有了妻子，也没有了爹娘同兄弟，怀抱着那咧嘴哭的孩子。一个刚结婚三周的新娘，一手抓了只老鼠，直直在她被炸的家宅旁站了一天一夜，半疯癫地对那老鼠说："你一定是他派来的。他埋在哪儿？啊，你会说话有多好！"她的新郎刨出时，样子够吓人的。她也是活埋了四十八小时后才被刨出的。但她丈夫刨出时，已没气儿了。记得一九四〇年春间肯特郡第一个被炸死的平民，画报上把他自幼的相片全登出，报纸当作头条新闻。东伦敦开始西移，中国餐馆大东楼听说还逞强开着，中国水手公寓也没移动，但华侨洗衣坊却大多关了张，至少十二个华侨已葬身在这场闪电战中了。

轰炸时，也有许多趣事。一个十四岁的女孩在乱砖中埋了四昼夜。刨掘队发现她后，问她痛吗，仰卧在重梁下的她，还照平时礼数说："谢谢先生，我很好。"大家把砖石清理出点路子来，才问她要什么。他们喂了她五杯热茶。六小时后，横在她胸上的梁木才被移开了。她被抬上担架后还说："瞧，我手表打破了，是过生日奶奶送的呢！"还有一对夫妇，带子女两人躲在防空壕里。一个炸弹刚好命中，后面的钢板都已震掉，所幸老少安全。那七岁的儿子被埋在土下五英尺深。他父亲把他抱上来，他揉揉眼说："爹爹，你这个玩笑开得过分了。"他还以为是在闹着玩呢！还有一座教堂正举行婚礼，周围连落了三颗呼啸弹。新娘戴完戒指，得由客人扶出教堂。一看，停在教堂门口的汽车不见了。他们双双走回家去招待客人，后来才把汽车由旁边砖堆中刨了出来。那天，听说一个烧夷弹落在皇家战争博物馆，几乎把张伯伦与希特勒合签的《慕尼黑协定》烧毁。还有一对老夫妇的尸首掘出后，老太婆手中还握着一封信，日子是一八八二年七月某日，是一个教士道歉不能来赴她的婚礼。战争使老年人尤其感伤。

但炸后的伦敦难题太多了。活着的得吃，炊饭的煤气没了；得喝，自来水流成河；得住，房子成了瓦砾。那时伦敦乱成一团，而舆论界却并不放松政府。《新政治家》上有一长文描述难民之无助和官府办事之迟缓。譬如派来疏散的大汽车走错了地方，妇孺白白地鹄俟了一天还不算，又挨了敌机的扫射。一位八十岁的老太婆，由市政府推到救济会，又走了三英里到另一慈善机构。她缺的只是一笔路费，乡下有戚友答应收容她。舆论界攻击的是难民不应靠慈善款维持，政府应负责任。到十月底，“难民救济金”分配办法规定了：一个四十岁以下的妇人如丧失丈夫，每周领十五先令六便士；年满四十岁以后，每周领二十二先令六便士。孩子的补助金，老大领八先令六便士，老二六先令三便士，余每名五先令。男子因空袭残废者，住院期间每周领二十五先令六便士，出院后为三十三个先令。据说随报随领，绝不迟延。难童的安插也有了办法。这些孩儿由戚友收养，由官家补助至十六岁为止。收养一名难童，每周可领十先令，余每名八先令六便士。在原则上，这里平民因空袭所遭损失，均由政府照数赔偿。不过除非赤贫的，余多展缓至战后赔。譬如我住处的玻璃窗、烟囱就全震碎。房东太太向区议所报告完才动工的。她希望不久就能收到公家一张支票。伦敦某区还倡议因空袭而丧命的市民，殡葬途中，应准许用国旗裹尸。总之，九月初的紊乱迟误，已在尽力挽救了。且有保险公司举办“一先令保一百镑”的空袭险。年收入四百镑以下的中产阶级，政府也给了损失赔偿的保障。

在最漆黑的日子，伦敦还能笑。破屋顶、送奶车、举重机上全悬着饱经风霜的国旗，颓壁上写着种种谐句。

街道下面埋有煤气、自来水种种设备，平时提供便利，遇到战争，也有麻烦的一面。一个未伤人的炸弹很可以使一可观的面积停了水电，断了电话，没了地道车。当伦敦上空在交战时，伦敦地面上，千百名管子工把身子半插在地下，耐心细致地修整地下那些复杂的管道。兵士们把枪架起来，跳进被炸的房舍帮忙拆卸清除——一种需要胆智的活儿。三个月来，伦敦不知扫出几千吨碎玻璃。有巨厦的贵重厚玻璃，有教堂的古老彩色玻璃，也有平民住屋的廉价普通玻璃，真是个大汇合。这些据说如清理重炼，人工需耗甚巨，所以大部分都抛弃了。而且眼前玻璃的需求并不太大。许多不需橱窗的店铺（如银行）多用木板搪起。牛津街的大百货店，浅黄木板中嵌以一方小小玻璃，像煞我们的宫灯。破房拆下的钢骨是有用的——铸成炸弹还敬柏林，也可制成防空壕里用的双层床。

警报的放送也经过几度周折。最初，很少有人理会警报的重要，而且，似乎越放警报，街上仰首观望的人越多。直到俯冲机到来，人民又开始怪政府放得迟。一个记者说，威尔士某酒馆有个穷酒徒，善学飞机丢弹声。说谁请他一杯威士忌，即学一次。学完人问他，警报声呢，他说，没放警报。《新闻纪事报》上读者来函栏登了许多质问的信。一个说："昨夜三点，我在床上足足听了二十分钟轰炸声，为什么一声警报也没放？"一个说："依常例，我们的警报总比炸弹迟二十分钟。这是否也得经过一番等因奉此才放？"又有人抱怨放解除警报时敌机正丢着弹。还有人嫌警报拉得太长，太难听。丘吉尔首相有同感，在下院说，得缩短这种鬼嚎。不久，当局又发现勤放警报对于生产——尤其军火制造损失太大。八月二十三日，安德生部长在下院宣布"屋顶巡风"办法。先拉预备警报，俟敌机临上空时，始由巡风人摇铃通知，作为紧急警报。如此，军火工人既不误工，又可保证安全。这些巡风人又是一批英雄。风吹雨打，他们得站在屋顶，眼睛不能离开天空。看着弹落，看着火烧，他们得负责下面数百名同胞的安全。某工厂便有这么个挡前阵的巡风人，不幸在一个阳光灿烂的下午殉了难。厂家通知死者妻子的信是这样写的："你的丈夫是一位杰出人物，他事事跑在前面。他什么都先干后说。在工厂中，在运动场上，他都是第一。当本厂征求屋顶巡风人时，他自然又是第一个自告奋勇。终于，当一颗炸弹投下时，也是他第一个看到。"

另外，还有戴钢盔的"纠察员"，对他们的功绩报纸也是歌颂不尽，而且他们当之无愧。年在六七十的老头老媪也时常干这一行。当警报放了时，我们往地下室走，他们得在街头吹哨，促路人找掩护。"一个空袭纠察员必须勇如狮，强如阉牛，机警如枭鸟，耐烦如毛驴，辛勤如蜜蜂。"这是人们理想的"更夫"。他必须随时准备"挨炸，挨跌，活埋，粉身，压扁。他随时得当干奶妈，产婆，郎中，抬埋的，募捐的。他得活泼而驯顺，当人们抱怨时，甚至得学会装聋作哑"。想想冬夜的黑、冷，这些年迈市民的义勇实可佩服。自然，中年的纠察员占大半。譬如我们这条街上一位罗伯逊先生，他年纪是五十三，与老伴跟前有两男孩。早上七点半，他就到邮局上班，战前四点半即可下公事房，如今要做到五点。下了那个班，就值这个班。闪电战开始后，好些日子罗伯逊先生二十四小时内，仅睡上二三小时的觉。他巡街，扶老弱进防空壕。但有一天，他巡街回来，自己的房子炸完了，妻同一个孩子受伤，另一个孩子丧了命。悲痛自是当然，但第二天罗伯逊先生又去值班了，吹着哨，催人们掩蔽。

还有浇灭伦敦大火的英雄们。六万救火员中，截至上月底，殉职的已逾百名。这是既苦又危险的差使，烧死，砸死，种种意外都可能发生。伦敦市民对他们感激至深。

专职的纠察员，每周领三镑。因公受伤者，准许照支前二周薪，出院后，已婚者每周领一镑十三先令，单身汉每周领一镑。这总算是份保障，但舆论界认为太菲薄。尤其有些地方遇纠察员受伤，薪金立即停付。而且供职还须自备救火唧筒等，出差自备车费。至十一月初，政府动手改善了。殉职的每名准领葬费七镑半。受伤的准续领十三周薪金。政府并立即发给钢盔、雨衣等必需品。而且开始训练一批后备员，随时补充。

但开仗以来，英国空袭方面最棘手的莫如防空壕问题，即把这问题视作一个中心的社会问题，也不为过火。因为它涉及安全、健康、纪律、道德。

九月中旬安德生当内务部长时，大批伦敦市民携妻抱子，夹了被卷，佯买一站票往地铁里挤，而部长在警告着：地道车系交通工具，绝不容许人民当防空壕使用。两个月后，全市地铁每日下午刚过四点就成为合法的避难所了。再不需买票，有几条线还停了车专为避难用。这是人民的一大胜利。自十月十九号起，地道车站有夜宵早点卖了。次日，第一批两千只双层床架起了。于是，玩起纸牌来，难民带来种种乐器，地狱变成了天堂。十月底，威斯敏斯特教堂的地下室设起简易图书馆，放映起科教片，北伦敦一个地下室还有了一种报纸，名叫《瑞士茅屋人》，距我的住处仅隔一站。第一期社论是《论打鼾》。

美国耶鲁大学图书馆听说有这么一种别致的报纸问世，还特意从大西洋彼岸来函索取呢。

防空壕是怎样一个奇怪的生活场所！一个醉汉跑进某处防空壕，嚷道："呔，我乃希特勒遣来的伞兵是也。尔等全已在我掌握中，谁敢动一动，小心吃我的子弹！"并在口袋中比画，把避难的妇孺吓得乱叫。还是一个熟识的妇人认出他来，打了他一巴掌。这人醒后被罚两镑，另付诉讼费十五先令。有一地发现成帮的流氓。还有一个难免的现象：小小窃案也是习见的，尤其每人手提包里必有点宝贝。这里躺着打大呼的男子。也难怪，他们白天开着货车或造着军火，晚上一伸腿，身子下面是硬邦邦的水泥地。但有三百难友，十个打呼的即可搅得全睡不成。所以难友们自动轮流派一个人负责"摇打呼者"，一闻呼声立即跑过去推他一把。这里也睡着国难不忘美容的女秘书、女店员。睡前照常用发夹把头发卷成乱蛇一般，用玉容油润了她们的粉颜，早晨上班前，还先染染手指甲。

打呼的少爷和染指甲的闺秀在一片地上起卧，故事自是难免了。"小姐，您睡得暖和吗？"随之，把自己的大衣盖在陌生女子的身上了。没有人拒绝殷勤，尤其头上雹子般落着炸弹时。伦敦已经流行起了"防空洞的情歌"。一首是："当你来时，有如警报之狂歌。我心怀不住鸣着紧急。我爱，你把我惹得稀糟，非加救护不可，虽然我知道我未被损害。你可否以一愉快的解除招呼我？点上你眸子的蓝光？我爱，见你以后，我如何恢复常态！”

结果呢，是教堂生意兴隆，防空洞常常权充洞房。

纽约一个哲学家，立在大西洋那岸赞赏着：“汪洋那方是欧洲，也即是地狱。海水爬着涌着，填补着掘蛤者留下的足印。月亮由海面上升了。我确知地狱过后，宇宙的空间潮汐将梳平时间的沙滩。新的掘蛤者还将来到——也许还是更好的。”

一九四〇年十一月十六日，于伦敦

十四 一九四〇年的圣诞

圣诞前夕的二十四号晚上，房东太太说："老天爷会打扮他心爱的伦敦城，瞧，下起雪来啦。"随说，她手里握的一把就摊在盘子上了。我本来就预备夜游这受难的京城，如今就更受到了鼓励。罩雪的伦敦，一定不至于太漆黑吧。

这才是伦敦的气候哪。半小时后，我走出大门，四下依然漆黑得无空隙，我是说，连星光都没有一盏。再摸摸冰冷的台阶，融化的雪，把地面浸成微湿的了。我几乎想说那是我到英国以来最黑的一个夜晚。我摸着路灯杆、树干、栏墙如一盲人。直等出了巷口，偶尔天空才有一道闪亮。那是城里无轨电车划出的电流。山坡上的汽车，今晚异常稀少，一个老太婆在巡逻。她大概是空袭纠察员，在黑暗中还嘟囔着："希特勒这小子也得过节吧！"我沿了山坡大道向城里走。过了铁道桥，从坎普顿镇传来了歌声。警察沿街用电筒照耀僻静的角落。那里不是醉徒，就是丘八鸳鸯。伦敦似乎已酣睡了，只剩交通灯在睒着彩色眼睛。

莱斯特方场是丘八爷活动的中心，毕竟有生气得多。伦敦有如一大黑海，这里偶尔也驰过一辆辆汽车了。尾后的红灯隐现如这黑海上浮过的流萤。未填竣的弹穴口上，红灯一明一暗着，有如灯塔。戴宽檐帽的新西兰士兵、空军、水兵，都挽了女人的臂，在这黑海里唱着儿时学来的圣诞曲。一个醉了九分挂零的女人，倚了路灯杆在唱，有男人凑过去同她瞎说一阵，然后就又耸耸肩走开了。轮到她过街时，如果不是司机眼快，还几乎当了今夜的祭羊。

在摄政街口一家大酒馆门口，一个瘦小的提琴师在拉着《宁静的夜晚》，那是我生平听到的最凄凉的《宁静的夜晚》了，伴奏的是妓女的嬉笑怒骂和路人在微湿的边道上走出的嚓嚓脚步声。那提琴师还有个老伴，她张了顶帽子在黑暗中乞讨，没牙的嘴里哼着圣诞曲。驰过一辆汽车，我看见了她脸上的皱纹，也看见那帽子里空空的。

几乎就在隔壁，便是皇家咖啡馆（以文人艺术家猬集著名的饭店），穿镶金红制服的门役为贵客开关汽车门，迎来送往。我由门边往里窥了一眼。皇家咖啡馆我是吃过一回的，但今晚它辉煌得如一座水晶宫。衬了门外无底的黑暗，我想到安徒生的《卖火柴的小女孩》。

我又沿了莎福资贝瑞路（伦敦的百老汇）踽行。大戏院门外照例都有伸长的玻璃遮棚，遮棚下溢满着欢欣。但越往街北走就越萧条起来。快到牛津圆场的时候，我又得摸着黑躲弹穴了。希腊街我原是熟稔的，因为常照顾中国餐馆上海楼。但仅仅半个多月，希腊街口我都不认得了。我直如到了圆明园，那么静，那么荒凉，走路得提防瓦砾。仅有的微光是由地窖的玻璃方砖透出来的。有了光，也就有了笑声。人和兽在受难中都会嚎哭嘶叫，但唯有人类会笑。这天赋的特权是了不起的。

归途我腿走乏了，且想看看伦敦地面底下的圣诞。

华伦路地铁车站下睡着的多是大陆来的难民。他们是由维也纳、柏林、北法兰西，由欧洲各角落逃来的。也许一个月前还关在人岛（宣战后，英国政府把有些德奥籍的外侨以及国内的纳粹分子，悉关到爱尔兰海峡中的人岛上）的拘留营里，如今总算是获得了自由。但他们实在打不起精神。才十一点，许多人就蜷在毛毡下睡去了，单剩下长舌妇们斜卧着用欧洲各种语言交谈。孩子们也倚在妈妈怀里，或紧紧抓着一只泥团团酣睡着。有个好心的手风琴家在拉着《圣诞曲》。这调子只有更引起梦中的乡思，柳条摇篮里有婴孩酣睡如天使。

在较大的站上，如皮卡迪利方场，就热闹多了。墙上插着槲枝，枝上还卷着银链纸圈什么的。地铁当局还给栽上一棵圣诞树。席地躺在站台上的老少都伸长了脖颈合唱着。站台太长了，声音有时杂得如幽灵在号叫，但热闹可是实情。一架为水浸了半截的破钢琴也奏出《牧人夜间看守羊群》来。钢琴盖上还贴着借主的姓名住址。孩子们骑在楼梯扶手上滑溜着，有些男女工人居然在站台的一端翩翩起舞。

你能怪这些人不知忧吗？没有比战时的圣诞更不可能而又不可少的了。不可能，因为灯火统制了，奢侈品缺乏，疏散使家庭分散了。还有难忘的，是空中威胁依然存在着。今年“圣诞休战”完全是个巧合，并不是取得了默契。当局先有意完全禁止伦敦的街头唱诗班，后来改为不准持烛或任何灯火，且“声调不得类似警报”。但一九四〇年这个圣诞也是不可少的。几世纪来，英国人民从没遭受过这么猛烈的轰炸。多少人的家成为瓦砾，多少家的子女分散或者死亡。活着的，有的飘在大西洋的军火船上，冒着被潜艇击沉的险；有的守在东岸，窥伺随时可进攻的敌人。节日使人忘怀地乐一次；即使是一次，对人民精神已是一大补剂了。所以连被炸得最惨的考文垂也大事铺张。那里的古老大教堂已被炸平了，居民在六百年前修成的教堂地窖里举行圣餐礼。圣诞礼拜是在客店里举行的。全城凡是房屋依然完整的，都对邻舍打开大门。各城空袭服务员里，有的是名伶；于是，今年的哑剧又照常上演，节目是《水晶鞋》或《神灯》。各百货商店都大做礼物生意。战时的礼物是牙刷、肥皂或刮脸具，一切都以实用为主。就这么省，十二月十三日英格兰银行还警告消耗者，说圣诞购物已由银行挤出六亿镑以上的通货。多少亲友生死不明，于是，今年的贺年片数目已剧增。为省纸张，政府要求人民少寄。由于工作人员被军役抽去许多，邮政局要求人民提前寄发。结果，邮局不但得请军队帮同清理，而且打破了邮政史的纪录，每个邮差都把太太带出来帮忙。十八日那天，伦敦街上就看到一对对夫妇，每人背个邮袋沿户递信。第一天是师徒二人，第二天拍门的就是邮差夫人自个儿了。想想看，即使年逾五六十，干起新差使终归还要脸嫩的呀。

我的节日虽然过得很寂寞，但不能说很苦。圣诞日吃的是一只五磅重的火鸡，第二天，“盒日”（圣诞节的次日。英国习俗，这一天主人要赠送仆人一笔礼金，放在盒内，故名）吃二十磅的大火鸡，是潮州朋友请的，我们戴纸帽子、玩气球、打扑克，很乐了一场。圣诞日的下午，英王由威斯敏斯特教堂对全国广播。那座教堂自挨过炸弹以后，许久没这么热闹了。圣坛扎了彩，白衣唱诗班的席上又点起烛光。同一时间，德国总司令由法国对德军广播说："去年的圣诞，我们还守望在马奇诺防线那边。今日我们已到了英国水墙的这边，专等元首一声命令，最后一击即开始。尔等不可焦躁。"圣诞日的伦敦，天空还洒下一片阳光，伦敦似又回到深秋。海德公园游人很多，圣詹姆斯公园的天鹅用长喙梳拢着白舞裳。一个歪戴贝雷帽的法国兵把脚伸给擦皮鞋的孩子，吹着口哨：《从前有一只小船》。

这一天，全英格兰、威尔士、北爱尔兰的工人都有二十四小时的休息，苏格兰工人的假期是元旦。这一举也非同小可，二十四小时够生产不少军火的。军人除家住伦敦中心二十英里内的，一律不准假。而且生日在一九二〇年十二月的壮丁，有数千将在圣诞之夕被召入伍。但一名工党议员向首相书面抗议说："我们英国工人不能牺牲假期替希特勒在东亚的帮凶制造凶器。"他说，一部分军火工人拒绝为日本订货而干活。

一九四〇年十二月二十七日

十五

欧洲往哪里去？

1 神经战

也许这篇通讯寄到时，西线已认真动起手来了。但直到此刻，马其诺和齐格菲（马其诺系法国根据上次欧战的教训，由法国国防部长马其诺于一九二九年至一九三六年间所修筑的防御工事。东自法瑞边界，西至卢森堡边界。齐格菲则为纳粹德国方面的防御工事）可都还固若金汤。战地记者所报道的，净是些战壕里的游艺节目和篮球比赛。圣诞节健儿们还轮流回家团圆一阵，宛如去打野营。对德国将于休战日发动总攻的一种推测仅是刺激而已，荷兰女王的和平呼吁也还不失为一副兴奋剂。但现在，连这些也没人来干了。每天早上摊开报纸，第一眼总是十条八条商船触雷沉没的悲惨故事，无辜的死难者没有一个是身上穿了军服的，而战斗员却蹲在战壕里玩扑克，不时有德国侦察机飞过海峡这边打个盘旋。这叫什么战争？晚上如拧开无线电，欧洲宛如一个住满了泼妇的大杂院，鸡一嘴鸭一嘴，话我听不懂，但都像在拍了胸脯，不依不饶。偶尔拧错了频道，还有尖声嚎叫如鬼哭！如今，冬雨季到来了。坦克推进不利，凛冽的北风尤不容轰炸机自由飞翔。凶手们大约都暂时蛰伏，人类自相残杀的悲剧一时尚未揭幕。前奏曲自然仍是善良平民的受难。这是一场新式的战争，他们叫作“神经战”。不比谁膂力大，单看谁咬得住牙。

2 第四军备

“这是一场最费钱的战事。现在，每天已经花费六百万镑了！”前晚西门财政大臣向不列颠子民广播着，然后又如一个管家婆般数落着“家伙”的昂贵：飞机价码比一九一四年涨了三倍至七倍，军队一师的器械涨了两倍，军舰每吨也贵了二三倍。难为他担当这和海陆空大臣一般重要的差使。今年八月，他在下院公布的本年度一四五三（百万）镑中，已有五〇二（百万）镑须赖举债，正在发着愁。九月三日英对德宣战。今年的经常支出即刻增到二〇〇〇（百万）镑，其中一二三〇（百万）镑是军费。

战争的负担究竟驮在谁的肩头呢？论兵役，大部分念书人都没摸过枪杆子；论战费，许多有钱人，开战后收入反而增加了，更不用说专发国难财的了。在这里，战费的重量是压在每一个一般男女老幼的肩头上。烟酒遗产增了税不须说，连工党所反对的糖税终于也实行了。然而，最直接最切肤的还是所得税。开战前每镑收入仅征一先令三便士的税。此后曾一度增至六先令，其后又减为四先令。善筹款的西门爵士登台后，便把所得税由五先令六便士增至十四先令之多。一般的税率，今年每镑抽七先令，明年便抽七先令半了。另外，收入达二千镑的，每镑抽一先令三便士的附加税。达三万镑的，每镑须再抽九先令半。这负担定得非常公允，使贫富都感到了分量。

历史真如幻术。正如这第二遭欧战又在二十五年后的同时期肇始，英国第一笔内债也和上次大战的同月发行，而且由“小户”起始。上次大战共发三次债，达三亿镑。但每次利息都高于上期。至一九一七年那笔，竟高至百分之五。结果，许多债权人将息变本，利上滚利，政府吃亏不小。所以这次在公债发行上，当局极为慎重从事。最近，凯恩斯氏倡议“强迫储蓄”，舆论界反对赞同者不一。

在巴黎，人们所戴防毒面罩有如妇女手提包般优劣不等。最初警察强制路人携带，穷人就以没有一百法郎买它为辞，常与警察冲突，终于这命令也无法执行了。在英国，防毒面罩是在登记户口时，按人分给一具，外国人一律照发。另外，凡年收入在二百五十镑以下的家庭，可以免费领防空钢板一块，值八镑。一个年收入千镑的人很不服气地对我说，他自己反而没有钢板用，因为他买不起。

3 腹患难免

一个国家在战时，特别在战争初期，笑话和矛盾殆难避免。九月间，受各方攻击的是新闻部长。直到昨天新由德来英的一个美国记者，仍认为这种对消息的严格控制并不是很划得来的。德国最近对外国记者发电就完全取消了检查。关于新闻部长的讽刺文章很不少。最近成为众矢之的的是粮食部长。有人反对食物配给，有人嫌实行得太晚，而“配给证”屡次延期，到最近才发下。究竟哪天实行，目前仍无确息。

管制，配给，这些仿佛都与他们的民主传统背道而驰。所以在战时，一个自由惯了的社会，即刻会感到约束。比如海德公园至今仍有人站在肥皂箱上大发宏论，而最麻烦的是对“良心反战者”的处理。当一个够兵役条件的人被征入伍时，如果他不愿从戎，他可以向特殊法庭陈述理由。这理由不外三种：（一）宗教的——如贵格会的信徒，他们从信仰上拒绝作战。（二）道德的——有些人认为杀人违反人道。（三）政治的——如当时有些英共党员，他们说打的是帝国主义战争。

有个青年拒服兵役，因为他从一本小册子里得知，上次大战中士兵们是被灌醉了驱上战场的。那法官循循善诱地问他：“你读过蓝皮书没有？‘良心’哪能一夜就改了样子？”原来他是想把大学读完。但真诚的和平主义者不是没有。一个学建筑的学生自小就是在反战的家庭中长大的，他父母连童子军都不许他参加。这样的情形，法官照例都判为免服兵役，但必须从事其他非战斗性工作。

在伦敦，有一个和平同盟的组织。他们一面监督法庭对“良心反战者”执行得是否公允，一面指导反战者怎样作有效的陈述。哲学教授玖德每周必举行一次“法庭演习”。英国政府之所以肯免去“反战者”的兵役，是因为没有斗志的战士终究无大用处，勉强上阵反而会挫伤士气。

4 经济战

关于德国人力物力的估计，大家持论不一。“小巴黎”和塔布依夫人（塔布依夫人是法国专栏政论家）时常有些耸人听闻的

"揭露"，但英国舆论界却较为慎重。因为上次大战的许多把戏事后多被戳穿，报界丧失信用不小。这次，至少到目前为止，有身份的报纸如《曼彻斯特卫报》都力持客观，不低估德国的潜力，也不夸大敌人的窘态。如《每日电讯》这几天连载一个新由德来英的美记者威洛尔一文。文中坦率地说：德国民众都企盼和平，但这并不是说他们已为饥饿逼得要屈膝。无论纳粹或反纳粹的人们都承认德国食粮还足以支持两年或更久。店铺里依然陈列着新鲜水果。自十二月起，每人每周的肉可由一磅增至三磅。牛奶很缺乏，肥皂也少，但那只不过使德国的主妇们克制一下清洁习惯而已。最近人造橡胶已发达到比天然橡胶还坚固，而上周德国又由罗马尼亚购入一百万加仑酒精，由波罗的海国家购入一百万吨饲草，都说明目前英法的封锁还不足以使之挨饿。

但德国愁的是重工业的原料和准备金的缺乏。钢铁只产平时消耗量的百分之二十七，年需的四百三十万加仑汽油，有三百一十万胥赖美国供给。苏德之间的经济交换已证明是一大幻灭。凡是德国奇缺的，苏联还自顾不暇；苏联可以与之分享的，德国又正想出口。而且波兰经过这场浩劫，铁路桥梁已破坏不堪。陆路运输费用贵得多，即使冒险走海路，侥幸绕冰岛运到，所费也不赀了。英法平日生活程度很高，战时可以把若干制造奢侈品的工厂改为军用。德国人民则平时已勒紧了腰带过日子，如再勒下去，肚子势非饿瘪不可。

然而，联军的经济封锁正在步步加紧。在开战之初，联军即设了一个"经济作战部"。这是一个不动声色然而专掐希特勒喉咙的机构，它设在伦敦大学经济学院里。它有一个最古怪的电报挂号：Whiskers（络腮胡子）。为它工作的一百六十七位专家中，有全国最好的统计家、发明家、银行家和经济学者，他们负责管理在世界各地没收的敌产物资。在十一个星期中，共没收了四十四万一千吨之多，但这还不是最后的策略。

现在谁也说不准此次大战会不会以及何时使用毒气，至少德国在海上已经用上了。如果德军对商船继续滥施毒气，恐怕这手段联军也将提前拿出来了。

5 往哪里走

究竟西线何时动手，或还动不动手，大家推测不一。就封锁而言，时间是对联军有利的。然而德国说不定也愿这么拖延一下，可以分化密切合作中的英法，并折磨这些民主国家民众的神经。

那个新由德来英的美记者威洛尔带来了惊人的消息，这自然是应放在“信不信由你”一栏里的。他说德国准备在一九四〇年五月开始倾全力对英发动总攻击，动员三万架飞机，对不列颠岛滥施轰炸。他说在慕尼黑一城，即已设有十四个飞机场，潜艇已增至四百艘。他曾访问了一个炸沉英舰的纳粹水兵，是个小伙子。德对法战略据说是由西班牙或意境进攻。这位名记者亲眼看到大批军队由南德调动，开赴西班牙。希特勒与佛朗哥之间究竟有无默契，这是谁也不敢肯定的事。但德国军人都同声肯定：“我们绝对不炸伦敦。不，那老错误我们不会再犯的。我们不想再逼比利时加入联军。”（这段看来很清楚，纳粹宣传部是在利用这个美国记者来迷惑并麻痹英法。几个月后，他们干出了与宣传的正相反的事。）

另一方面，又有人说，希特勒其实是在等一个不丢脸的和平。

不久之前，英国舆论界在讨论“战争的目的”。未战之前是左翼主战，保守党主妥协，眼前这局面似乎掉过来了。不少人埋怨政府不该在签订《慕尼黑协定》时，冷落了欧洲列强之一的苏联。政界元老路易·乔治便是其中之一。但现在自然不是算老账的时候。当前举国上下是要打倒“威胁着欧洲文明的希特勒主义”。不管以后发生什么事，我们先把这个恶魔打倒，然后手脚腾出来，再对付旁的。

目前，德国官方说这回联军准备了一份更残酷的《凡尔赛条约》，煽动反英情绪。在英国最流行的话题是“欧洲联邦”这个近乎乌托邦的梦想。上礼拜一个法学教授在剑桥演讲，认为将来应设一个欧洲联盟，这个规模比国联小，或较易实现。另外设一个民主国家的联盟，以集体武力镇压条约的破坏者。一个很明显的事实是大家都承认《凡尔赛条约》是有缺点的，国联机构尤欠健全。弱小民族丝毫未受到保护，强国则利用它来维持现状。所以在第二次大战后，如果胜利属于联军，大约也不会断绝德国生路。但它侵吞的土地必须吐出，一个比国联更有力些的仲裁机构势必产生。今晚张伯伦首相在广播中便提到了这个“新欧洲”。

欧洲往哪里去？这是没有人能预卜的。但英国有识之士都认为：如果英国在远东背弃了中国的正义和友谊，与日本密谋妥协，则除了道德和威望的丧失外，它还有更大的亏吃。第一，这样将永远失去苏联的友谊，而那份友谊在制裁德国方面又是极为需要的。第二，此举对美国舆论的反响必恶劣到不堪设想。第三，那以后将陷澳大利亚于日本的直接威胁之下。所以在新闻栏里虽不大见到中国消息，这种具有卓识的忧虑却不断地从各报刊的“读者来函”栏中流露出来。

记者上周在剑桥作“滇缅公路”的演讲后，举行讨论时，即听到不少主持公义的意见。座中有不少远东专家，都认为英国乘西线战争沉寂之际，应更积极地使远东战事早日结束，让日本军国主义者以其自身的下场为世上黩武者留下一面镜子。

一九三九年十一月二十七日，于剑桥郊外密尔顿村

（原载重庆《大公报》，一九三九年十二月十五、十六日）

十六

战时英国印象

我统共在英国才住了两个月，这些印象自然是肤浅的。虽然曾两度专程访问伦敦，但那个城市对我这样一个新由东方来的，显得太大了。白天我老担心会把自己丢掉，晚上由于灯火管制，这大城黑得不如农村的一家留人小店，因为怎样破落的店家，总也还点得起一盏油灯呢！天下许多事都是令人捉摸不透的：唐宁街十号是大英帝国的政治中心，然而一个旅客如果不把这号码记准，包管他找不着。那不比香港坚尼地道或上海愚园路任何中产人家的住宅神气多少，而且是躲在一条荒僻的巷子里。距十号远远地，立了一个警岗，看样子他的职守是指挥交通多于守卫。但我得承认白金汉宫和议会大厦的气派还是很堂皇。那天刚好是纳尔逊打胜仗的纪念日（一八〇五年，纳尔逊率领的英海军击败了法兰西—西班牙联合舰队），特拉法尔加广场的石像脚下陈列着鲜艳花圈。历史的光辉照亮了灰暗的天。

在剑桥虽仅住了五十多天，我很快便同这座文化城结下了友谊。初到上海，初到香港，我都有过一段怅然若失的日子，但我对剑桥一直没有陌生感。并不是因为市里商店那些莫名其妙的“欢迎信”：裁缝的问候，书铺送来月份牌，每个陌生的客人都享受那一份；而是剑桥那种半都市半乡下的气氛令我感到亲切。在上海我曾想骑自行车，一个老上海笑着说，只有信差才骑车呢，你不如走路。于是，离开北平五年来，我和那匹“铁驴”就绝了缘。到剑桥的第二天，我便是一辆车的主人了，因为这里几乎每人都拥有一辆。而且车把上还都挂有一只十足乡巴佬气的筐子。每天，几百辆这样的车子由一家家学生公寓驰向城内二十二座学院，每辆车上的骑士都披上一件残破的黑道袍，冻得通红的脸上，扣着一顶黑方帽子。

大约是一种没出息的联想吧，一到剑桥我就马上想起北平来，只有像北平那样的古城才能比拟一座到处是古迹的地方。剑桥由远处看，一点也不神气。每次由伦敦坐火车来，我总得不时探头瞭望着，生怕坐过了站——因为除了一座座尖顶教堂外，它寒伧得如一乡镇。所有它的美，都不是为匆忙的旅人准备的。譬如剑河上游两岸的疏林小丘，学院后的叹息桥，王家学院的唱诗班和城乡的牛马市。这里，还时常路过食宿都在马车上的流浪家庭，吉普赛的孩子们在田野里低唱。

但这并不是说战争没有完全波及这座古城。第一，剑桥的每个居民，本国或异国的，出入都带着一张身份证，这是全国登记处发给的，不但领食物配给靠它，遇有空袭受重伤，也凭它来辨识，以便通知家人。每人都发了一具防毒面罩。很奇怪女人戴它远比男人更热心。自然，和巴黎一样，许多彩色“面罩匣子”已陈列在市面上，花上三五先令，便能把这副貌似猪八戒的玩意儿装饰起来，天蓝的，水绿的，桔红的，很富于个性。但最影响并改变了平时生活的，还是那严厉执行的灯火管制。很少有人没因疏忽而受过警告。笔者截至现在已挨过四五回训斥了。这实在很不便当，尤其是英国的冬天，下午两点出门就得带灯，因为三点多钟便暮色苍茫了。时常高兴地回到家，扭开灯，首先得喂自己口茶水，但正托着杯子时，门便叩起来了，外边那稽查厉声说："你忘记这是战时了吗？"对了，每个人都得记住这是战时，特别到了夜晚。一个英国朋友的四岁孩子对"灯火管制"这几个字记得比任何字眼都熟。本月内政部公布死于汽车肇祸的已超过一千人，其中六百多名是死于灯火管制下的夜间马路上（战前每月平均只有三百名左右）。很多人向当局呼吁放松些，但没人敢相信纳粹飞机不来乘亮打劫。于是，只好深居简出。时髦妇女的生活是在夜间，然而她们也有自卫办法。据说一种带灯泡的耳环已有人在试用，电池自然很小，电门大约藏在项链上。

物价的确在涨，电池和橡皮等似乎还很缺乏。但日用品价格的增加却极有分寸。开战一个月后，牛奶才涨了一个便士，黄油涨了，但出现一种价钱较廉的人造黄油。配给证虽已发下来，要到一月八日才实行。但"精神控制"却在宣战那天就实行，那就是多年锻炼出来的社会秩序；没有买者存心囤积，也没有卖者居奇抬价。伦敦因人口增多，街灯熄灭，水电和瓦斯从本月已增了价，但小城市并没有用过高的物价剥削避难者。走到肉店，水果店，依然挂着丹麦的小牛肉，耶路撒冷的桔子，南非的香蕉，中国的鸡蛋，齐备而充实。上礼拜我的伙食还是由隔壁警察太太包的，每天仅管午晚二餐，每周她要二十一先令。放假后我自己试做了一个礼拜，一天两个先令可以吃得很好。得感谢谁呢？英国那上千艘在地球各角落东飘西荡的商轮。

开战后，戏院生意反而兴隆起来。街上是黑了，于是，卖自动桥牌的，卖钢琴，卖通俗书的反而走了好运。在过度紧张中，人们比平时更需要娱乐。但这里我并不想概括英国一般情形，我只见到一角。一个主教一年五千镑薪俸，理发师侍候完一位顾客，只能挣八个便士，其中两个便士还是小费。

上礼拜我到离剑桥十四英里的一个小村镇去玩。这里我不想写景。两件事引起我的注意。第一，我们因遇雨躲进一个农家小茅屋。屋旁一张铁板棚下，停了一辆奥思丁牌汽车。第二，我们的车驶回剑桥后，我还不知又走回了大城。依我看，英国的乡村和城市的界限真算不上悬殊。在伦敦那大城里，却有座荒凉的海德公园。小乡镇也有讲究的茶馆。

自然在一个五镑可以购置一辆旧汽车的地方（我们的洗衣奶奶的车便是这价目买的），汽车实在不能作为阔绰的标志。所以在剑桥骑车，常常在街口同汽车彼此谦让上半分钟。在中国开汽车的眼睛好像只肯看天，压死白压，汽车时常快得把满街胆小的都吓得心跳，而它赶到戏院却离开场还有二十分钟。在英国，汽车是“市羊”，而不是“市虎”。

秩序，在战时真不失为胜败决定因素之一。譬如贴标语，他们设计得都醒目而色彩和谐，很稀疏很扼要地贴在全城各角，但笔者前年在湘西一小城浮住时，每天几乎都有新的标语贴在昨天的那摊上，原因是那城虽小，却是各地疏散来的学校机关必经之地。信赖、冷静、坚定、尽自己的一份责任，这比不上一个战士的英勇，却是个好公民的起码品德。所以在剑桥，学生依然在辩论、唱歌、赛船、抱书本。年轻的母亲们下午便把白嫩小宝宝推出来，晚上九点钟都围了无线电听当日的战况。

妇女也有从戎的。法国那边还驻着一批英国女飞行员。英国女权运动是上次欧战兴起的。战争是表现勇敢、克尽责任的好机会。两性之间，只有在同样负担下，才有同样权利可言。在疏散人口，保护学童，救护等工作上，英国妇女认为责无旁贷。在香港看到的英国人同我到这里以后看到的仿佛不大一样。欧洲男人原来并不都叼支雪茄，大拇指插在表袋里；女人也并不个个穿得像夜总会的顾客。老实说，在这里和巴黎，我没遇到过一个袒着半个胸脯的贵妇人，如我在港九轮渡上所天天遇到的。反之，这里我看到一般西洋人却都是过日子的老手。不但仆役很少人雇用得起，（人力贵得很呀！）许多轻微的劳动全是自己干。上礼拜我在"六便士商店"买了一对鞋掌。我看见许多人都围了那柜台，在用一张纸样比来比去。我也买了两块，六便士，外给钉子一包。我一生这是第一次当自己的鞋匠。这种商店在全英大城镇比比皆是，成天挤满了人，什么琐碎东西都有。另外一个现象，便是合作社组织的普及和规模之庞大。据说英国百分之十二以上的消费都在合作社手里，他们有机关报。

路过法国时，朋友嘱咐我千万莫谈国事。有一次正在旅馆打电话时，老板娘猛然由后面夺过我的耳机。她用法语对那话筒嚷了几句。然后厉声问我："你刚才说的什么话？"我告诉她是中国话。她用指头对准我胸口说："在这里只许说法国话！"这规矩那朋友可以从容遵守，但我却说了最后一句话，那就是："再见吧。"

在英国，除了登岸时我和所有人一样都受了半个小时盘问

（我坐在椅子上，三名警官各自审问一个），但那以后，我再也没受到什么特殊约束。当空中海上在激战时，共产党的机关报《每日工人》也照常出版，照常攻击现政府，攻击战争，并为苏联与纳粹德国签约而辩护，当局这点雅量不简单。

一九三九年十二月十六日，于剑桥

（原载重庆《大公报》，一九四〇年一月六日）

十七 科学在第二次世界大战中

去年十月十二日那天，记者走出伦敦维多利亚车站，第一件事就是买份《泰晤士报》，上面登的满是希特勒呼吁停战的演说。最后他说：如果你们要坚持打下去，我可也并不怕。我有宗秘密武器，一旦使出来，尔辈必大遭其殃。一年多来，记者并没有忘记希特勒的威胁。多少科幻小说家描写过机器人驾驶飞机，开大炮，还有死光什么的。我迢迢地从东方来到这西半球，对于究竟将如何断送我这条小命，倒也不免有些关怀。也许前头有什么厄运在等着，那没人能断言。但截至今日，这战争还是平凡的，有时甚至是枯燥无味的。去年十一月间希魔搬出来磁性水雷，但不久英国即有了万全对策；而且这里盛传中国在长江也要使用磁性水雷，其不新鲜可知。巴黎失陷前，德军进展的神速曾使我惊讶。看地图，一个急性子的旅客也能走那么快。但事后才知道那秘密实在于组织诡秘、动作敏捷和对方的愚蠢。夏天葡京里斯本曾经盛传有一种“光”，用无线电播送，顷刻间能使对方居民神经麻木不仁。我倒巴不得作第一个牺牲者，但等到今天，那光还依然藏在什么仙人的道袍袖筒里。飞机不是按电钮升起的，而最不可恕的拙劣，是为了毁灭一成军事目标，它依然得先杀害九成平民。也许到末了，要摧毁的那座桥梁或车站仍旧安然无恙。毒气未放，大概因为双方都有的是。

十月中旬，军需部宣布该部每周都收到“发明设想”近四百种。请看下列几件样品：军靴上绑刺刀，遇敌人可痛踢他一脚。来复枪上装电钮，拼刺时一按，刺刀即霍地突出来。地上撒网，降落兵跳下即就擒，且网上安有铃铛（像煞《七侠五义》）。往敌后方撒布毒蛇和饿鼠。还有一位提议在英国与加拿大间筑起一座桥梁，上空用气球保护。该部科学研究组顾问安德莱教授说：四百种发明中，可采取的仅三四件，而大部分还出自有实际经验的工人头脑，如怎样堵上汽油桶漏孔，防坦克的油瓶等。

但科学在这场战争中，也并非完全无分。

八月间，英国航空设计专家肯尼迪少校带着一份“无畏空垒”的图样赴美。在纽约与工业家谈判竣事，即将图样存入银行保险库，赴华盛顿会晤政府要员。抵该城即下榻某旅馆。当晚在灯下还盘算次晨如何接头，但第二天早晨，茶房发现他已气绝身死了。医生验尸，诊断为“心肌梗死”。这自然是个谜。

科学在这场战争中，完全缺乏幻想的色彩。有些人必定很失望。但另一方面，科学也在悄悄地解决着生活中的实际问题。在德国，主要是用在“人造”这个，“人造”那个上。在英国，这活动不出航空、食物、医药范围。

前天航空生产部科学研究组主任裴亚君广播说，自开战以来，该组收到有关航空的发明不下两万件。其中荒唐的自也不少，如将云彩冻成固体，上架以高射炮之类。但这些来自英帝国各角落的、每周近三千条建议，皆经专家缜密审查。如数周前投到敌方的“火叶子”，所采纳的即是民间设计。

九月间，伦敦高射炮屡中目标，美国军事家猜度英国必然有了紫外线高射瞄准器。路透社称此种武器在美已大获成功，不需听音，即能于十四英里外察觉敌机踪迹。美国国会宣称，如果英国尚无此种武器，美愿与“轰炸瞄准器”一并转让。

“轰炸瞄准器”据传这时已装在大西洋一条英巡洋舰上了。结果如何，还有待证明。但德国轰炸机缺乏瞄准设备则可断言。如不信，有记者住处附近为证。英国空军专家权威说，如无自动瞄准器，从三千英尺以上的高空，即使最熟练的驾驶员也无把握。因有气球，它们不能低飞，这么一来平民则倒了霉。

瞄准器有如照相机的镜头，它把风向、温度、气流、高度、速度统统算在一起，所以美国曾夸说他们的瞄准器能由两万英尺高空击中一酒瓶。这法宝也许将使战局起重大变化。

十月底又盛传发明出一种新式炸弹，其爆炸力远大于现在的，这是牛津大学的伯尔尼教授在一次科学家集会上所提出的，并谓政府仍无意采用。须记住这位教授在一九三九年三月间就曾预言，说现阶段的科学于两年内，花上五十万镑就足以扫除空袭威胁。

同时，一种新的警报器也在试用着了。只需一按电钮，六秒钟内，全市警报齐鸣。十秒钟内，空袭巡逻员及工厂的警报全响起来，街灯全灭，防空壕内灯光齐明。这一切同时完成的动作，都只需按那么一下电钮。

食物的发明还不多见。最明显的原因是还没有感到缺乏。上次大战至少给予交战国一个教训，空了肚子打不成仗；所以这次谁也不相信凭封锁可以迫使对方屈膝，因为谁的地窖里都藏着大量贮备粮。直到现在，食粮方面，科学显圣的还仅仅止于“含维他命B1”的面包。

七年前，维他命B1还没制成。五年前，只有百万富翁才买得起一钱半钱。最初一两需数万镑，全世界仅有数两。后来，五十镑可以买一两了。今天，三镑即可买到一两。一两足供一人一辈子或三万人一日之用。发明人爱丁堡大学的托德教授，苦苦研究了三年。如今英政府已决定每年拿出一百万镑，把它掺入面包里，以利人民的健康。

此外，维他命C也在大量制造了，为了弥补蔬菜、桔子、柠檬的缺乏。维他命C具防菌作用，缺之则必患坏血症。这教训也是上次大战得来的。据说墨索里尼入侵埃塞俄比亚时，特由伦敦召军医专家卡斯提里尼爵士前往。这老头到任，第一道命令便要求士兵每日食柠檬一枚。新近，营养学专家罗汶费尔德太太及食物部又广劝国民去食野蔷薇果实，并例举食法如做汤、布丁、果酱或冲蔷薇茶喝，因其中含有大量维他命C，可预防感冒。

十一月初，皇家学会主席在《泰晤士报》上领导了一次叛变：他否定了维他命B1的奇妙价值，并根据十月二十六日医学杂志上刊载的某名生物学家的实验证明：两只老鼠，一喂维他命B1面包，一喂“全麸面包”，结果后者重量整整增加一倍。该主席认为三百年来，英国由“牛奶、水果、青菜、全麸面包”的食谱而改为“白面包、肉”，为一最可惋惜的错误。这叛变眼看就要推翻以前的营养标准。

医生（只要不乱开药方），诚然平时是天使，战时是天神。前方少不了他们，后方短不了他们。救一条命，就多一名战斗员，是天底下的福星。有糊涂医生，这不假。如法国投降后，巴黎七十八高龄的名医贝斯坎说他的长生术是："任性地吃，永莫运动，什么皆可饮，切莫饮水，且永勿洗澡。"他就四十四年没下过澡盆。但这是例外。一般医生的劝告都是济世救人的。

今年是欧洲的轮回年。照一般说法，是将百病丛生的啊。何况空袭把大半人口赶入阴湿的地下去睡，感冒势必大为流行。

但是迄今为止，这次大战中医学上最造福人类的发现还是固体血浆。旧日用来输血的"血浆"只能保存三周。新法系将红血球抽出，将血浆制成白粉。用时只需用沸水一沏，即可注射。这方法不仅注射方便，对输血者也容易得多。所以七月间卫生大臣麦唐宣称，不久将有大批血浆从美国运到。如果不是这新发明，大西洋彼岸的血是无济于事的。但这方面目前只限于对付少量失血者。至于出血症，依然非用鲜血不可。

记者写到此，不禁有点感触。试看人家的专家学者肯于对白面包黑面包呕心沥血，大科学家竟钻在试验室里研究如何捕鼠。但愿我国的大小研究机构，也能在玩赏金石之余，关心一下大众的生活。

一九三九年十一月十七日，于剑桥弥尔顿村

（原载重庆《大公报》，一九四〇年一月十四日）

十八

战争与宗教

去年五月二十六日那天下午，我沿剑河散步回来，走过天主教堂时，看到蓝斯菲尔路两旁人山人海，我以为是什么人的婚礼或葬礼呢，就也挤进人群里看。那时，正是德军由阿绵向海峡扑，英国大捕敌侨，剑桥丘八多于平民的紧张日子，也乐得看看热闹，消消烦。后来，教堂门口果有动静了。

是一对童男童女，端了蜡烛缓缓走出，随之是穿彩绸祭衣的神父。但并没看到新娘或新郎。队列长得一条街道排不开。后面还有便装的善男信女，都喃喃地念着经，在胸上划着十字。走过我面前时，只见路人也用手点额点肩地划起十字。我纳闷得不耐烦了，就向一个没划十字的人打听，这是什么名堂。他在我耳边低声说："这是全国祈祷日。"是喽，为了表示对英国的同情，我也摘下帽子来。

九月八号，德机大举空袭伦敦时，又有过一次全国祈祷日。但那以后，即使祈祷也不再是万全的事了。没有灯光，晚祷会就不易举行。然而，牧师们有办法了，把《圣经》故事用幻灯照在墙上，省去堂里的灯光。但事情还不那么简单。就拿十月二十一日那天来说，某教堂举行圣餐礼，他们跪下祈祷希特勒的末日早临，祈祷驰骋沙场的教友子弟都获安全。接着，穿了洁白袍子的神父由更衣所里端出圣餐的杯盏。这时，一阵隆隆声，然后，正当他们祷告至“救我们脱离凶恶……”时，随着轰隆一声，教堂中了弹，信徒和教堂同归于尽。这世界大约是魔鬼独霸的。据十一月初的调查，伦敦五十所教堂，统共仅有三所仍能举行晚祷。十一月底，新闻大臣请所有教堂在空袭时关门。

外交大臣哈利法克斯演讲时，他几乎没有一次不提到基督教在此番战争中的重要性，俨然是二十世纪的十字军。他口口声声不忘为拥护基督教文明而战。新闻大臣德夫古柏也屡次广播说，基督教伦理务必保存，惹得一位海军少将在《泰晤士报》读者来函栏里质问说：“大凡师名不清，战果必劣。政府言今日之战，系为基督教文明而战。如令信奉回教的土耳其人，信奉佛教的印度人，以及其他或友好或同盟非基督教国家闻之，宁不寒心？”

打了几百年的仗，欧洲政教纠纷总算是解决了。但那并不是说，宗教与政治没了瓜葛，只不过由相争而变为相辅。平时，教堂主持婚礼，维持人心，都是莫大功绩，更不用提在殖民政策上的贡献了。打起仗来，人心尤需维持。军队开赴大陆或近东，大半都把姓名留在一个教堂里，以便祈祷时冥冥祝福。但教堂的战时贡献不限于精神上的。他们还负责照管疏散的妇孺，为之奔走安排住所。街上偶尔也看见搜集民间废铁的货车，上写“家有碎铁，速送教堂”。新闻部里有个宗教组，作用也很大。教堂的钟声在英国是很重要的。不是如寒山寺那么清远如月色，却是嘹亮如乐观者的笑声。每逢礼拜天侵晨，尤其初冬，天刚微亮，圣玛丽的，圣约瑟的，圣斯蒡芬的钟，就都在桔色的晨曦中笑了起来。我还颇侥幸，听到过几个月，四月间我由剑桥去牛津。牛津可骄傲的很多，钟声是其一。但那时钟声在英国绝迹了，它不再为礼拜而鸣，教堂钟变为敌人航空兵出现的报警了。在《泰晤士报》上，曾有多少要人抱怨说，为什么单用这圣洁的音乐来迎接希特勒遣来的魔使！而且有个牧师挑一个晴朗的礼拜天早晨，还认真地鸣起他堂里的钟来。可惜在法庭上他不敢承认是为了抗议。他说是忘记禁戒了。于是判了两周监禁。那时人们对荷兰和挪威失守的教训记忆犹新。英国军事家的注意力集中在应付敌人空袭上。公园里绿茵茵的草坪，被刨成七零八落的陷坑，周围圈上铁丝网。一些明知是无辜的德国犹太人，却给囚在人岛上。

然而，倘若纳粹黑天使自天下降，谁去鸣钟呢？军事当局不放心牧师，牧师又嫌丘八手脚拙笨。鸣钟也是自中古传至今的本事。教堂没有了钟声不但气氛减色，而且主顾也减少了。八月中旬，一座维持了百年光景的教堂宣告倒闭了。堂址出盘招顶。投标的有戏院、医院和疏散机关，但中标的听说是家军火厂，这令人想起《每日快报》上登的南威尔士一位七十岁的老发明家，经过十六年的孜孜研究，才发明出用残旧的《圣经》制造炮弹。打起仗来，就什么也比不得平时了，伍斯特郡的圣海伦教堂变成了军队的俱乐部，祭坛上跳起爵士舞和滑稽舞，教堂里啤酒瓶子、糖果皮丢得到处都是。许多教徒对负责的牧师不满。牧师解释说："教堂也不是什么太圣洁的地方，娱乐也不是不可容。你说那些通俗曲调太粗野，但它们究竟比圣诗劣到哪儿去？"

这么一说，看官若以为战时的英国已成为无神党了，这可是大错特错了。英国一般宗教传统比清教徒为开明是实情，但宗教信仰还是讲的。说实在的，有时虔诚到背弃了理性。为了避免小汽车闯祸，一位牧师举行“汽车祝福礼”，这是战前了。一个七十八岁老头儿祈祷后，得了一个宝宝。于是，《每日镜报》的记者说：“祈祷真灵验，一次祷告生下一个孩子。我们一定再祈祷一次，因为我们还要一个。”

以上自然近乎笑谈，但战争正是诸神显圣的大好机会。上次大战就有过“蒙里天使”的奇迹。这第二次大战，奇迹总也少不得有些。

神的赏罚在战时似颇严明，可惜都是琐事小节。盟军一条巡洋舰被纳粹潜艇炸沉时，一名水手本已上了第一艘救船，忽然想起把《圣经》丢在舰上，又爬回去取。他上了第二条救生船。第一条船不一会儿就被炸沉。其实这完全是偶然。新近《牛津邮报》上有文曰：“何以偌大帝国，唯独北非索马利为敌国意大利夺去？理由至简。七年前，我政府曾拒绝派遣传教士去该地传福音。上帝不可轻欺。今唯自食其果！”看来帝国的完整，也得仰赖上帝了！

大奇迹是十一月九号在苏塞克斯地方出现的。一个老牧羊人法勒在村子附近放牧时，突见天际一道白光，后又看见钉在十字架上的耶稣。有六位白翼天使护卫两旁，其一还弹着竖琴。据说，这奇景在天空显现了约两分钟，然后就消失了。老牧羊人惊惶地跑入村中，到处一问，原来看到那神迹的还不止他一个人。一对姊妹说，连十字架上的钉子都看见了。第二天，各报冠以大字标题：《本届战争中最神奇之事》，连进步报纸如《新闻纪事报》都特派记者趋访这位老牧羊人。这六十六岁的老头儿有两条狗，二百五十只羊。他不停地说：“我就有两条狗，我的老伴儿，我的羊，我什么也不想看。每逢礼拜天我必上教堂。我看得清清楚楚，就在这块天板上，电影也没有它清楚……”

基督教早就渗入到欧美社会生活中去了，难怪它已形成一种保守势力。直到今日，许多城市星期天仍禁止娱乐活动，如演电影。有些好幽默的父母，给在空袭中生下的孩子起个富于纪念性的名字，如“警笛”，而不用教名。牧师们则认为那太失体统，竟拒绝给他施洗礼。

与虔诚信徒同时存在的是反宗教的运动。他们有个规模不小的组织，即著名的唯理学派出版学会。它创立于十九世纪末叶，出版物中如《文艺导报》与《思想家丛书》，都是专事揭露《圣经》之荒谬与教会之黑暗的。例如宣统皇帝溥仪的英籍老师庄士敦就曾用一中国人的笔名写了一本书，揭发基督教会（包括天主教）在中国的劣迹。此外，贾普曼主编的《自由思想家》（三日刊）也是使牧师皱眉的。至于普通较进步的刊物，对宗教持讥讽态度的也常见。当英军由敦刻尔克安全撤出时，《泰晤士报》即刻说是全国祈祷的灵验，几家刊物同时问：“上帝为什么不帮帮比亚，使他别那么掣肘？”

但你不能对教堂过于奢望，它终归不属于这个世界。开仗不久前，威尔士圣经医院的院长仍预言着上帝必能制止战争的爆发。宗教界还促请政府当局礼拜天的新闻广播以报道帝国大事为主，封锁诸如远东战争的消息。

今年三月间，英国圣公会的主教劝各地牧师讲道时以多传福音少提战争为妙。

自然，坎特伯雷副主教是英国头号马克思主义者，他是例外，正如美国的布朗主教。可他大多数的同行走的是正相反的路。英国教会在政治上是保守主义的重垒。南威尔士一个市长说，一个国王出战而死的，死后必得永生。正如西班牙内战时，《英国雄狮》上一位作者所写："我拥护君主，因为天堂也是君主制度。"保守党开会时，一位牛津代表宣称："凡失去基督信仰的，只需承认保守党为最民治最无阶级的政党，就算已恢复了信仰。"还记得今年九月份，英国天主教机关刊物上登有前英驻日大使林德赛一文，说："自一九一一年迄今，中国从未有过统一政府。满洲事变对中国人民实为一大功德，对英商业亦十分有好处。"其中绝妙的名句是"吾英国人民性情至怪。对他国畜生野蛮行为，只要标榜高尚，即表同情。对西班牙如此。过去二十年间对苏联如此。如今，援华之声四出大呼。英国人反日，我虽坚不赞成，但尚能谅解。英人亲华情绪，则我到死也想不通！"反苏可说是教会的一贯政策。七月间，吉莫林爵士（一位虔信基督教的贵族）在他所著《宗教与世界事务》一书的结论中，竟痛心地指出："客气点说，过去二十年内，我估计教会对英国外交政策的影响，害远多于益。而且不止英国，全人类莫不如此。"

最近英国舆论界又争论起战后社会秩序改革的问题了。十一月初，印格副主教在《标准晚报》上撰文说："目前嚷着战后秩序必须大加改革的是有意捣乱。无论战争如何结束，我国也势必疲惫不堪，大家唯有任劳任怨，勤俭吃苦。"这惹得全国年轻的政治理想主义者哗然，说："我们拼命打仗，并不就是为了维持这现行的荒谬制度。"一个大主教每年俸禄一万镑，主教是一千镑。首相是五千，反对党的首席议员两千。教授一千。士兵每周十四先令。一个女打字员，一周能挣三十先令就算很幸运了。这制度值得保留下去吗？

一九三八年，一部分英国牧师即发起组织工会，以求待遇上的保障，后没组成。去年八月间，旧事重提。十月中旬，空袭正紧时，这工会成立了，叫“牧师及宗教工作者协会”，要求设立“牧师人寿保险”，要求给因轰炸而失业的牧师们以保障。加入者极为踊跃，仅救世军仍持反对态度。这令人记起当日伦敦某教会医院的护士违命参加了工会，护士长即召她们来训话说：“你们是上帝挑选的小姐，你们可不得胡思乱想，加入什么工会！”

宗教，尤其提倡“打左脸给右脸”的基督教，对战争原应反对。然而，令我惊讶的是：在英国第一个大声疾呼要复仇的正是牧师们。其实那是八月底，大规模的轰炸还未开始，格拉斯敦地方一位叫蔡德威克的牧师即喊道：“对那些身居高位、高谈仁慈的先生们，我的耐心已到了头，把希特勒与德国民众区别开来是胡扯。让德国民众也尝尝我们老百姓尝过的滋味吧！唯有大举轰炸德国城镇才足以助长敌国国内的叛变。”同时，莱斯特郡的魏帕牧师倡议说：“我们应有扫荡敌人的决心。英国王家空军不论目标找到与否，亦须掷弹。我们动员所有科学家制造最厉害的爆炸物，一定得把他们完全消灭。当牧师的似不应如此主张，但说老实话，如我有那份力量，我不惜把德国由地球上抹掉，因为他们是欧洲的祸害。”圣保罗教堂被炸后，卡塔姆牧师在《牛津邮报》上大声疾呼：“我说，去炸科隆的大教堂，去炸罗马的圣彼得大教堂，让我们的海军开到热内亚附近，毁灭男子、妇人、孩儿们和他们的大理石宫殿。”当英国王家空军袭德时，格拉斯哥一位教徒喝彩说：“这才叫作种什么收什么，盎格鲁—撒克逊民族一向是为天施报的媒介。”有的英国牧师甚至愤而弃教从戎了。

但说全英教徒都是如此，以眼还眼，以牙还牙，那也是不公平。普列茅斯的主教就说："现代战争的报复行为，仅是为了发泄蛮性，既违背基督教义，也不合乎英国人民传统道德。"有一时期，英国教士可分为两大派，有敦促英国空军大举轰炸柏林的，也有为敌人祈祷的——如约克主教。他祷告的是敌人早日疲惫，以便流血早日结束，正义及基督文明早日实现。有嫌报复不力的，也有主张对德实行食粮封锁的；并且还各自援引了不少经文。有的引用《旧约》的《箴言》说："如说你的仇敌饿了，就给他吃，渴了，就给他喝。你这样做，无异把烧着的炭堆在他的头上。"有的牧师引用圣保罗《罗马书》中的一句话："要执行上帝对那些作恶的人的刑罚。"

马凯牧师在《新闻纪事报》上提出质疑道："一个分歧的教会能产生统一的世界吗？我很抱憾地说，教会在战时比平时更加分歧。"《美以美会报》上有一读者抱怨说："本届战争一个不小的恶果是把教堂的会牌全摘掉了。最近我游某地，去做了一回礼拜。听了许久，我发觉我进的是浸礼会，而我还以为是美以美会呢！这弊端非力除不可！"

但这还是小小支派的畛域。最严重的是英国国教与天主教重演四百年前的旧武戏。事情始自十月初，当白金汉宫中弹后，教皇特遣使慰问。那时卓姆弗德主教讥讽说，过去四百年来，教皇都是在反不列颠反民治主义，并指责本届战争都是由于教皇对欧洲天主教国家纵容过甚，以致意大利终于参了战。这时，英国天主教领袖人物群起质问了（但并未动用武力捣毁什么或起公诉），备述教廷去秋以来调停的苦衷，及目前它处境之困难。一位信天主教的议员还指陈说，该主教之言如不收回，势将被德人利用，证明英国反天主教，其后果不堪设想。

与此同时，德国天主教也举行了主教会议。会后，一个宣言又惹怒了英国各界。宣言除郑重发誓，矢忠希特勒元首外，并向纳粹德军表示感谢，说："倘非德军进展神速，保卫祖国有方，我天主教绝不会安然无恙至今。"这会议是奉教皇敕令举行的，与会的有全德四十五位主教。

于是，十月十一日之后，《新政治家》读者来函栏掀起了一场论争：《拉丁族天主教之谜》。曼彻斯特的卡特君揭发了半世纪以来天主教敌视民主政治、倾向独裁的劣迹。贝当投降后，竟被教廷机关报捧成法兰西的模范政治家。

这口径都和柏林的太相近了，难怪惹起英国各界的愤怒。

一九四〇年一月二十日，于伦敦汉普斯特德

（原载重庆《大公报》，一九四〇年三月五、六日）

十九 滇缅路开放之前

四月里，记者在剑桥听完那场“英国应否援助中国抗日”的辩论后，归途，一边在灯火管制下这座大学城的中古小巷踽踽独行，一边叹息着：每个人在世上都有好朋友，唯独国家的好朋友只有自己！七月中旬在威尔士西岸游历时，读到了痛心的消息：几千万人的血汗筑成的滇缅路，仅仅为了“减少帝国局势之紧张”，就被封闭了。当时英国舆论界的确哗然。但舆论终归只能叫嚷而已。鸦片战争前夕，英国议会何尝不曾热烈地辩论过？丘吉尔在下院还堂哉皇哉地说：“如果吾人同意永久封闭该路，则无异失信于一中立友邦。”《曼彻斯特卫报》在社论中说：“吾人封闭该路三个月，亦即失信三月之久。”七、八两月全英商人如何反对暂时不去提它，国人所关心的，第一是这个月中，该路究竟封闭到什么程度。第二是三个月后还有重开的希望否。这也正是记者赶回伦敦后所探访的目标。

救护队汽油

虽然此间援华会向政府严词要求“立即无条件开放滇缅路”，这希望显然不大。目前进行的是救护用品的运输问题。八月十九日援华会派代表团维可托·高朗西（援华会主席，左翼读书会主席）、玛芝丽·弗雷（副主席）、多洛西·乌德曼（秘书）及杨格四人往访英国外交部常次白特勒，交涉准许红十字会药品及汽油先行通过。那位常次竟诉了一大通政府的苦衷，以及如何不便开罪日本的大道理，甚至还说日本目前在海运上实行助英抗德政策，英国自难措置。苏联对华积极态度极为明显，不必征询（因为塔斯社已正式否认英曾向苏联征询过）。好在苏联注意力正集中在北欧，谅吾人之决定不至影响英苏邦交。美国对大西洋关切至殷，对于英国封锁事虽不赞成，但也绝不至于妨碍英美合作大局。最后谈到救护药品。他说这个不在禁运之列。但代表团力争说，如果有了药品而无汽油仍无法输送，势必堆积在那里。外交部常次说，救护队汽油问题，签约时未及提出。事后曾向日方接洽两次，迄无回音。他答应立即请日使答复。

关于汽油，中间也有个数量问题，是只敷运到昆明，还是能运到前线。如不能运到前线，救护品依然不能发挥效力。

八月二十八日，曾代表我国出席日内瓦万国红十字会的郭秉文博士，又偕田伯烈先生同访万国红十字会驻伦敦办事处，要求他们以国际救护组织名义，督促英外交部准许运输药品及汽油过境。直到记者执笔时，还不知日方对英国是如何答复的。

加拿大同意吗?

一个事实是很明显的：这种不义的短期出卖公布之前所散布的空气（仿佛英国已同各国研究过此事），都仅是空气而已。莫斯科否认曾被征询过，美国朝野的愤慨和继之以对日初步禁运，都说明七月初散布的空气完全是虚伪的。而最重要的是唐宁街十号所宣称的“已征询过帝国诸自治领之同意”语，也是毫无根据的搪塞词。自治领中最大者当然是加拿大。试看七月三十一日加拿大下院辩论的记录。加拿大首相坦然承认关于滇缅路之封闭，事先并未征询加政府的意见。加拿大政府也始终未表示过意见，未加批评。辩论最紧张的一段是议员考尔维尔指责加拿大政府一任日人操纵提德瓦特地区之矿业、温哥华之鲁易士矿务公司及其他有关加拿大国际之企业，并将超龄军舰作废铁售予日本。最后说：“我深信绥靖主义仍潜伏在丘吉尔首相内阁中。”首相说：“足下愿见英日宣战吗？”议员答说：“不。我不愿见英日宣战。如首相允许，我可以说我所愿见者为何。我愿见加拿大停止助日侵华。”首相说：“加拿大从未这么做过。”

政治家的伟大处在于能硬了头皮撒谎。去年加拿大废铁出口是一百八十万元，而售给日本占五十余万元。自中日开战以来，加对日出口较平时增加整整五十倍，而前年矿业红利增至五千八百万元。

加拿大政府为自己解嘲的口实是：如果加拿大不直接对日贸易，美国的主顾亦必转售渔利。

重开的因素

至于三个月后滇缅路能否重新开放问题，记者走访各方，结论都只是一个：须看整个局势的演变。第一是假定英军事能至少维持目前的僵局，二是看英美及英苏关系的变化。昨天刚公布的英借美以海空军基地，美让英以驱逐舰五十艘，一般人预测此举将加强美在远东的实力，也即是滇缅路的前途增加了一重可喜的因素。而即将举行的澳洲选举亦极值得注意。在野的工党坚决拒绝与日妥协。记者前天在援华会聚餐会席上得晤澳妇女选民联合会主席里斯倍兹夫人，据她观察，工党胜利的把握在六成以上。

目前援华会正联合全英民众，签名请求“立即开放滇缅路”。现已收到数万签名，其中包括大作家如威尔斯、普里斯特利等各界名流。但前国联调查团主席李顿爵士却复函拒绝签名。他认为政府的困难是实际的。

记者走访郭泰祺大使。他认为：（一）英驻日大使报告中似把远东局势渲染得过火些，事实并未演到日本可能对英宣战的地步。（二）英军事虽进入最严重之阶段，而英全国民众则对此事一致反对，舆论界对我表示极端同情。（三）大使虽不敢确言三个月后即可恢复原状，但深信滇缅路绝无永远封闭之理。甚至滇缅铁路之修筑，亦无绝望之理。（四）经此教训，大使愿国人益知唯自力更生，抗战前途方有把握。外力可利用而不可倚靠。

一九四〇年六月六日，于伦敦

（原载重庆《大公报》，一九四〇年十月二十六日）

作者按：一九四〇年，当东南沿海各省相继沦陷后，滇缅公路成为我国与外界唯一的通道。是年七月十八日，英国首相丘吉尔为了保全其在远东的既得利益，悍然与日本侵略者签订了封锁滇缅公路的协定，对我抗战极为不利。但是英国这一不义之举并没能改变其帝国在远东的命运，香港沦陷后，滇缅公路重新开放了。此文描述滇缅公路封锁期间，英国朝野的一些动态，从而可以看到所谓信义只是民间的事，政府在关键时刻，讲的只是利害——而且往往只是眼前的利害。从此文还可清楚地看到当年中国人民的命运是如何操纵在强国手里的。

二十 妇女在战争中

战争是女权运动发展的好机会，可也是个严峻的考验。可以看出妇女在能力上究竟与男子相比如何。上次大战，英国妇女争得选举权——政治上的平等。那也不是容易争到的。在这番存亡的苦斗中，英国妇女究竟能做些什么，又曾做了些什么呢？这想来是国内读者们所关切的。

《新闻纪事报》十月三十日曾经登过一位妇女读者的来函说："据丘吉尔先生宣布：本月空袭伤者一万三千名，死亡者八百五十名。吾人可否一询其中妇孺究竟占多少？至少过半吧！对妇女来说，最宝贵的是她的家。政府可以弥补经济上的损失，但弥补不上琴瑟之乐，因为丈夫或儿子全给征去了。"这封信八天后为另一妇女斥为"败北主义气息过浓"。实际上，即使妇女什么也不做，她们的贡献已很大了。英国一般中产妇女逃不开做饭抱孩子的责任，然而她们不甘心。以前我以为妇女最宜做些慰劳工作，但显然我不知道妇女有的是一双怎样能粗能细的手。她们是富于耐性的看护，可也能驾驶卡车大炮。经过这次战争，女兵在中国大约也已司空见惯了。在伦敦到处可见女警察、女军官、女司机、女售票员，加上本来即是妇女职业的邮政、看护等。前天，英国还出现了第二位女海军上将，那是新被委为西黑沃尔德市市长的凯特·克拉克太太。前一位是柴斯特市的梅·托玛斯太太。因为照传统，这两个城市的市长同时也是辖境内海港的统帅。

妇女工作的规模很广，但战争爆发后才开始的，则不外军队、农事、交通、军火制造、救护及慰问。

英国的娘子军（全名为地方辅助军）是按上次大战的办法产生的。一九一六年，曾有五万七千名娘子军赴法作战。她们主要从事战地通讯、文书、司机及炊事工作，成绩很出色。本届战争一开始即募到两万多名，以后又不断扩充。英国舆论界对这些花木兰们还常有烦言，如嫌她们从军后还讲求美容，或说她们的级别不按能力，而看门阀。十月以来，对娘子军褒多于贬了，尤其有两名女兵在法阵亡之后，各大名报都登出她们放高射炮的照片。她们中间不少人本来都有高薪职位，放弃了毅然从军的。此外，四十三岁以上的妇女可参加“妇女支队”，主要负责开救护车。另外，英国空军有自己的娘子军，专门从事文书和炊事。

海军也有女兵。领导人马泰夫人是英国海军史家约翰·劳乔爵士的女儿。此外还有女警察、女消防队员。在为战争尽力方面，她们都不甘居男人之后。

其次是农业上的娘子军，人数在两万以上，是吸收失业妇女的主要出路。在英国北部森林中，时常看见穿了制服的妇女砍树，挤奶，开拖拉机耕地。她们战前也许是什么公司的女打字员，或甚至是靠姿色吃饭的妇女，成天圈在狭窄、烦乱、色情世界的小笼子里讨生活。如今才初次领略到草香和阳光，脸上现出健康色来。

在湖区，很早就有女售票员了。春间，剑桥也有了。伦敦则是十一月四日才出现的。第一天，照例由前任的男售票员在旁指点一番。那穿灰制服、戴小灰帽的妇女，羞怯地凑近，口中不住地说：“票呀，谢谢。票呀，谢谢。”即使对空座位也这么说一声，好像在背书。咔嗒一声，修长的手指递过票来了，不开眼的男乘客就抿嘴嘲笑。但她有的可是张无表情的学徒的脸。为了使她们完工后容易回家，公司特别把她们安插到熟识司机的车上。于是，在公共汽车上，丈夫开车妻子售票，或叔叔开车侄女售票，成为一习见之事。此外，还有妇女运输队。在这次战争中，是首次随军赴法的一批。她们的发起人库克太太，今年已六十了，她领导着一千七百名队员。

全英军火厂，曼彻斯特的棉织业，南威尔士的煤矿，各地妇女都在做着中坚工作。早上五点就开始上班的工人中，妇女占半数，她们照样做到七八点钟才回家。工作中间有数分钟空闲，手里还得为丈夫、儿女织毛衣。十一月底，全英工程协会将讨论妇女要求增加工资问题，尤其有子女的寡妇，眼前的工资实不够用。这一问题解决后，工业界将再吸收五十万名女工。

救护与慰劳自然是妇女最擅长的事。妇女军医组织，主要有义勇救护团，人数六万。空袭救护队，系上次大战组成的，始终未解散。前天国王向十五名有功之臣颁发了乔治勋章，其中一名即为护士。她负责照顾的竟是八十六名神经病患者。一颗炸弹正命中医院楼顶，由厨房穿下炸开。登时死了六人，伤者不计其数。精神病人受此一惊，狂态益加暴发。这位护士自己被炸伤了，她却依然镇静地恪尽职守。

仅仅伦敦一地，每周即织完五万件毛衣。有一次郭秉文夫人告诉我，她也为英国军队打着毛衣。她是外交使团眷属组织的成员。妇女凡织过三个月，仍继续织的，即可领“慰劳团”胸章。全英已有二十五万名合格的团员。上次大战，英国妇女们共织了六百万件，本届怕只有超过。样式由陆军部指定。自然还有其他慰劳办法。音乐舞蹈俱乐部都是士兵所欢迎的。如南威尔士有位肯特女士，是著名的独角舞后。她每月由空军孩子们那里收到情书不下三百封，求婚的多到不计其数。其中有漂在海上的，也有飞在埃及、希腊上空的英雄们。她把所收到的信全编出索引，并且一一恰如其分地给以回复。

儿童在战争中成为重要角色，究竟是好现象与否，爱国者和教育心理专家在此点上看法未必一致。教师们负责的是下一代。时期还未到来，让孩子们在摇篮里多睡一刻，在沙滩上多扒些沙窝吧！所以去秋宣战后，英国政府立即疏散儿童。但战争处于静止状态过久，孩子们急于奔回父母身边也是当然。谁料到希特勒的闪电战突然来到，炸弹落在屋顶，澡房，甚至婴儿室内。倘若孩子们预先晓得来到的竟是这么个世界，他们还肯从母腹中爬出来吗？

玩鸟的说夜莺也能分辨德机英机。但在这时代，十岁左右的孩子爱国的情绪即在小心坎里撩起，倒也难怪。下院议员魏兰伍德十一岁的儿子体弱身残。听说父母要将他送往加拿大，就写了一封信说：“爸爸，如你真爱我，倒不如留我在身边，与你一道死（但我不相信死是十分可能的），那总比把我送到陌生人家去好，使我的快乐童年终了在异土……我宁愿粉身碎骨，也不离开英国国土。”丘吉尔首相读了这封信大为感动，立刻把他自己的一部著作题赠给这儿童。

在这个产生过《鲁滨孙漂流记》《金银岛》的国家里，少年冒险精神是不缺乏的。在记者住区，就有三个十六七岁孩子组成的救火队。他们有的仅是一桶沙，三把锹，两把十四磅重的斧子，几根铁棍。然而一遇火警，这三个孩子就搬出这套工具，朝冒烟的地方奔去。学校里的孩子管巡风，农场上也常有十岁上下的小伙计。（但当年在滇缅路上，我曾痛苦地见到数十名六七岁的孩子们在刨土。）在斯勒伊地区，还出现了儿童模范农场，是一个负责管理疏散儿童的小学教师所组成的，资本仅十五镑。所有孵卵、喂鸡、刨池等活儿，概由小农夫们担任。目前他们已收获了一千只鸡蛋。

童子军在救护上的动人功绩，尤不胜数。

但英政府不仅“使用”儿童，还不忘培育他们。陆军部最近派出百名军官，从事锻炼少年健康工作，将来还要包括女童。政府当局郑重声明，这与希特勒干的不同，不是儿童军事化，只是增进他们的健康。

我们下一代的世界究竟什么样子呢？这是一个无法臆断但又是饶有趣味的问题。

愿中国儿童，永不再受气受欺。

一九四〇年十一月二十八日，于伦敦汉普斯特德

（原载重庆《大公报》，一九四一年一月十八日）

二十一

活宝们在受难
——空袭下的英国家畜

也许读者看过题目会说，这成什么通讯了，家畜也上了台！你想的大约是我们那些吃干鱼啃光骨头——甚而只吃人中黄的猫狗。如果真是那样，我也不浪费你的时间、报纸的篇幅和飞机里宝贵的空间了。但人家的家畜不但是娇种而且还是灵物呢。约克郡的欧地昂电影院放映狗明星斯古毛主演的影片时，观众大半都是大小各色的狗绅士们。《每日邮报》上说，演到艳情部分，那些四足观客还屏息静气地不住赞赏，演到英勇处，数百只狗也齐声吠了起来，以示喝彩。而英国广播电台在纪念“家犬登记日”之前夕，就真的请狗明星广播过。它们不配吗？一位读者在《观察家》（周报）上说，他的狗对流行的舞曲毫无兴趣，但每播放贝多芬音乐，必半阖上眼睛倾听。上海是有狗饭店的，这里还有狗公寓。而且贝尔先生说，他的狗如闻到德国的肉，即使是一块最肥嫩的，也不下口；但如告诉它是“英国的”，立刻就摆摆尾巴吃了起来。狗在英国还不是阔人的专利。几乎每人一只。那是说父亲一只，儿子一只，而且男主人散步，女主人买菜，爱犬都形影不离。公园也是狗士们的社交场所。

读者或者仍不以为然。至少，你可以问，狗与战争有什么关系呢？它们又不从军参政。可你这就问着了。先不说警犬对巡逻通讯的用处，你可曾知道人家这儿有专为狗准备的防空壕，救护车？报纸上在报道家畜们的英勇时，同人一样标以大字。须记得，家畜在英国家庭生活中是不可分的一个成员。著名女作家伍尔夫夫人就曾把十九世纪女诗人勃朗宁夫人的爱犬弗勒施作为一部作品的主角。难道我们不能由这些四足英雄们窥视一个民族的特性吗！

六月底，英国为追捕降落的纳粹伞兵，特别派民团在中部山陵地区巡逻。那时正有一批疏散到湖区一带的难狗，军部就下令先拨出五百只狗作为民团巡逻时的伴侣。当一个炸弹从房顶穿下时，正吃晚饭的一对夫妇就双双钻到桌子下面去。（怪不得昨天走过一家木器店，看到一张楠木桌，上写："此桌足以顶住三层楼之重压。"）这时，那主妇在喘息间还问："米妮（猫）哪儿去了？"老爷说："它有九条命，我可只有一条！"

多少人为了猫狗违犯了灯火管制而受罚。一位贵族太太被罚五镑。开战以来直到今天，还未解决的一个问题是：家畜究竟是否可以带入防空壕。在英国中部，人民表示，如果官家不许，他们宁可呆在家里挨炸。

这一点，读者可能认为未免太过火了，然而这是去年十一月十一日晚上的事。一个叫陶宝的爱狗者应征入伍。十日那天，兵营特放他两天假，他同一个叫克拉克的小姐结了婚，去著名消暑盛地"黑池"海滨去度蜜日。那晚他去接他的新娘回家（次日他们便须分手）。他沿沙滩走着，忽然看见一簇本地人用绳竿救一只落海的狗。他即刻跳下海去营救。数小时后他被拖上来时，已是一具臃肿的尸首了。新婚后十八个小时！而且是空军下士！这在别国引起的也许是惋惜，或一声“蠢！”但这可是次晨《每日新闻》的头条英雄新闻。

记者去冬即报告过在动物园的“蛙宫”内，曾见四五个军官围着一只青蛙。我们四川产的熊猫到伦敦后，一直轰动了几年。写它的书，编的童话，用它的照片做商标的糖果，到处都是。报上常见到熊猫某日疏散了，空袭一松下来，熊猫又返回伦敦了。后来它又被疏散到安全地带了。

英国还有一种雅兴：观鸟。要是像我们那样把鸟囚入笼中沿街提着，不罚款也必受路人唾骂。他们是偷偷地“看鸟”。剑桥基督学院的院长便是有名的观鸟家。他的二小姐（我的高足）告诉我，他们每年暑假都去苏格兰高原深林中搭帐篷，日日夜夜守着，以便观察鸟的动静，并摄影。她说，要住多日，使它们习惯了才好照相。这种狂热可贵吗？开战前，哈密尔顿公爵夫人在《新闻纪事报》上写道：“我相信唯有爱畜，战争方能消弭。盖如吾人珍爱犬马飞禽至此，又焉忍互相残杀？”

以上都是记者旁插，且说英国家畜究竟受了战争什么影响呢？此话不问则已，一问就非同小可。比方说，巴雷地方某牛奶厂老板杰姆士被订户起了诉，说他送的奶脂肪成分比以前少了百分之十三。在法庭上，杰姆士的女助手说，自从有了空袭，牛奶就减产了。第一天，二十一头牛中，仅有四头的奶未减成色。而且一闻警报，它们都即刻伏在栅里。于是，法官宣告被告无罪。再说，战时与军火同样重要的饲料，其节省和管理，当然是件大事了。然而这里，家畜就成为一个尖锐问题了。德国自宣战以来，即大批杀狗。英国一般“国家至上”的公民也竭力提倡。如某爱犬家致函《图画邮报》，表示自愿杀掉心爱的三条牧羊犬以节省粮食。他立刻受到攻讦。一封信说：“亏得你的牧羊犬不识字！”（丰子恺先生的口气！）另一位飞将军夫人就报起她的爱犬的大功：“（一）我丈夫在空军服务，极少回家，狗既看家又陪伴我。（二）每日捕食大小老鼠一百零八只！（三）捕兔，每晚平均可捕九只，而统共每日吃的食物只值六便士。杀掉它？哼，我杀不起！”好在粮食充裕，而且指定出某部分的肉是专喂狗的。粮食部规定用肉食喂狗者，罚百镑以下。春间，英国为了防备纳粹伞兵，将全国路牌，车站站名牌以及广告上有地点字样的全涂抹拆除了，使敌人即使降落也不辨方向。但每条狗脖颈上那铜牌上的地名依然容易辨认，所以政府勒令狗主人将铜牌一律摘下。“全国犬类保障协会”因而提出严重抗议，谓“我国之狗素性聪明，绝不容敌人检视，必先吠而后咬之。况任何陌生客企图窥视狗牌，无异自首。人民正好群起而捉之”。改革实不是容易的事啊！《吾家犬》（养狗家的月刊）八月间发起爱狗者的飞机捐款，不一刻即集足五千镑。

空袭与家畜关系尤大。大轰炸未开始前，海德公园及肯森顿花园即有了狗的避难所，并有两位女管理员负责照看。全英为家畜谋福利的团体很多，对救护家畜最卖力的是民众兽医处，他们派遣蓝色护车分赴被炸地带，专门医疗被机枪扫射的牛马以及压在屋下的猫犬。民众遇有待治的家畜，只需在门上系一白色手绢即可。另外又开了寄养家畜的公寓两处。倘若主人疏散，不便携带活宝，可以临时安排寄宿。

有谁会料到纳粹飞机给坐落于市中心的伦敦动物园出了个大

难题！去年记者不是报道过吗，他们把非洲毒蛇移走了，较娇养的动物如熊猫也像故宫宝物那样东搬西挪。即使这样，极为珍贵的三只蜂鸟还是远走高飞了。一只仙鹤由炸破的栅栏逃入隔壁的摄政公园内，幸而捕回。一匹斑马也逃出过。但如果那些北极熊、雄狮、虎、豹也逃出来，那可就不得了啦。所以目前，猛兽晚间多睡在坚固的地下室。毒蛇、蜈蚣大多被击毙。公园管理人承认有受伤的，如猴子窝即中过一弹，但炸死的不多。他说："众兽纪律绝佳，无丝毫恐怖状态。"然而人们担心的是，万一德机朝百兽园投下炸弹，这些住惯了竹笼铁栏的虫鱼鸟兽可往哪里转移或疏散?!

在英国这场空战中，兽类的机智也打破了纪录。萨雷地方一家人正吃晚餐时，狗忽然狂吠了起来。顷刻警报也响了，但它仍吠。两小时后，一颗炸弹把那座房子炸掉一半。猫们一闻警报，也即刻往地窖里逃。据说有些狼犬，甚而能辨别敌机还是英机。遇有未爆炸的高射炮弹，民团搜查许久也无下落，然而一匹马走到那跟前即不再前进了。住在多佛口岸的一位在《泰晤士报》上写文说，海鸥一遇空袭警报，即翻飞嘶叫如野猪。著名的动物学家罗宾森先生谓在鸟类中，雉鸡的反应最为灵敏。他的解释是它们能察觉到空中马达声的震动。但气象学家认为骚扰是地面上引起的。据说在高射炮齐放时，枭鸟依然捕杀虫类。深秋是欧洲鸟群飞掠伦敦的季节，观鸟家谓数目并未因战争而减少。至于纳尔逊华表下及圣保罗教堂石阶前的鸽子，自然仍是千百成群。

但说着又走了题。不是说家畜吗？它们真有些可歌可泣的故事。上月一只猫独行了二百英里找到它那位投身红十字会做护士的女主人。那猫把四爪都走破了，伏在帆布床上，听凭戴了白帽的女主人为它洗涤缠裹。许多只猫在故宅成为瓦砾后，仍在废墟上徜徉达两昼夜之久。救护队只听见近似呜咽的凄叫，他们冒了轰炸的危险，四下寻觅，真到救出才罢休。但最容易受刺激的还是马。一个养马专家说，在此空袭下，绝对不宜任马独处。如不能把它放在身边，即应有山羊陪伴。遇有惊险，马会受山羊指挥。

至于我们家里的叫驴、肥猪、大水牯，在太阳牌轰炸机下起什么反应，就请诸位各自去观察吧。

一九四一年二月十五日，于伦敦

（原载重庆《大公报》，一九四一年三月十五日）

二十二 舆论·广播·宣传

住在这岛国不但享受到海峡这道屏障的保佑，还沾着这样一个大光：以欧洲大陆作面镜子来照。荷兰降下了纳粹伞兵，这边赶紧拆路牌；挪威有了“卐”字号内奸吉斯林，这边马上捕拿可疑人物；比利时一役德国坦克通行无阻，这边立即研究起当年西班牙民团设路障的办法。临到法国，教训就更集其大成，悲剧也集其大成了。军纪的松懈，战术的机械古板，但最印象深刻的是对舆论的压制。结果竟使政府与人民之间失却应有的联系。“防民之口，甚于防川。”但防人之心呢？舆论在战时的作用据说有如擂鼓助威。但如仅限于擂鼓，上下必致断了声息，民众势必成为羊群。报纸放弃暴露社会弱点的使用，也即失掉了集思广益的作用。

直到今日，从信仰上反战的《和平新闻》，以及另一反战的英共机关报《每日工人》，尽管它们毫不留情地攻击并尖酸地挖苦政府，却依然在发行着。没有一家报馆曾被封过门，也没有一个记者被捕过。除了《每日工人》等禁止寄往国外，从没有一家报纸受过停邮处分。

舆论界发动的抨击揭露，经过迅速改善后，只见民情更加蓬勃，军政组织更加健全，国家基础更加巩固。譬如：由五月迄今，关在人岛拘留营里的敌性侨民，便因报纸的大声疾呼而改善了待遇，有的并已释放。七月间，新闻部发起的“莫谈国事”运动，也因遭到舆论界的反对而终于收回成命。由九月初迄今，报纸无日不在对防空洞的质量进行批评，而且，完全站在民众方面。民众为了躲空袭而强入地铁站台过夜。他们嚷：“打开地铁入口！”新内政大臣上台了，第一炮便是开放地铁入口，增添卫生设备，售卖零食等项改革。各报的“读者来函栏”是民众呼吁的论坛，用以对政府实行监督。

就拿“莫谈国事”为例吧。结果首相于七月二十三日亲自出马，承认此举有违不列颠的自由传统，不但保障此后对民权的尊重，并且立即令内政部对已判的言论案子，予以赦免或减轻处分。那才真是个悲喜剧：罚百镑的忽然官家退回九十五镑。刚关进去的一位七十多岁的老汉，狱吏向他道了歉又放回来。八月初新闻部又创办民间意见采访组，下院的辩论更激烈了。这一举深深地开罪了报界，说是政府信不过他们，最后只好作罢。及至八月七日，粮食部宣布“食物浪费法”时，特别郑重声明，人民违者虽受罚，但本部绝不派密探巡访。

一般英国人对犹太人印象如何是另一问题，但当一位十九岁的犹太小姐投考韩敦茅舍医院的护士而因种族关系遭到拒绝时，《新闻纪事报》即刻给揭露出来。过不久，该报又登了一张照片，是南岸伯恩茂兹英瑞饭店的菜单，下注“敌侨与犹太人恕不接待”。也受到公众斥责。

攻击事件无法不牵涉个人。七月十七日那天，《新闻纪事报》

的社论就是《致内务大臣安德生爵士公开书》，说：“多少年来，由于德国人民的一举一动都受监视，我们怜悯他们。如今看看你也要同样对付我们了。上礼拜一，一个七十四岁的老人玩笑地说，“卐”字旗一个月内即将飘扬在英国议会大厦上，你把他关入监狱。一个服兵役达二十四年之久的好国民，逗句笑话，说希特勒能由空中运过四十五吨重的坦克，你罚了他四十镑！这些闲扯究竟碍了什么事？我们得提醒你：英国人民准备争取胜利，但不准备接受高压。英国人民纪律是好的，你别愁。信任他们，否则谁信任你们？唯有法西斯倾向的萌生才能使我们自趋灭亡。所以约翰爵士，千万别把我们当羊来赶。”身负宣传重任的新闻大臣德夫古柏是更显著的箭垛，由七月二十四日起几无终息，攻击的大半是他采取的措置，如“莫谈国事”“采访民意”以及他历次的广播。攻击他一年内仅广告费就用去七百五十万镑。但攻击到私生活的也有，如说他一开战后即把少爷送到大西洋彼岸。陆军部以五镑一周租下一辆运货车，但仅用了一天即因轰炸受损，迄未修理，车主领租金高达八十镑。这个使《每日镜报》跳起来了。某某出口商领执照慢了，贸易部就成为箭垛。十一月初，当克利浦斯爵士正在莫斯科奔走争取苏联的友谊时，航业大臣柯拉斯征用起立陶宛国被扣的船只。于是，合作党机关报《瑞诺新闻》不答应了。曾经引狼入室，残杀社会主义者，为希特勒在奥地利开路的斯塔罕堡亲王在自由法军中任空军上尉，日领一镑五先令的饷金，航空部为此受到攻击。《新闻纪事报》上还指责该部给美国飞行人员的薪金过高（周薪三十七镑半，满期另酬一百二十五镑）。此外，如破例批准影星葛拉西·费尔德及其意大利丈夫携带三万四千镑（平常人只许带十镑）赴美一事，使财政部大受攻讦。丢下了议员职务去夏威夷访问美国百万女郎的肯宁汉·瑞德海军上校，回来后自然也大受揶揄。

最猛烈的攻击是留给“罪人们”的。这名字是出自一本书，骂的是参与《慕尼黑协定》的那帮。其中首当其冲的自然是新近逝世的张伯伦。一本销路打破纪录的书，背后时常有段传奇。正如佳人才子之有缘分，好销路与“明令禁止”也时常结下不解之缘。七月三十号那天，《新闻纪事报》派他们的名记者普德尼赴人岛采访拘留营。在利物浦上飞机前先受检查。他身边带的一本《罪人们》被检查员扣下，说是等战后再发还。这个新闻倒比人岛上的还要轰动。报纸攻击，内政部长只好下令立即调查。这么一来，伦敦书店街橱窗都陈列出黄皮粉字的《罪人们》，真是不胫而走。到今天，它已再版了三十多次，销数已超过百万册。同它一个性质，但具共产党观点的是一本浅蓝色皮子的《汉奸阶级》，攻击的是开战一年来的种种。报界则把矛头指向外交大臣——那个“危险人物哈里法克斯”。“他把一切正义全拢在自己身边，把罪责全推给对方。他自命不凡，要行神道。殊不知这战争不是凭空从天上掉下来的。他应充道德部长，怎偏掌了外交？”（《每日锐报》语）但舆论界对于《罪人们》的态度也不尽相同。《泰晤士报》即讲“如把一切罪过全放在过去负责者的头上是不公平的。他们亦因时势而不得已”。报业大王毕沃·布鲁克的《标准晚报》即说：“在英国政界中从未有人像张伯伦先生那样诚恳与勇敢。有人谓张伯伦先生原是一副傲骨，不甘屈服，其实他是一极谦逊的人，唯以作公仆为荣。”

以上还只是在家里闹闹而已。跑到大西洋彼岸算旧账的是文坛老将赫·乔·威尔斯先生。十月三号他在纽约一登陆，即对美国记者发表谈话，批评张伯伦的辞职说："我最痛恶的是哈里法克斯。他所代表的，正是每个爱国的英国人所惧怕的。如果有一天他签了和约，那和约也必定是危险的，由于他的宗教成见使他打心里反苏。"他又送给英军总司令高德一个绰号——"祈祷将军"。于是，右派报纸说，美国要制裁威尔斯老先生了，以免破坏英美友善关系。议会里也引起了辩论。温特吞贵族说："这个不信上帝的、崇拜民主的威尔斯，准许他在此时赴美演讲，实属错误。"内政部出席议会的代表解释说："威尔斯因年逾七十，不能服兵役，故特许出国。当时六岁至十岁的英国国民，一概不准出国。盖逾六十岁者，对战争能做的贡献已微不足道了。"在座老议员哄堂大笑。又谓："当此增加出口贸易，争取外汇时际，名流如威尔斯老先生正是应时的出口货。他说点胡话，只要能多多挣回点美金就好了。"于是，报纸又攻击起温特吞贵族来，说："七十四岁的威尔斯，比你这个五十七岁的，对国家人类的贡献大上千倍也不止。"自然，文中又说起温特吞贵族当年对西班牙政府军之厌恶来。

报纸认为这场冲突是由于威尔斯对英国统治阶级的失敬引起的，但另外一部分人认为虔诚教徒与费边社会主义者的确是相抵触的。

以上种种，如果不被检查官剪掉，读者至少可了解英国舆论界在战时的活跃。我并不是说英国政府军政要人认真听报纸的。滇缅路未封锁前，除保守党报纸外，全英是一片反对声，但还是封锁了。重开也不是因为舆论，或由于我们的抗议；而一半是因美国对英给予了保证，一半是因日本对英逼迫太甚所致。

一提起英国报纸，读者谅必即想到两位报业大王：《每日邮报》系统的罗兹米尔贵族与《每日快报》系统的毕沃·布鲁克贵族。事情来得真突兀，罗兹米尔贵族于十一月二十六日在西洋一孤岛上寿终正寝了，享年七十有四，遗下了大大小小二十多家报纸。他的劲敌毕沃·布鲁克贵族却成了英政府的红人——现任航空制造部大臣。一般报纸多是寻政府的最小的漏洞，为民众出最小的气。例外是有的，如《泰晤士报》便多为政府解释苦衷，《每日工人》则是反战反政府。

检查制度与英国大宪章传统不大符合，开战之初，即备受指责。如今，遍遭空袭的英伦，又在检查制度上感到矛盾了。当伯明翰等城市上周被炸时，德国无线电大肆宣传“命中重要工业区”，而英国广播电台及报纸仅说是“中部某城市”“南岸某城”，结果不但英国各报抱怨，连《纽约时报》也认为是一大失计。致使伦敦的《泰晤士报》也写社论说，这样下去，举世将对英政策作不利的臆测。

至于国内新闻检查，迄今只《瑞诺新闻》吃了官司，且情节轻微，不过是做个样子以儆效尤而已。案子仅仅涉及马耳他的防御工事、莱茵河敷设水雷及王家空军机名的泄露。事情发生在八月，十一月还未结案。

上次大战，据说双方报纸都制造许多夸大敌人暴行的消息，战后双方政府都丧失了不少信誉。这次一般说来，战时新闻政策算是“清醒”。偶尔开开玩笑是有的，如传闻顿拜郡有一家，养一壮牛名叫阿尔道夫——与希特勒同名，每闻飞机声，它必向女主人撞去，故近已被锁栅内，永远监禁云云。要不就编造一些希特勒的早年艳史，如说他爱过一个犹太女人等。在大轰炸下，报纸仍争辩着“应否对德报复问题”。一位多年在柏林任医生的甘佩大夫著了一本《饥饿万岁》的书，用数目字证明德国死亡率在过去六年间之增高，生育率之锐减以及疾病之蔓延。这书有如我们开战后许多过于乐观的“日本即败论”，对民众不过是一针吗啡而已。然而，英国文化界尚知吗啡不及鱼肝油好。许多专家指出甘佩大夫书中数目字的不可靠，及论断的歪曲。这种客观，这种冷静，这种敢于说真话的勇气，在战时是不易得的。但英国报纸为了鼓励士气，仍常犯些幼稚或曲解的毛病。五月底，比王投降，英法大军困在比境西部，有全军覆灭的可能。后来靠空军掩护，终于撤出大部，这总算侥幸。然而，六月一号早上，我揉着眼睛从门缝接报纸，《每日电讯》上的大标题是《敦刻尔克大军撤退，战局转败为胜》。这下子我可愣住了。

大轰炸开始后，报界大约担心被炸民众会发出怨言或引起悲观情绪，专登些“开怀妙事”“脱险巧闻”，其中不近人情的实很不少。请看那些标题：《轰炸使他们狂笑》（照片是一个刚被炸的家庭，扶老携幼，站在弹穴旁齐笑）、《以为是场游戏》（一个从瓦砾中刨出来的两岁女孩大声笑着说：“爸爸，你这个玩笑开得可大了”），许多笑容给我的印象不是勉强，就是显得痴呆。我爱慕这个“吃得消”的坚韧民族，但我不喜欢那些无心肠的摄影者。

对于英国新闻在海外的效果如何，读者当比住在岛上的记者明白。我所知的是：第一，美国无时不在抱怨英国消息比德国的迟缓，比德国的内容贫乏。而且战事消息嫌太简略。七月以来，德国之所以始终未向英进攻，非不欲，是不能也。原因是英国空军大队轰炸法比荷各进攻口岸的成功。然而，这消息到十一月初才隐约地透露出来，在外交上，实为一大损失。因为那样就保全了希特勒的颜面。另外一着失计是“饥饿宣传”。七月间，英国开始宣传大陆被德侵占国家的饥饿。当时，用意在鼓励英国士气。谁料结果却感动了大西洋彼岸的菩萨们。第一个是美国驻比大使，第二个是美国前总统胡佛。他们都主张美国应接济欧洲大陆以粮食（其中是否有商业动机，就不得而知了）。总之，英国报纸上又开始看见“只要德不横征暴敛，欧洲也不见得遭受饥荒”的推断。而且，有人致函《泰晤士报》，说英国贮有大批存粮，一俟大陆重获自由，立即运去救济；用以安抚菩萨的心怀。

这篇已写得太长了。但题目既有了广播，少不得也得带上一笔。

英国广播公司（BBC）是英国唯一的、半官方性质的广播机构，隶属新闻部。用户每年纳十先令，但自七月起，敌性侨民已不准收听了。它每天广播新闻四次；上午八点，下午一点、六点、九点。用的是标准的牛津英语。局势轻松时，晚间可听到古典音乐或莎翁剧朗诵。但局势一紧，大部分人民四次新闻至少听它三次，因为你无法知道哪次会有大新闻。巴黎失守是六月十四号下午一点广播的。下午我扶那位失明的波兰朋友去剑桥动物园散步，我说了三遍他才相信。但他即刻对花香和树名都没有兴趣了。广播在战时娱悦民众，但它还有重大作用：争取国际同情。难怪日本拼命想炸掉重庆和昆明的电台。这里多少英国朋友就坐到半夜专等听遍中国广播。中国的听不到了，听十一点莫斯科的英语广播也是好的，因为莫斯科广播电台每晚必有中日战争的消息。英海军上周在吐伦大胜后，海军部大臣当晚就在无线电里向漂在地中海的伙伴们致贺道谢。电报也没它快，也没它亲切！

广播还有一独特的作用：空中无国界，它能直接深入敌国人心，扰乱他们，挑拨他们，也鼓励反对者。战前，德国境内就游魂般存在着一个“德国自由电台”，专门广播反希特勒消息，它现在依然播放着。英国也曾出现过一个神秘的“工人挑战电台”，它用东伦敦口音广播着共产党的言论。开战后，德国电台即出现了英奸“好好贵族”（英奸，战时用英语替纳粹广播。原名威廉·乔伊斯，化名“好好贵族”。战后被处决），他由柏林用尖酸口气，挑拨英国人民，并且时常开玩笑。如五月间，有一天他说：“别以为你们那边的事我什么都不知道。我无事不知。譬如，这时是两点一刻，你们剑桥天主教堂的大钟却是两点十分，整整慢了五分钟。”于是许多人赶紧放下收音机去看，看完了还四下传。要不，“好好贵族”就说，德机某日将炸某地，使该地民众人心惶惶。至于意大利的玩笑开得更大。七月间为了挑拨近东人民对英产生恶感，把十九世纪初叶的旧事当作新闻来广播。当时首相皮特的侄女斯坦诺普夫人在叙利亚居住，每年由英政府接济一千二百镑。她向一个土耳其人借了一千镑，到期不还。土耳其人向英交涉也无头绪。后来英政府停了她的接济金。她致函维多利亚女王说：“你祖父御批给我的，你的大臣竟敢擅扣……但我为还债起见，可以拒收。”这夫人一八三九年即已去世，想不到一九四〇年又为罗马电台当作反英材料拿出来！

英国广播公司是个庞大组织。国内分为民众及军队两部分，由晨七点到午夜，全日不停。音乐方面，白天播通俗流行音乐，那是为军火工人午餐时播的。晚间九点半以后，播放的多是古典音乐或著名戏剧。英德两国电台有一极大区别：柏林一遇空袭，广播即须停止，因为电波可指引敌机方向。但德机袭英，这里的电台从未中止过。战前英国早已设计周密，说是中央广播电台，而实际上音波可从北海站、苏格兰站和伦敦站中的任何一处播出。向海外作的广播，谅读者有听见过的，记者倒无法听到。海外广播的对象主要是美国。

伦敦广播电台自十二月七号起，又创办一个“彩票”节目，为红十字会募款。方法是由一广播人员做三种声音，任听众去猜。中者得奖金百镑。但每猜一次，须附两便士半的“参加费”。如每个谜能获二十万猜家，则有两千镑收入。也是个游戏不忘战争的好主意。

广播电台也未曾逃脱社会指责。第一，报界就常抱怨政府在公布消息方面，对BBC另眼看待。此外，每次新闻广播完毕，或甚至夹在中间，播放一种“插曲”，如某大臣的演说，或是某飞将军的自白，大抵是对新闻加以注解或具有轻松调剂性质。九月十五日那晚，德机猛袭伦敦，而无线电里正以报告足球比赛时那种以口代眼的激情，广播着泰晤士河两岸的一场空战。难为那位广播员，他拖了话筒随报随放送看空中交战和地上落炸弹的声音：“看啊，天哪，交上火啦！”这段历时十分钟的惊险播音，英美都大为赞赏。俨然是一篇广播杰作。曾经亲聆过那杰作的我，可并不以为然。第一，把战争真当成赛足球跑马，那是比黄色更黄的新闻政策。第二，听众已身处在真的轰炸中，何必再去以耸人听闻的播音扩大战争的恐怖，折磨收听者的神经？最近还有人攻击BBC报告新闻的口气欠妥，如说：“敌机在高空漫飞，不能袭击军事目标，它们只好以医院为目标。”

最惹众怒的，是该电台停播了作家普里斯特利星期日晚间新闻之后的《余音》。普氏的《余音》，记者也不满意，因为太软性。但他播的比我这通讯文笔好。如今停播了，反而使人留恋起来。十一月六号以前，那一直是个谜。许多人猜他是被排挤出去的。《新闻纪事报》登出了他的自白："两三个月前，我在广播中说我们并不是为保守党（当时英国的执政党）维持大英帝国现状而战，打仗必须有点理想。该台告诉我说：即使有一千五百万人赞同我这意见，但是有十个人反对，所以得改口风。那是我第一次遭到的挫折。"于是，报端及杂志上又开始了一场热战："凭什么，凭什么，凭什么把普普通通的广播掐断！他曾经道出我们想说的话，那是因为伟大的英国准许他说出我们心里的话。现在不准了吗？但是他必须说！"

一九四〇年十二月

（原载重庆《大公报》，一九四一年三月二十至二十二日）

二十三 进攻的故事

当这篇通信刊在重庆《大公报》时，列位读者想必早已站在一九四一年的门坎里了。可记者此刻却还逗留在一九四〇年。我落笔写“故事”两个字时，就不免迟疑半晌：我莫非残忍到把一个伟大岛民自五月中旬以来遭受的惊心动魄的威胁当鼓词来说吗？我知道我不能，而且那威胁我自己也分担了的。所以，列位，这和“火星的故事”或“昆虫的故事”可迥乎不同。这是活鲜鲜的历史，而且是尚未完结的。这故事至少证明了一个真理：历史绝对不是命定的。祷告也罢，许愿也罢，它是由有脊骨的人类用血肉写成的。一九三七年以来的中国是这么翻身的；一九四〇年的英国也是这么熬过的。说希特勒没心逛伦敦是瞎扯。巴黎的兜风必已大大吊了他的胃口。是英国军队在英吉利海峡保卫战中的坚决勇敢以及该海峡的天险，使英国搪住了已举起的拳头，撕毁了一页注定的历史，避开——或者消灭了——一场龙卷风，把一九四一年抢到自己手里了。

但谁也不能否认这威胁始终是存在的，它又那么难以捉摸。

六月底，没有人在英国晓得将在哪里过冬。飓风的警号球悬遍了全英。报上登的，电台广播的，市井谈说的，都不出大陆上那只黑手——多么诡秘、敏捷而凶狠的一只手！手比划着要来，而且马上就要来。岛上的朝野也认准它必会来。所不知的仅仅是它怎么来法。驾云来呢还是选水路？试想，若月白风清，这岛的东岸沙滩上突然出现一簇进攻的前哨，一声吆喝，两栖的坦克就由海上冲来，岸上的民团军队也为保卫家乡而舍命死拼。进袭的船，先说是平底的，后来英国侦察机还看到海峡彼岸正有大批德军练习划船，并学爬山，大有改变机械化战法，返本还原之势！若是驾云而来，更将是一部传奇。据从荷兰逃来的难民说，纳粹的伞兵装束三教九流都有，商人，女人，甚至还有尼姑。于是我认得的一位身材魁梧的中年小姐，一天被人围了起来，疑是伞兵，硬说她是男扮女装，弄得她有口难分。伞兵（下称飞人吧）随身带的家伙传说也不一。有的报纸印着一个食粮盒，一具无线电发报机。有一张图画了一架能拆卸的脚踏车。于是五月十三日那天起，我就与我那辆双轮老友告了别。同去登记的一位同学还问那不耐烦的警察："双轮旱冰鞋和三轮的孩车准用不？"警察说："那要看飞人怎样打扮了。"

于是，五月十八那天，剑桥一个神经质的孩子忽然嚷："飞人，飞人来啦，飞人降在后河的柳树上了！"但跑去一看，是一个为生计所迫，寻了短见的不幸者，一个缢鬼。

六月二十八日起，人们同古老的英国教堂钟声告了别。下一次再听到它可就是不祥的了。钟声变成飞人降落的信号，就像古时的渔村防备海盗那样。

这还不够。全英所有的路标和指示牌都被拆除了。对于汽车和旅行家稀少、公路不多的中国，这不算回事。但在英国，那么一来，多少上曼彻斯特的也许到了利物浦，上利物浦的，去了布里斯托尔。都说德国人办事彻底，英国人的仔细真使人叹服。乡村有些茶馆是冠以地名的，如“温德米尔茶馆”。前四个字，即须涂黑。若印成中国，即成为“□□□□茶馆”。甚至伦敦重要街牌也都拆除。因为谁也说不准飞人在哪儿降临，也许在大海上，也许在菜园子里。

以上都是消极的防御。积极方面，除了军队加强外，还有坦克及飞机的捕捉。

谁也料不到拙笨的土法有时多么灵。对付坦克的利器不是“穿甲弹”，而是“油瓶子”。这方法是西班牙政府军屡试屡验的，插到轮链里，大爬虫立刻就四脚朝天。对付飞机的诸法之一采自古人（或今日非洲）猎术。在空草坪上缠以铁丝，飞机落下就必如藏珍楼里的锦毛鼠白玉堂。于是，摄政公园的大好草地上就布起这种铁丝阵。海滨的布置尤为周密。在威尔士西岸，我就看到不少防坦克的天罗地网。附近通向海口的公路，都用沙袋垒成卡子，夜晚有人路过，概问“口令”。因为疏忽或耳聋未来得及停车的，哨兵立即射击。七、八两月，这类冤魂谅已不少。

随后，一百七十五万民团短期内组织训练成了，成员多是工农大众，平时照常服务，遇有飞人降临，即刻变成军队。《泰晤士报》说，当一个钢琴师得尽一生精力，但学会弹一支曲调应是轻而易举的。军队与民团的分别即在于此。

到七月初，英国一切算是准备停当了。海峡大规模的空战也真的开始了。一般人估计德军必先粉碎了沿海的防御工事才会登陆。《每日邮报》预测敌人登陆必须具备三个条件。第一是月夜，第二是海上平静，第三是潮水高涨，以便进攻舰艇并靠岸。

七月十二日，随着德国公布的《揭露英法在近东侵苏计划》的白皮书，柏林喧嚷着要登陆了。但英国并未空等在那里。王家空军没有一天不光顾“进袭口岸”的。正当英国举国警惕，大捕内奸外探时，柏林流行着玩一种游戏，有如我们的升官图，竞争看谁先到达伦敦。那时住在英国的人们走路都不禁望着诡秘的天空。飞机及毒瓦斯全忘掉了，他们更怕飞人翩翩降临。饭桌上说的笑话，睡在床上做的梦，都离不开这个题目。恐怕正因为如此，多少人发生错觉，误嚷出声来。七月二十四日那天，连防空侦察队员威格莫尔都脱口嚷出，结果被判造谣罪，罚款三十三镑。

这时，英国正忙着生产军火。许多公路的卡子，未拦住敌人，自己却先被阻断。由八月一日，路卡渐渐少了，公路指示牌也多恢复，大家松口气，又开始想，飞人也许来不成了。而就在这时，丘吉尔唯恐民众松弛下来，特地由唐宁街十号警告说：“近来敌人故意散布已放弃进攻计划，吾人闻之应更加准备周密，绝不可稍有疏忽。”而报界更以事实证明敌人势在必来。铁证是：（一）维希对西班牙新闻社所发之官报，提到希特勒连日正在与军事将领聚议。自由法国与占领军边界之封锁亦足以表示敌人恐进攻计划泄露出去。（二）据华盛顿联合社所传，进攻即将开始。（三）瑞法边境近日亦封锁。（四）墨索里尼在北非正调遣大军，以便同时进攻。

每年八月四日为英王后生日，全英教堂之钟同时齐鸣，并放礼炮。今年的诞辰是在沉寂中度过的。只在王家别墅温莎古堡挂了一面国旗而已。

六日早晨，警察沿户散发传单，上写“如果进攻开始”。我在威尔士也看到一张。这可不是官样文章。四个西欧被占领国家用身受蹂躏的代价，为英国换来了血的教训。它首先指出面临入侵敌人时，本国难民是军队调遣最大的障碍。所以六条“须知”其实只是一条——“安居勿动”。盲动不但必败，而且凶险更大。

正当全英摩拳擦掌时，突然罗马传说德国已“进攻过”苏格兰了。而且随军报道的那位记者是亲自随德军登陆的。故事是这样：德潜艇第六十五号为了“开个玩笑”，于一个晴朗的早晨浮出苏格兰海面。据那记者说，艇上的水手再三请求艇长准许他们登陆一游，艇长终于首肯了。于是他们脱下制服，就泅上海岸，在沙滩上玩了约半个小时。至于这记者的话是真是假，可没人去核实。

进攻还出现在英国报界（尤其《泰晤士报》）及漫画界展开的宣传战上。那阵英政府好援引拿破仑侵英归于失败的例子，以便为本国人民打气。纳粹的戈培尔就警告说：“这可不是一八一五年，也不是一九一四年了。德国空军和潜艇必可置英国于死地。”戈林将军还说，他曾随轰炸机亲临伦敦上空。那时纳粹还指望能凭这种恫吓，招降英国。希望凭这种心理攻势搞出一个英国的汪兆铭来。但英国的汪兆铭（倘若莫里斯博士算得上的话）五月就关进了牢。柏林、罗马在八月中旬齐唱“我们可就要来了”，并散播谎言说，设计齐格非防线的突特博士正在英吉利海峡下面建筑一道可直抵英海岸的隧道，进攻易如反掌。那真是一场考验民心的神经战！

英国这边其实也在纳闷何以敌人如此姗姗来迟？《曼彻斯特卫报》分析出四个原因：（一）英空军对敌在海峡的船只调动连

日予以袭击。（二）巴尔干局势之混乱。（三）西欧被占领国家之资源及运输工具尚未调动完毕。（四）美国禁止石油出口。

最惊人的是八月十四号由瑞士京城传来的消息，预言三日内进攻一定开始。根据是德在荷兰沿岸派有大批空军防护港口，进攻船只业已生火待发，并装备好粮食及武器。法国西岸射程四十英里的大炮业已向英开火，轰炸机群将低飞袭击英口岸空军根据地，大战眼看就要展开。这消息传出的次日（正是记者由威尔士回到伦敦的那天），英国中部就真的发现飞人数名。同日，南岸落下一名，苏格兰高原上落了三名。一个落下来说是上级军官命令他跳的。问他官长姓名和部队番号，他摇头一概不答。

这里，记者不妨作个穿插。飞人下界本身就是一个故事。第一，他们大多不谙英语。例外是有的。一个曾侨居曼彻斯特三年的德国小伙子，刚好就在那里跳下来。他熟悉市里每家酒馆。他走进一对年轻夫妇的家里自首说："我是一个德国飞行员，不幸为贵国探照灯瞄中，打了下来。我的伙伴也跳伞了。"那家主人把他迎进门里，给他倒茶，让他吃黄油抹面包。他胳膊碰破了，可还摆弄桌上的一只纸飞机，对壁上贴的希特勒漫画苦笑了一声。又问摇篮里的婴孩几个月了。不听主人回答，他自言自语道："我原是上礼拜结的婚。"这人享受完了款待后，就被送交警察了。但这么幸运的并不多。一个落在威尔士荒山里的运气最坏。威尔士还有许多不谙英语的，而他们以此自豪。这个撞到飞人的威尔士农民就用威尔士话喊道："举起手来，你这混蛋！"德国人说："我不会讲英语！"那农民愤愤地吐口唾沫说："我也不会！"但这农民还是和和气气，并没有伤害他。要是落在愤怒的群众中间，警察迟来一步，就得送命了。去年有人在树杈上捉到过三个飞人。他们跳下树杈来就问："战事结束了吗？"今年又有个善于装模作样的纳粹飞人，他由空中跳下就问"这是荷兰吗？"告诉他是英格兰之后，他只说了声："晦气！"

许多人因捉到飞人而大出风头，如阿克兰夫人就是其中的一位。纳粹飞行员常故意显得极懂绅士礼貌，正如他们照起相来个个英俊漂亮。阿克兰夫人遇到的便是很有教养的一个。这个逃逸了九天的飞人，满脸胡须，头发乱如草。他沿伯克郡一条公路走着。夫人乘汽车走过，即令司机停下来。这位狼狈的路人还穿着肩上有飞翅徽章的德国空军制服。一盘问，他立即用结巴的英语承认是德国飞行员，九天前落下的，三天前断的粮。他怕被判死刑，一直没敢自首。夫人看到他还带了手枪，问他有子弹吗？他说："有的，但我们不伤害平民。"夫人说，他一路上都温和而有礼貌，见到警察，亲自把枪内子弹倒出，双手递上，并毕恭毕敬地打了躬，道声："谢谢。"另外还有位太太徒手缴了一个飞人的械，当晚国王就诏令嘉奖。

从此，捉飞人成为许多人的梦想了。先不说第二天本人照片会登在报上，那还是搜集战利品的大好机会。有扣留俘虏救生衣、降落伞的。

话说八月十八那天，德国又下了一步棋：封锁英国全部海岸线。英海军当局对此虽付之一笑，在"进攻"这蜗牛般的闪电上，总算是声响炮。但进攻并未开始。这回纽约又有了解释。说过去三周，英国与西班牙之间所进行的谈判已圆满结束，英国答应战后与西班牙共管直布罗陀，条件是佛朗哥将军坚拒德军假道直布罗陀，而希特勒担心地中海的英海军调向海峡助战，切断进攻队伍的后路。这么一来，就耽搁下来了。

这中间，英国仍加紧对飞人的防范。八月底英军在西南岸举行了一回奇特的演习：把兵士装扮成教士，商人，邮差，细溜的装成女人，派到各防区，考验守军的警觉性。结果伪装的士兵大部分为守军或民众所识破逮捕。一个抹了红红嘴唇的“女人”在酒馆被人看出，“她”捏香烟的姿势不像女人。一个“教士”的指甲为尼古丁熏黑，也因而泄露了身份。那“商人”到处问路，结果被路人抓送警察。

九月三号，伦敦空袭开始时，希特勒在柏林演讲说：“好奇的英国人问，你们怎么不来？我们回答说，沉住气吧，我们会来的。”但这演词中有一段值得注意：“英国曾经说，这场战争需要打三年。我们打三年。但那时我对戈林上将说，做出打五年的准备。”闪电也有疾缓两种。英伦三岛面临的，显然是缓慢的那种。

九月十二号，伦敦落弹如雨的日子。纽约的《美国杂志》忽然发表一文，预言进攻将于次晨开始（就如同三八年武汉对日本空袭日期的预测）。纳粹则宣传说是九月十六日。华盛顿的罗斯福夫人说：如果德国还有意进攻英国，就在这两周之内，否则就只好等至明春了。

次夜，伦敦以南的萨里（以夜莺闻名的）饱受了一场虚惊。晚间十点，突然传出有大批纳粹飞人袭来。于是，自卫队员持枪，民众也扛了种种“武器”的代用品，如扫帚，一齐出动。那一带小树林很多，并有溪流穿过，颇似我江南。搜索了一夜，只听到处是口令和皮靴声，偶尔还有作为警告的来复枪声。但到天亮，连一名飞人也未发现。有一处，空袭纠察队员还把高射炮在黑空中爆炸的白烟误以为飞人在飘落。

十六日，瑞典京城报纸又报道德在挪威西南境特辟一军事区，一切交通工具皆控制起来，男丁十五岁以上的行动受限制。这是说，德国进攻在即了。最有趣是空军侦察报告说，所有进攻用的船只，都严严盖住，也不知葫芦里装的是什么法宝。

那半个月，英国报纸添了个新栏目：多佛海峡气象预告。如：“西北风，海静，浓云，满月。”大家就从气象来预卜吉凶。

到上月二十三号，空军情报组才透露出点消息。原来自从德国计划进攻以来，英王家空军对法、比、荷、德沿岸二千英里漫长海岸线的动静，无日不在侦察，无时不集中轰炸。敌人在法国西部各港停泊了数百条船只，储存了大批军用品。船高达一百五十英尺，载重约五百吨，有自动螺旋桨。船上还装有大小坦克。港内也有潜艇、商船及巨型汽艇。法国勒阿弗港曾停有四十五条运输舰。由九月十五日起，大规模的攻击由空中开始了。英空军炸毁了码头和生火待发的舰艇，使敌人举起的拳头又缩了回去。

十一月六日，丘吉尔在众院侃侃演讲时，第一次用乐观的口吻说：“的确随着冬季之来临与天气之变化，敌人进攻，尤其由海上进攻的威胁大为减少了。但这个停顿应归功于王家空军的战果和数月来军队的迅速扩充。”

于是，一段似乎命中注定的历史，就因一个民族的坚决、机警、英勇和沉着而重写了。怎样写法？由一九四一年来回答吧！

一九四〇年岁末

（原载重庆《大公报》，一九四一年四月一至二日）

二十四

一九四〇年欧洲稗史大观

有史以来再没有比今年更戏剧化，更莫名其妙的了。所有人类的智巧、愚蠢、高贵、狠毒都表现得淋漓尽致。三、四两个月里，欧洲地图转瞬抹掉了挪、丹、荷、比四个国家。六月里，堂堂的法兰西竟然也挂了白旗。第一次世界大战德军签字投降的那座小森林里，二十年后又停放了福煦将军当年那辆火车，只是这回作揖的是法国了。从那以后，最荒谬绝伦的错中错，就在地球这个角落表演起来。半月前的国务总理坐了囚牢，马其诺那铜墙铁壁打破笑谈纪录，而最令人伤心的，莫如七月四号英法海军在荷兰开的火。指挥英舰的司令官，三十天前还在敦刻尔克指挥由比法撤退的英法盟军。

数不尽的怪事

一年来，大大小小有数不尽的奇谈怪事。世界七奇迹之一的埃及金字塔上堆起了防空的沙袋，梵蒂冈的罗马教廷发起面包证。这是谁能料到的事！卢浮宫藏的无价之宝《蒙娜丽莎》搬到了柏林，但德国运往美国企图换取现金的法国印象派大师的几十幅名画，却在大西洋上为英海军攫去。英伦从来没有与大陆隔断得这么一干二净过。于是，隔阂孕育了谣言。八月初，留恋老盟友的法国，民间还传说英军收复了马其诺防线，又谣传英国有种种秘密武器，例如一种药粉：只要往空中一撒，敌机立即焚灭。可怜绝望中的法兰西老百姓，上了政客的大当，又想从幻想中寻补偿！中立国家对英国的臆传尤为荒唐。说德国已在英吉利海峡下面凿通了隧道以对英进攻。这神话是由瑞士传出的。还传说数千名德、法、比国工人不慎失事葬身鱼腹呢！并说希特勒也驰赴隧道视察，因而同样送了终。

意大利军队由希腊境内撤出时，一部分军队是骑在驴背上“赶脚的”。小小的爱尔兰死命地想严守中立。欧洲更小的一个，世界上顶小的国家还向英德两国同时宣战了呢。它就是面积三十八平方英里、在阿尔卑斯山脚下的圣马力诺。他们反抗过拿破仑，上届大战中对意大利宣过战。只是停战后，他们忘记宣布和平了。

昨天，正当入侵希腊的意军节节败北之际，意大利诗坛未来派大师玛里涅提（曾经被誉为明日之但丁的）在罗马对一千听众大讲：“我们未来派喜欢战争甚于和平。因此，在战争中，我们益觉欣喜兴奋。机械是人生的一部分。美学对象只有三宗：曰机械，曰战争，曰爱国情操。战争肯定了人类之力量。战争是诚实。有爱心的战争是世上灵感的至上泉源。”然后他就朗诵了三首诗。第一首咏的是机关枪，诗中充满了“嗒——嗒——嗒嗒”。第二首咏石油。第三首咏轰炸机。内有名句如“女人们不喜欢不会丢炸弹的小飞机儿”。最后结论说：“虽然人类的男性厌恶我们意大利人，女人世界则仰慕我们。所以应立即组织有限公司，出口意大利爱情。”

这个文妖太疯狂了吗？轴心国家的才子们无独有偶，横滨银行驻伦敦经理加纳子爵春间返日前，曾发表过一段预言，说中日战争三周即可解决。欧战复活节即终了，英必大败于德国。他发表了这番预言之后，即匆匆登轮。今天《每日快报》上，这位子爵兴致又来了。他对英记者说，日人善观天象。说希特勒的福星六月以来即高升，但升到九月即落落落。关于中日战争，他说：“我们打了三年的仗，与这里的不同，那是一种殖民地的战争。”报端还登子爵快照三张，状极似好莱坞滑稽明星陆克。

这显然是位未来派的银行经理。

随了一九四〇的烛头一道熄灭的是“高贵的失败者”——《慕尼黑协定》承办人张伯伦。他是第一次世界大战“停战纪念日”前夕在伯明翰郊外去世。十五号那天，政府各机关楼顶还为他下了半旗。他那小小骨灰盒现陈列在威斯敏斯特教堂里了，他的遗孀默默地把几片凋残的菊花瓣撒在盒盖上。英国各报纸都歌颂起他的生平。连以攻击他著称的《新闻纪事报》也宽宏大量地说，他的错误只是在于他从事政治。意思是仿佛他能成为一个极好的螺丝钉掮客。

在他逝世的四天前，报上还刊出他致波兰总理的一封信，标题是《一个无可悔疚的人》。信中写道：“足下谅知余屡受抨击，责余不应给波兰以保障，尤不应保障后又不加以援助。余对此二事俱无悔疚。吾人若对波兰所遭侵略袖手旁观，实非人道。但实际上吾人当时又无力援助。余唯信波兰今日之牺牲绝不至徒然而已。”这封矛盾荒唐的信不啻病床上的呓语，不过是对自己良心的慰藉罢了。只为了一点市侩聪明，酿成一场大祸，贻害别人，临了也害了自己。

仿佛有意删改历史，前英驻德大使韩德森爵士表彰起前首相的功绩了。他说一九三八年九月，当戈林将军警告说，若战事爆发，捷克必完全消灭，伦敦所余亦寥寥无几时：“我吓得真是胆战心寒。那时德国每天可以往伦敦掷两千颗炸弹，而我们却无法还手。因为那时我们只有一两架‘旋风’式机充试验之用，尚没一架‘喷火’式战斗机。当时估计防御伦敦至少需要四百门高射炮，而我们统共只有七门。”（好不可怜！）这个表白是想用以证明张伯伦当时的苦处和他的机警，但结果却大背初衷。这不但暴露了当时英国的自私，而且也承认了英国的毫无准备，以致引起舆论界群起质问：“那么你们许多年来都干什么去了？由一九三一年以来，保守党一直在执政，从没有一个国家的命运如此彻底地掌握在一个政党手里。国防费如水般注流，每分钟二百镑。然而你们的成绩只有一两架飞机，七门高射炮？”

篡改历史的兴趣在一九四〇年很是普遍。日德协定谈判成熟后，十月三日的《泰晤士报》社论感叹说：“这段不幸的历史是二十年来英美政策所促成的。一九一四年前，英美对日本的振兴俱表欢迎。日本参战时以为战后可以与其他联盟国同享战果。第一个对它荣誉的打击是在凡尔赛会议席上。会员拒绝在国联会章中明文规定‘民族平等’。第二，是英美强迫日本退出山东，并要它接受较低的海军造舰率。英美似乎坚决拒绝承认日本野心的正当性！及至‘满洲事变’发生，英美与日本关系益为尖锐。而国联无能为力，徒作申斥……”这篇社论是说：日本千不该万不该在津沪屡有侮辱英美侨民的行为，这个可远比屠杀千千万万中国民众更为不可赦。其实，这还没有哈浦斯夫人的《历史哲学》讲得干脆。她认为二十世纪之唯一大错，是侵入西伯利亚的联军半途撤回，而没有直捣莫斯科。

法国的悲剧

路透社西线战事记者瓦铁菲在《法国战败始末》一书中，记述他访问法国铜墙铁壁的马其诺防线的情况时说：“在斯特拉斯堡以北的莱茵河上，一个热心的上校领我由一座座水门汀的防御工事里穿行。‘呱呱叫的水门汀啊，他们要命也不用梦想通过的。’他不住地说着。‘他们那边可也有这种水门汀？’我担忧地问。他不加思索地回答说：‘噢，没有的，绝没这么好的。’但我禁不住又问：‘那么为什么不乘他们没筑好就先冲过去呢？’那上校对我这个问题感到愤怒，仿佛怪我说了些什么侮辱的话。次晨，我由工事向对面德军阵地瞭望。河那岸，一个年轻的德国人正光了上身在洗濯自己。我问哨兵为什么不放枪，他瞥了我一眼，直似为我的残酷所惊愕。然后说：‘如果我放枪，他也要回枪的呀！’”

大家一定想知道马其诺的滑稽始末。每本描述马其诺如何伟大之书都无法掩饰一个事实：它的一部分是由德国工人修造的。这就是资本主义制度的可笑可悲。有招标的，就有投标的，照例开价低的得标。铜墙铁壁就是这么修成的。法国想用半堵墙来欺瞒一个精明强悍的紧邻？有人说，法国希望比利时堵得住。但比利时早于一九三六年九月即明白告诉法国，为尊重与德国的友谊，比东边境绝不设防。工事非延长到海口敦刻尔克不可。达拉第亲自巡视了一遭，估价需四亿法郎。但法国财阀肯掏腰包吗？募集国防公债一事刚宣布了三天，价值两千万美元的黄金就由法国运往纽约联合储备银行去了。四周内，逃往美国的法国黄金足供那段马其诺防线建筑费的半数。每次政府一筹国防费，法郎即贬值一番。由一九三四年至一九三九年，法国史上最紧张的六年间，法国的军费额减了百分之一，而德国军费在此期间则增加了百分之一千四百。对奥捷的沦亡，他们视若无睹。签订《慕尼黑协定》那年，法国钢铁商售给德国的钢铁还增加了百分之一百五。是财阀的黑心肠老早种下了灭亡的种子。

但投降了的仅仅是贝当政府。不时地还看到法国民族气节的闪耀，有如我那老北京。巴黎就流行着这么一种传单："若见店铺门口贴有'会说德语'的广告，换地方买你的东西。若遇穿大皮靴的德国人，莫怕他。皮靴向你提醒他的存在。但当心那穿便服，住在你同楼里的德国人。……此传单是非卖品，抄下来传给你的朋友。"咖啡馆的酒杯下，巴黎闹市的座椅下，时常发现小纸条："他早晚也跑不了！"

维希可繁荣起来了。大小餐馆都为富商和下野的小官吏们挤得满坑满谷，用荒淫耽酒聊以遣愁。一个大酒商在溃败的一周前离开波尔多，丢下值五十万镑的酒。英国社交界妇女在大声抱怨"战争之苦"，可知法国香水商也必遭受了致命损失。但前天《璇宫艳史》的男主角薛发黎又在瑞士洛桑的广播电台上唱起风流歌曲了。

一小撮人的贪婪无耻，招致了大家的沦亡。当维希又奏起欢快的舞乐，新搞起的沙龙里又开始打情骂俏时，整个法兰西的劳苦大众（那是说，没死于战争中的）却挣扎在饥饿与奴役中。维希伪政权下，连原有的带新逃来的，人口八月初已达一千二百万。但那以后，成列的火车运来萨尔等地带的难民。每天吞吐千万吨货物的马赛港，寂静地徘徊着失业群。全法国听说仅有一家工厂的烟囱冒着烟，制造的货物还是德国订的。冬天到了，煤却不一定运得到。战争虽停了，但他们应征入伍的儿子、丈夫，却仍不能回来团聚。二百万“和平的俘虏”还在德军手下做着苦工，用草代替青菜，还不易捞到手。

什么都可以，可就是亡不得国。

大西洋彼岸

一九四〇年以阔佬、恩公和侠客姿态在西半球出现的美国，是抵抗纳粹战争的财东及军火库。英美一年来如何紧密合作，是属正史范畴，谅列位也知之已稔，无须在下饶舌。然而，它们之间不甚愉快的事倒也发生过不少。并不是两国政府当局，只不过是美国名流们有时看法不同而已。这些人论地位，可都是了不起的，然而，英国也不肯逆来顺受。于是，小小的口舌也是不免的。

如果以人来说，首次横飞大西洋红极一时的林白上校最为突出。开战之初，他即倡议加拿大应立即脱离大英帝国，惹得他丈母娘都不肯认他这个女婿了。十一月初，他又反对美借给英国军火。英国报界则愤而叫他作“飞行傻瓜”。另外一位是汽车大王亨利·福特。他一面夸说每月可生产一千架飞机，一面却声明绝不接受英国订单。十月里，《曼彻斯特卫报》驻美记者博恩特地去访问这位七十七岁的老财主。福特坐在他那只马鬃椅子上说："干吗非打仗不可？简直都是无事生非。我反对战争，所以我不能帮腔！"但这位和平主义者的老头儿十二月四日接见《每日快报》的记者时又说："美元是世界上最伟大的货币，它能使战争早日结束。如果英国要钱，他们要多少就给多少吧！上次我们给过，这次就不妨再给一回。"但问到他这场战争究竟谁胜谁负时，这老头儿说，谁也胜不了。

月底，英舆论界传说欧洲在闹饥荒。那消息大半原是为鼓励国内士气，不料却使美国人动了慈怀。这时，美国驻比利时大使柯戴刚好经英返国述职。他又渲染了一番西欧的饥荒，并且说是英海军对西欧的封锁造成的结果。这位驻比大使一回到美国，就被撤职了。然而，美国又出现一个支持柯戴的人，他就是前总统胡佛。此人说："不必多说了，此刻唯有立即切实救济波、挪、荷、比等国一千八百万人民，否则人间惨剧必即发生。"这么一来，连《泰晤士报》写社评的先生们也难守缄默了。饥荒的消息原是英国宣传的，该报只好解嘲地说："美国不宜对统计数字过于重视，西欧大陆情况也未必严重到怎样程度。"然后又挖苦胡佛说："胡佛先生是有名的孤立派，又是反罗斯福外交政策的。今年美国正当丰收，这么一倡议，自正中农场主的下怀，对大选前途也必大有裨益。但千万莫忘此举适中纳粹毒计，实质上变成助德抗英。英系岛国，比欧陆尤需进口食粮。愿彼岸人士，三思而后行之。"此事可见宣传如搞不好，反而会帮了倒忙。

柯戴的谈话还有更惊人的一段。比利时投降后，英法都骂比王是不肖之子，不忠之友，因为比王对德投降之前，并未通知英法，致使英法联军由阿尔伯运河急流般败溃下来。而正当全英舆论沸腾时，柯戴却替比王诉了一通苦，并夸他是不忍民众遭受涂炭之苦的仁慈君主，并说投降前已通知联军。这下可把英国朝野气坏了。这是七月的事。

十一月二十四日及十二月一日《星期快报》上连载起柯氏撰写的长文，大谈比王黎里波德的功过。此文应由每个公平的史家阅读，也无疑将是本届战争中大胆论著之一。第一，它暴露了联军那时手忙脚乱的窘状，也生动地描画出联军“各自保家乡”的情况。由比王统率的法军第六十师及第六十八师没有了踪影，总司令部也找不着了。法国司令毕里奥出席军事会议途中竟为自家的载重车撞个半死。荷兰败溃了，巴黎吃紧了。纳粹飞机日夜低飞轰炸，英法军队直朝海岸退却。“比利时军队和比利时人可往哪儿退呢？”比军给挤到西北角，大有全军覆没之势：“在此局势中，自我保存是本能所决定的。”五月二十二日，比王即在联军会议上告诉英军总司令葛特将军大势已经不保，但见联军后退，德机轰炸，陆上无反攻可能，空中也无援军出现。二十四日，比王亲笔致函英王，说明该国停战乞和意向。该函次日即由英军参谋长狄尔爵士呈交英王。次日比王并请人以电话通知丘吉尔首相。五天以来，比王随时通知英法当局比利时王国乞降之必要。而投降前，为效忠联军，比王还特命开放运河水闸，以冲德军后路，并炸毁伊萨尔河闸坝。到二十七日晚，比利时才派军官前往德阵地询问停战条件，回答是：“元首限你们无条件投降。”于是，二十八日晨四时，停战令下。比王在宫廷内成为俘虏。投降前，比王尚派人约柯戴一谈。但信使也于途中被敌人俘去。柯氏再见到比王时，比王已是阶下囚了。

最近更出人意料的是：曾任美驻英大使六年之久的约瑟·肯

尼迪突然闯下了大祸。一九四〇年真是个“意外年”。美国大选前，英报界传说肯尼迪有拥护威尔基的可能，因为他不满罗斯福援英之积极。但肯尼迪抵美不久，即在广播中表示拥护罗斯福，大倡积极援英。

然而，十一月十日，肯尼迪对波士顿《环球报》记者发表了一段“不供发表”的谈话，说：“民主主义在英国早已寿终正寝了，纳粹主义即将接踵而至。这纯然是经济问题。人们叫我作悲观论者，但有什么可乐观的呢？我们尽量帮英国的忙，但期望英国偿还什么？这是保险费……英国存在一天，我们就从长准备一天。英国也并不是为民主主义而战，它是为生存而战，正与临到我们头上时一样。”那记者问他：“美国有卷入战争的危险吗？”他说：“我们只要永远保持冷静的现实主义。”他还说：“若以为希特勒打赢此仗，美国与欧洲的贸易即会断绝，那是胡扯。”最后说：“林白也不是发了疯。”

他这次的秘密谈话第二天就在大西洋两岸的报上成为头条新闻。英国舆论的猛烈抨击自不用说（几天前有的英国报纸曾讥讽说，他贩卖威士忌酒的本事远大于办理外交），就连美国舆论也大为哗然。《先驱论坛报》指出他有鼓励德人侵略之嫌，《纽约时报》谓他因出言不慎，埋没了自己多年功绩。肯氏次日正式发表声明，否认那是正式结论，但并没否认谈话的内容。英国议会里也正式辩论了。美国传说肯氏业已辞去大使一职，决心致力于“避免美国卷入战祸”。

提到这事，我记起八月英美间一场小小风波。美国参议院议员惠勒在参议院开会时，指控英经济学家白施爵士在美国公开宣传，煽动美国卷入欧战。他曾亲口对惠勒说：“上届大战美国是给拖进去的，这回我还得尽我这份力量。”当时，英国驻美大使馆为了排解美国众愤，乃力劝这位爵士立即返英。寄寓纽约郊外的这位爵士脾气老大，说不能听华盛顿的呼喝。后来伦敦电白宫说：“白施爵士系一功绩显著的老人，他的言行并不代表英国政府。”

美国的苦闷似是要英国胜，而又怕自己卷进来。但英国报纸论及战争前途时，每每不忘记带上这么一笔：“俟美正式参战，则……”

交战国

在战争进行中，交战国之间的关系是稀少而隐秘的。今日英德的一线联系就限于囚在两国里的俘虏。英国公布的在德之英囚犯待遇如下：“早七点，黑咖啡，十一点，白菜汤及马铃薯。下午四点半，咖啡，马铃薯，面包一方块，及牛油一方英寸。”英国要求应发衬衣及鞋袜。自十一月起，德已答应发给俘虏平时饷额。英国且抱怨囚犯吃不到肉、脂肪物及鸡。国内家属委托红十字会送去的包裹，计三十四万件及食物一百七十吨，也未收到。这份抗议系托美国大使转达的。十一月初，陆军大臣艾登宣称：所送物件业已经瑞运德。英对德俘虏的待遇自然也很好。有些民众抱怨俘虏吃得比人民凭配给证所能买到的还多，自是夸大其词。但在俘虏待遇上，英德都很“文明”，绝不会有日军在南京比赛砍杀中国俘虏等的野蛮行径。记者春天去湖区徒步旅行，即走过这么个俘虏营，坐落在一片古铜色的山洼里。俘虏们正在打篮球，蹦跳喧嚷得如一所小学校。但四周还是哨兵密布，望到树上钉的牌子："路人等速过，切勿左顾右盼，在此停留。"我就匆匆爬过山坡了。

交战国间另一种联系则不愉快了，那是相互派遣间谍刺探军情，这实是侦探小说家的领域，一定有许多离奇曲折的故事，有如上次大战中的照空和尚［照空和尚是匈牙利人，后入英籍。第一次世界大战期间他曾是英德双方间谍，制造假情报，企图使英德在海上打一大战。"一战"后，此人去锡兰（今斯里兰卡）出家，取法名照空，皈依佛教。后来我国。抗日战争期间，他又当了日本间谍］。但至今我只知道一些冤案。住在肯森顿的一对瑞士老夫妇被控由窗内照射手电筒。伦敦发现不少打了"卐"字号的铜板（便士）。早在七月初，一个嫁给英国空军的德国女人因间谍嫌疑被判十年监禁。最近发现了一桩大案子。美国使馆的一个男随员肯特和从犯吴可夫女士（帝俄海军上将的女儿）因间谍行为被捕。所有的审理都是在秘密中进行的，详情无从知晓。

交战国相互仇恨到什么地步呢？各个时期都不尽同。九月中旬，伦敦遭受大规模轰炸时，北爱尔兰某市要求立即将市内"柏林街""汉诺威巷"一律改名。爱弥夫人（女法官）在宣判一帮小偷儿时申斥道："你们简直就是一群纳粹分子，这是我对你们最厉害的辱骂了。"英国首屈一指的骨相学家塞维尔温教授研究了许多张希特勒的照片，证明他的智力可观，但不善设计推理。他神经中变态处很多，所以长于大举屠杀与破坏。又谓希魔的前额凸出，观察力强，热烈、敏捷、实际。他野心无限地大，想统驭一切同类，而且武断独裁。他缺少敬畏之感，且不喜家庭及社交。最后，教授说希特勒极惜命，他临到死亡时必受重大打击。但我这公寓的房东太太不说这些废话。她对希特勒的观点"五六年来始终没变过”。她认定他是祸害欧洲的一条狼，并且是“我们自己养大的，放出的”。十月初，伦敦有民众自动贴出标语：“炸柏林即是救伦敦。”

列位也许以为这就是英国举国一致的情绪了。不错，有人主张禁演瓦格纳［瓦格纳（1813—1883），希特勒最喜爱的德国古典音乐家］的歌剧，但是音乐厅里仍照样演奏德国音乐。英国学校里的德文课程从未停授。韩德森爵士还说：“战后英国非同德国合作不可，否则无法恢复欧洲和平。”

和平的堡垒

这一年来的欧洲，气喘吁吁的是德意志，虎视眈眈的是苏维埃，如今还有个狼狈不堪的意大利。这以外，葡萄牙和西班牙捏着一把汗在做着码头生意，瑞士、瑞典提心吊胆地享受着瓮中鳖式的和平。其余不是山河易色，就是疮痍满目。比利时发行着只有一半储备金的钞票，农舍里有牛羊，但没有饲料（战前，百分之七十来自美国）。供给欧洲大宗牛油、牛肉的丹麦，竟也勒起裤带。忧郁的欧洲一片凄凉。

一般英国民众皆了解苏联友谊在此时之价值。所以，九月间，当右翼团体发行一本反犹反苏的《红色飞行员》时，就有人抨击政府要员不应充当该团体的赞助人。但政府在大政方针上，仍以不开罪莫斯科为原则。八月底托洛茨基在美遇刺毙命后，一位太太扛了个标语牌，上书：“斯大林谋害了托洛茨基，但是第二国际将永存！”在肯森顿苏联驻英大使馆门前捣乱。这位妇人立即为警察抓去，处以二十五镑罚金。

有国和无国的

这一年遭遇最惨的自然是犹太人。当年巴黎的时髦女人，如今空了肚皮在里斯本街头流浪。由德国及意大利逐出的犹太人逃到了英国，战争一来，先被拘留人岛，放出的，也只好挤入失业群中了。当年逃入法国的，苦吃得要更多。十一月底，两条载着一千八百名犹太难民的船驶入巴勒斯港。他们中间有两百多名儿童，都是由德国赶出来的。敌人的敌人本应是朋友啊。但岸上命令说："不许上岸！开到旁的英国殖民地去吧！"

这个黑色的一九四〇年是个智巧、愚蠢、高贵、险毒的大漩涡。在漩涡里航船，舵手自然更短视，更自私，更茫然。我翘首东望，这回该我懂点星象了。我看见了一个胜利的、光明的、开明的中国；一个跳出西方"利润至上"覆辙的中国！永远也不可忘记这份用河水般的鲜血换来的自由和教训。

一九四〇年除夕，伦敦汉普斯特德

（原载重庆《大公报》，一九四一年四月九至十二日）

二十五 疏散与失学

在这些柴米油盐式的通讯中，记者相信没有比这再能引起国内读者同感的了。战争虽在欧亚地球两端进行着，用的兵法也未必尽同，但许多战时的问题现象却并无两样。就中最普通的，还是社会问题——由于战火蔓延而酿成的社会问题。

市民疏散终究不同于军队开拔。金窝银窝不如自己的狗窝。一所住过十年以上的房子可留恋处太多了。因此，东伦敦的难民，被收容到城西繁荣中心的大厦里，反倒抱怨“什么也买不着”。那正是我由平津搬到上海后的第一个苦恼。夏天在威尔士住时，我就不断听到大城市疏散到那个海口的人们抱怨当地的小电影院净是跳蚤，就盼着早日能回伯明翰——一个满是烟囱的工业城。而本地农家也不屑雇用由城里逃来的娇种。说一个十五岁的乡下孩子也比城里的壮汉有用。

但政府能把城里人劝下了乡，也是好不容易哪。多少免费车开着，逢年过节还发优待乘车证，以便让分散的家庭能团聚一下。同时还得一面为留在大城市的丈夫们开公寓，一面为妇孺在乡下安插住所。尽管布置得这么周全，落弹如雨的伦敦还有十三万五千名幼童拽了妈妈的裙角就是不走，其中四万六千名是五岁以下的。失学的有九万二千名左右。在实施义务教育的国家，这不能不说是非常严重的问题。失学的原因是多重的，有的孩子学校仍开着，家可炸光了；有的两头全炸没了。孩子们留下来好帮妈妈在地铁站上抢地盘，即是说，如果妈妈没炸死的话。

随着大轰炸而来的是房租问题。在英国租房，一般是订一年或数年合同的。被炸毁住所的房客，究竟还付不付房租呢？这比荒年的农夫还苦——他们本有的也被战争夺去了，从人情上讲，当然只应周济，谁还有心收这份租！而且即使房主有此心，房客也无此力了。一个好心的法官判这种案子时，就说出“理应豁免”。登时《泰晤士报》著名的“读者来函栏”即有房产投资者的怨言，而权威性的法律杂志也严责起那“大胆的法官”，说法律与仁慈是两码事。他们站在房主一边，不但要人民照交房租，而且还得负担投资者的“年息”。眼下房租飞涨（尤其在较安全地带）一时成为普遍现象。每周七先令六便士的租金一下子涨到四十先令。内地旅馆的房价多增加百分之十至百分之十五。

人口的流动不但使城里人与乡下人杂居起来，贫与富的界限也没平时那么分明了。记者每当看到英国富人的巨厦和一望无际的田地，即联想起中古的封建郡主。如今，英国政府把东伦敦挨炸的难妇难童安插到这些老爷们的宅第里。于是，有些大宅门的男女仆役就赌气递了辞呈。一时，疏散的穷人们都怕被派到富宅去住，他们怕的是冷遇和揶揄。殊不知肯接待他们的房主还算是好心肠的呢。许多房主就到处找医生开证明，想尽了方法回避容纳难民。要不就把应用的家具搬出，火也不给生一个。《新闻纪事报》的一位记者访问这些难民时，竟发现两位母亲率领二十个孩童，合用一只火炉。

难民本身自然也有贫富之分。正如八一三的上海难民，最初用汽车由市中心向租界搬场的都是巨商或豪富，快开火才喊辆黄包车逃出闸北的是中下阶层，光杆大众是乒乓动手之后，才黄水般由外白渡桥朝租界里涌去。有的露天席地卧在十六铺以至租界各弄堂的地上。这里，高级的疏散是撤往加拿大或美国。像十四岁的乔治贵族和十一岁的樱草贵族在美国上学，朝夕还有保镖、车夫、私人教师陪伴，住的是已故美国头号财主约·庇·摩根的私邸。以上是大富了。小康多疏散到湖区或德文郡去。钱能通神，他们肯出大租金，于是穷难民就得另找茅舍去住了。

由疏散而暴露出的社会悬殊，很激怒一些正直的人。伯明翰就有人嚷嚷："绞死那些榨取难民的房产主。"全英房客联合会要求政府明令规定房屋被炸，房租应立即停付。有些房客看到全国舆论界的同情，就要求退还以前被炸后已付出的房租。斗争持续到十二月四日，房客们大获胜利，卫生部大臣正式宣布房屋被炸，房客即不再交纳房租。

至于疏散到内地的妇孺的处境，该部也力谋改善。最初是发出通告，劝令主客彼此体贴，牢记国难当先。同时也劝难民们寄人篱下务必勤于洒扫，劝房主多多包涵，尽地主之谊。但这世界显然不是传教士的苦口婆心所能改革的。伯明翰首先硬征用空房百所，以便安插难民。同时政府对收容戚友的住房，一律付给津贴，成人每名每周五先令，孩童（十四岁以下）三先令。

以上种种纠纷，尤其房租飞涨，记者在国内都经历过的，譬如抗战后的沪、汉及内地。不同的是，英国政府通过法令来制止这现象存在下去，并不放任自流。

战时失学问题不限于伦敦一地，疏散到内地去的儿童也依然荒废着学业。舆论界力促当局设法解决。有的提倡在疏散区创办国家寄宿学校。大城市的督学都奉命出发挨户去督促。为使家长放心，教育部表示愿担负学校防空壕的建筑费。“卐”字号飞机虽然在伦敦一地即炸毁了学校多所，开着的仍有三百六十五所。许多热心人士自告奋勇到地铁站台去教难童们识字。昏暗的灯光，冰冷的站台，在这样的非常时期还能把教育下一代的任务坚持下去，此情此景，确实感人。

一九四一年，伦敦

（原载重庆《大公报》，一九四一年五月二十一日）

二十六

到莱茵前线去

从伦敦到巴黎

刚到伦敦，我坐在公共汽车里不舒服，是因为强烈地意识到自己身处异域。六年半以后，我又在那长皮垫上不知所措了。这回，因为我几乎平生第一次穿上了军服。（上回是在军训时，穿了灰制服在北平西郊演习野战，还被女师大打败了。）坐在车中，我不住地摸索着衣袋，里面装着昨天才由英格兰银行申请到的法、比、德钞和我的随军护照，摹想着欧陆上的烽火，默默比较着八一三去闸北的经验。售票员走到我跟前时也吃了一惊。看到我肩上“中国战地记者”的证章（那时，在西欧我大约还是“只此一家”），他把手点了点帽檐，走到我的邻座去了。我急忙掏出一个先令，说“维多利亚”，然而，他连连摇头，不肯收。这时已过了圣杰姆士，我把那个先令交给邻座说：“请代我付给售票员。”自己就提了一只姜色的帆布包，直趋车站了。

车是八点开，站里的钟方指在七点四十分上。到了第十四站台门口，执意要送我的老友陈纮早已在那里等了。看到我的一套：黄呢大氅、少校的黄哔叽军装、高靴子，他哈哈大笑了，说："这回你可升了。"我懂得他指的是什么，因为十五年前，滚在麦田中演习的学生军中，也有他。这时，我把昨天晚上在热闹场合的一个犄角写成的一篇"遗嘱"（这可真是第一遭）交给了他。

这是辆军用专车，头等是留给校官的，所以松得很。脚行可是奇缺。原来还以为自己提帆布包吃苦，以上校身份在与更重的担负挣扎着的，有的是。

在站台上踱来踱去，听老友谈重庆、昆明的事。整八点，笛拉了。我们无言地握了手。我的车穿过轰炸得缺胳膊短腿的伦敦郊区，进入幽静美丽的萨里郡，一路不停地直扑向南岸去了。

当我对外面树丛出神的时候（在舰队街上挨了半年多的飞弹，没有比郊野更能饱眼福的了），一个侍役跑来在我面前铺起白台布来。从三年前英国取消餐车后，我这是第一次在火车上吃饭了。而且，我不必腼腆，四周都是穿军服的人。

十一点，到了海港纽黑文，情势不大对。我们并没有登上停靠在车站旁的海峡轮船。一个声音洪亮的大个子中尉在嚷："集中到候车室去，行李有人照料，军官靠左，士兵靠右。"都排齐以后，他才报告："今日情势不好，海渡不成。海峡里净是玩意儿。诸位今晚歇在这里。什么时候能走，什么时候走。"

这可真是一大桶冷水，而且，也使高度的英雄感遭一挫折。望望火车站那边的海，是黄澄澄的一片。大热闹在彼岸，可就是过不去！我们颓丧地上了大汽车，被载到可以度夜的营盘里。

原来海峡中这时正有若干只德国潜艇在活动，而英国内海舰队正在包剿扫荡。可是这场小型的海战竟一延五天之久。这五天，我生活在完全陌生的人群中。苦是真苦，而且口袋里的英国钱渐渐花光，我却得以逛了一下南岸的几座名城如布赖顿、伊斯特本，都是十八世纪以还阔人消暑胜地，而自一九四〇年即划为国防禁区，不许当地居民以外的人进入。

五天来，同我厮混的十几个军官，没有一个是职业兵。福兰克是保险公司的襄理，托姆是书店的老板，彼得还是伯明翰大学的讲师；而与他们同一军衔的，也有兰开厦的纺织工人。我们都穿了军装，天天四处去玩。（同行的，还有两个美国红十字会女职员，是去比利时的。）

天天问那中尉，第四天晚上，晚餐时，他报告了：明早有一条空军营救汽艇，可以载二十五人过海。这汽艇是小而无篷的，所以还有些危险。只准男人搭。想搭的，可以报名。我抢先报了。

于是，黎明，一辆大汽车就把我们一行载回了纽黑文。迈过两只内河火轮，我们才上了那只营救艇。是二月底，寒风凛冽。我倚在一颗对付潜水艇的海底炸弹上。船没出港前，那年轻的船长就用扩音筒报告：海峡中还漂着不少水雷，请大家帮着留心。于是我们那健壮小艇就启了碇，向一道白岩的英国海岸告别，直向东驶去。风大得要命。一个刚由巴黎回来的瑞典记者掏出他的食物券给我看。指头一松，就为风手抓去了。我也扑上去帮他追。那蓝色纸条调皮地先飞向舱板，再跳到船尾的高射机关枪架上；待我们快赶到时，它却飞到海里去了。我们望着那一片汪洋，只有不住地摇头。

突然，扩音筒有声音了。请大家警备：前面有了东西！我身边的一个少将赶紧就抓紧了自己的皮包。我们扒到船栏看，果然，水面上远远浮着一个黑物。船长在用望远镜不住地逼视着。船员们已开始松开救生板的绳子。我忽然后悔起不会游泳，一面发愁等下怎样应付，一面却又在调遣所有的积极思想来给自己打气。

船放慢速度，马达哑了。无声地，我们趋近那黑影。一个救生板放下去。勇敢的青年水手，硬上前去勾动死神了。这个淡绿的塔形玩意儿上面，还有一面旗子。据说是海港里的航标，被风吹散了的。为了以后的船只免受虚惊，船长发命令用高射机关枪把它打沉了。

正噼啪打着的时候，天空突然也出现了只黑影子。船长又下令把高射机关枪瞄准了来机。大约船长的望远镜强度不够，他始终也没有辨明那翱翔在高空的飞机是敌还是友。高射机关枪一直把它送过了我们的头，才又转回来把海上那玩意儿击沉。

一年前一团加拿大兵夜袭迪埃普以试探法国西岸的德军防御，竟弄得几乎全军覆灭。船一进港，两面都是轰炸的残迹，但鲜明的三色旗已在飘扬了。

爬上了岸，一个美国上尉来报告大家："欢迎你们到迪埃普。负责本城的美国少校派我来说，这里没吃的没住的，也没有交通。希望大家一切顺利。"这是个不小的打击。

存下行李，我奔到市政府去找那个美国"市长"交涉。街上，褴褛的法国妇孺提了竹篮，睁了深陷而饥饿的眼睛在寻觅。方场上，几个满脸皱纹的老太婆摆了地摊在卖绣花边。这时，法国壮丁还多关在德境里做苦工。街上仅见的男子大多是吃得又肥又胖的美国兵，嚼着口香糖，满街蹒跚着。一群孩子狼狈地跟在后面喊着："谢谢，巧克力！"

这么古老的大城，想不到完全掌握在一个不到三十岁的美国少校手里。他坐在桌边，听我诉说怎样急于到达巴黎，转到前线去。我把身边的文件摊给他看，这两天他们正由法境向莱茵河打，我不应错过这场大戏。结果，住处他想不出，交通也没办法，（火车本来通的，桥梁新近给德机炸了。）他允许给我顿饭吃。我眨了眨眼睛，走出去了。忽然不稀罕起今晨过海那份优先权，而眷恋起五天来的悠闲生活来。

吃饭的时候，我遇到一位到过印度的上校。我同他搭讪着，知道他有辆卡车，下午驶往巴黎。而且，他居然答应让我揩下油。

扰了我八个月的秘密武器V-1（飞弹），一出迪埃普城不久就看见了。田野里，由一个水泥洞里伸出一短条轻便铁轨。英国没法对付它，唯有把法国西岸的铁道和田庐茅舍都炸个精光，使德人既不能运输，也无法藏躲。所以，这四小时的卡车过处，净是没顶的大厦，仅剩骨骼的火车站。

上次我还是一九三九年十月经过巴黎的呢，那时是完整的巴黎，是没受玷辱的巴黎。如今，环绕着巴黎精华的歌剧院和凯旋门，英、美大兵以外，只看得见法国小贩。用一个好好的英镑兑换来的二百个坏法郎，流得比水还快。街上店铺里陈设着在伦敦做梦也想不到的奢侈品，绣花的睡衣，水獭皮大氅（价目可超出百万），然而食品店里连黑硬如砖头的面包，排了队也还不一定买得来。发了国难财的法奸，可是吃得饱饱的。诺曼底出的黄油奶酪，有地下商人用手提箱给送上家来。晚上，在斯克里伯旅馆吃饭时，看见对面一位黑人记者身旁坐了位漂亮女郎。穿了陈旧的过窄的晚装，好像初出茅舍那么腼腆。巴黎人家里哪有这么亮的灯，暖的气管，大块的肉，白的面包，我眼看她偷偷往手提包里装！好白兰地从前给德军部征去，如今不过改供美军享用罢了。

这个旅馆在德国占领时代，德国宣传部也是用来招待记者的。许多中立国记者是很熟悉的。如今，除了轴心国家以外，全球的记者都晃动在这里。有的代表报馆、通讯社，有的代表广播电台。早餐桌上碰见英国评论家乔治·奥韦尔，中饭时有人告诉我邻座的客人是美国评论家埃德蒙·威尔逊（他代表《纽约客》），晚上坐在酒吧间的一个大个子是海明威，坐在沙发上正和一个女人滔滔谈着的是萨洛扬——个个都是一身绿色军装。就在这个酒吧间里，我同阔别数载的老师斯诺足足盘桓了大半天。在异地见到了熟人，备感亲切。

进军莱茵

由巴黎到东北境南希的卧车，是最近刚修复的。所有未损坏的法国铁路精华，就都集中在这一条以及通比利时的军用干线上了。睡车以外，也挂了些辆难民车，黑漆漆，硬邦邦，像煞平绥路的三等。

一夜醒来，就已到了南希。前两天这地方还是前方总司令部呢，如今，它成为后方指挥部了。现代军队进如闪电，退得也如闪电。我见到参谋长。他说，他也不知道此刻前方司令部在哪儿。纳粹在萨尔河边上拼了一下，如今正笔直往莱茵河退了。他到处打电话，好容易才问出来点消息。第七军前方已于昨晚进入德境了。离前方总有六七英里的交际处（负责接待新闻记者的）却还在德、法交界的萨尔古曼。

问起交通，他可没办法了。一辆吉普把我送到去德境的大路上。司机说声“好运道”，就开走了。忽然，我想起连早饭还没吃呢！四周环绕我的，净是倒坍的墙，有炮孔的墙。我挎着背袋，沿着大道走。我记起靠车站有个兵营样子的地方。卫兵还向我行礼呢，我逃兵般地直奔到厨房。戴了高白帽子的厨师一面捏着面包，一面正哼着《斯瓦尼河》。在那么厚的两片面包中间，他为我夹了一大勺肉末。一杯冷水喝下去，我向他挥了下手说：“到前线去了！”

我知道在这遍地皆兵的边界，我饿不着。背包换了换肩，我就大踏步走去。太阳照得我想脱大衣了。看见汽车（全是军用的）我朝它翘起大拇指，问：“萨尔古曼？”居然给我碰上了，那正是一列十辆黄色炸药车，开车的都是黑人。我跳上司机旁边的座位，就驶向完全陌生的世界。

在我所有的旅行中，这一天应是最富浪漫性的了。想走而走不动的时候有过。在缅甸拉戍，我几乎困住。在安南，我硬被囚禁过。但在法、德边境，踏在昨天还是战场的土地上，我穿了军衣，晃在军人的天下，在寻找一支部队。为重坦克压得一塌糊涂的马路旁，是堆积如山的木材——准备渡河用的。黑人走到哪里，也还像在棉田干活时那样，面无表情地瞅着一切，嚼着胶糖，低哼着向命运抗议的小调。

傍晚，我们进了萨城，大约早已戒严，街上除了军人外，店铺全关，行人绝迹。我临河凭吊了一下这多事的萨尔河，它永远那么默默地流着。一道长桥，那边就是德国领土了。

摸着黑，我居然找到了“交际处”。房里连把椅子也没有。明天黎明，他们正要向前方开拔。吃饭时，一个刚从前边回来的军官眯着眼说：“你应该尝尝莱茵河的酒，可就是别碰他们的女人。与敌女交往，初犯兵士罚五十五美元，军官二百九十美元。再犯就交军法审判啦。”

天一亮，我又坐上了大吉普。这回我真兴奋了：一过桥就是德境，直驱莱茵。

这一天，由萨尔到莱茵，就如诵读一篇挽诗。美丽的大自然陪衬着生灵的涂炭。莱茵区的土壤酷似湘西、滇北，一望无际的起伏丘陵是朱红的。宽敞平坦（可以同时并行六七辆车）的著名希特勒公路旁，是蓊郁的松林。浮动在这背景上的是戴了白色投降符号的难民和一车车狼狈的战俘。几片断壁残垣就算是座城镇，骡马和人的尸体堆在击毁了的坦克底下。与马其诺对峙了十数年的齐格菲防线，龇着残缺的龙齿（为防坦克用），狼狈地躺在道旁。近桥梁处，连盘根错节的大树都被炸得七零八落，宛如古希腊的断臂石雕。树林里，时有德国难民露宿，鸡犬满地遛着，树枝上挂了他们的衣物，幸运的，也许有一捆稻草，就是他们昨夕的栖所。

刚入德境时，凡与法国稍稍沾亲带故的，都在家门前悬起三色旗，臂上还缠着三色章。这里，法籍就是良民身份的证明。深入到德国内地，像霍姆贝格和凯泽斯劳滕那样不大有法国人的地方，家家挂的就都是白旗了。哪个德国人又料到“元首”会丢下他们而溃逃呢！白旗多是用枕头或被单做的。偶尔街上看见挺了腰板走路的平民，近一看，必是纳粹由欧洲别处俘虏囚禁了多年的希腊、比利时或波兰人。背上用粉笔骄傲地写着他们的国籍。

如今，他们可真翻了身。

这时的德国人，尤其中纳粹毒最深的十六七岁这一代，对于战局并未死心。他们相信“元首”还会回来的。他们的沉默是充满了愤怒的。看见过上届大战一败涂地的四五十岁一代，勾起往事，对万能的“元首”却不敢那么牢信了。可怜的是十岁以下的小孩子们，还无知地隔窗挥手。他们对一切车辆都是充满兴趣的。

那天晚上，我们到达离莱茵河岸约十二英里的戈施打，总司令部在沃尔姆斯。一路上，无数卡车运的大多是渡河用的浮桥材料。也许今夜就要抢渡了。吉普离开通往曼恩汉的大道，折向我们准备驻扎的小村时，由山坡上可以望见前面一片滚滚灰烟。那便是战争的焦点，是抢渡的地方。

我们驻扎在一家书局里。楼上是住宅，楼下堆了大批纸张，还有一间完好的藏书室。仅由装订看，便可知这家书局出版的多是珍本。歌德、海涅、席勒的全集依然立在书架上，他们理想中的德国却已不见了。像一切德国企业家一样，为了保全自己的事业，这家的主人也参加了纳粹党。他的党证上标明，党费一直缴到一个礼拜以前。那是说，一个礼拜以前，主人还在他这座舒适家宅里，抱孩烤火，拨着无线电听捷音呢！

成箱的上好莱茵酒堆在楼下，多得可以用来洗澡（这村里便有两座酒坊）。一个来自路易斯安那州的中尉便坐在钢琴凳上了。琴声和歌声是那样响亮，进入午夜在被筒里才听到炮声。

在一位上尉的向导下，我踏访了莱茵河畔。我们走过化为废墟的城镇和荒芜了的葡萄园。坦克如硬壳虫般在田里东倒西歪，钢盔下有时还躺着尸首。饥饿的军马在山坡徘徊着，和难民一样寻觅着栖所。纳粹在各地的党部是军政府搜索的第一目标。一个头目逃走时，慌张得竟把假牙还留在当中大抽屉里。

那晚上我参加了一幕喜剧。伦敦一家画报的记者听说戈村里囚有一个纳粹小头目。这人大概生性好吹，曾对村人夸说杀过犹太人三千之多。如今，有的村人为讨好驻军，并洗清本村的罪名，就把他告发下来了。于是，他被捉了进去，然而他又向德籍的狱吏（也许还是他以前的下属）求情，被放出来了。这消息一传到军政府耳里，当天下午立刻就把那好吹的家伙捉回来，与狱吏一并囚起。因为战争只是一团灰烟，无可拍照，那个画报的记者（一个极有趣的爱尔兰人）很想将错就错，把这个人照成一个纳粹要角。于是就约了军政府两个擅德语的少校军官，请他们把囚犯押进来，逗他扬起臂来喊："希特勒万岁！"脸上最好还带点凶气。这位画报记者因我们之间不存在竞争，便在坚守秘密的条件下，约我陪他去。

我们进了那"战犯拘留所"的一间堆了稻草的空房，就开始布置起这幕谐剧。那爱尔兰记者一面搬桌搬椅，一面喃喃说道："这张照片准保轰动伦敦。"（杀过三千！我问他："那人真杀了三千吗？"他嘻嘻哈哈地说："那有啥关系，我照的是新闻片，并不是来代表盟国调查战争罪行的呀！"）

都布置好了：两个少校并排坐下，我躲在稻草堆后，爱尔兰记者整顿好了相机，并且还试了一下闪光灯泡。他要摄取的只是那一景。他叮嘱少校们说："逗他凶，逗他扬臂。他说什么不必管。"于是，咳嗽了一声，犯人带进来了。

夜审照例对犯人心理是具有特殊恐怖性的。窗外一片漆黑。一寸来长的一颗子弹就可以结果他。所以那矮而圆胖的纳粹从一进门便哆嗦起来。灯光下，一脸是做作出来的谄笑。问什么他都先打躬，后否认。站在少校台子后面对光的摄影记者低声说："激恼他！"然而那人天生来不是个英雄。他不住地央求说，他是个小角色，别说三千人，连三个人也没杀过。他只是嚷冤枉饶命。

这样审了快三刻钟，一个凶恶的镜头也没拍上，大家都不耐烦了。少校回过头来说："恐怕真没有办法！"摄影记者看看的确无办法，就说："问问他怎么行纳粹礼。让我收一个镜头也不白折腾呀！"于是，"法官"又大声嚷："你怎么行党礼！"那懦夫只连连打躬说："全德国人都得行那个礼呀！我诅咒希特勒。我再也不要那么行礼了。再也不敢了！"

归途，摄影记者一路咒骂着："这群纳粹没骨头，希特勒白养活他们啦。连个礼都不肯行，他妈的！"

一九四七年二月，补记于上海江湾

二十七 南德的暮秋

前奏

一九四五年我到过三趟德国，恰巧逢上迥然不同的三个时期，看到的又是三个不同的地带。但走得最广，体验得最深切的，莫如这第三遭了。因而引起的情绪，也最为复杂。

春三月，西线由法、德至荷、德边境的联军齐向东攻的时际，我正随了帕奇将军第七军浩浩荡荡的运输队，挤在一车车炸药箱和浮桥木料中，由法国东部越过萨尔河，经凯撒劳顿，直向莱茵河挺进。那时我看到的是红土多林的莱茵河区，又是狼狈溃败中的德国。莱茵河的天蔚蓝得令人发愁。无边无际的大森林阴惨惨似是隐遁着千万冤魂。城镇化为废墟；田野里，断枝的树，无家可归的人们，闲荡着的军马和焚毁的飞机坦克，比比皆是。最难忘的是克隆斯塔德一家牛奶厂。所有的牛都为炮火炸死了，只有一头黄牛仍顽强地孤零零立在栏内，四腿挺着劲。同行的人说，那牛虽然站着，却已死了。我从来不打赌，那回却不甘心，就冒了踏地雷的危险，走近那铜像般的动物。果然它已经死了，两只钝而挂血丝的眼睛，仍垂视着卧在地上的同伴。我急忙用手帕堵起嘴来跑开了。

七月初旬，旧金山会议结束后，借着采访波茨坦会议，我看到屈膝后的德国。可是首都的柏林，是怎样的首都啊！桥梁断了，纪念碑东倒西歪，联军上峰忙着商量如何处治战败了的敌人，下面的士兵满城搜觅纪念品。德国人不分男女老少，有的提篮，有的推着童车，大家都睁大了眼找吃的。我住在柏林西南郊近湖的蔡伦道夫。房东太太是位画家。坐在窗栏上，我望到一轮太阳坠入汪希湖。房东在隔壁弹起《月光曲》来，黑白音符与湖波不息地跳动，遥望着决定德国命运的无忧宫，我凭吊起这一欧洲首都。

今番三游德国，我走的恰是截然不同的地带：由歌德诞生地的法兰克福，经维尔茨堡而到囚禁着纳粹首要的纽伦堡。为了采访战败后德国人民的疾苦，我搭民用火车来到慕尼黑。不用说，车里挤得如沙丁鱼罐头。我走访了慕尼黑的古今遗迹，也趋访了以活地狱闻名的达豪集中营。由慕尼黑南行，我进入了德国的杭州。巴伐利亚的湖区是全欧知名的。湖需要墙壁来助威。南德湖区的墙壁正是欧陆的脊背——阿尔卑斯山脉。几天后，借助高架铁索车，我索性爬上了那脊背。终于沿了阿尔卑斯山脚，贴着意瑞边境，驰回大选中的巴黎。这趟看到的不是挨揍的德国，也不是正作大揖的德国，而是牢牢握在胜利者掌心的德国。德国的残余工业可能要当赔偿瓜分了，德国的美丽山水，今日也成了劳军的犒赏。

十月五日 帝王别墅

伫候在伦敦南郊克罗伊登飞机场休息室时，我骤然体味到和平之不同于战争。窗外几架飞机有的在颤动着，有的已吼啸起来。室内候机的人们，各各捧了一杯冒热气的咖啡。最兴奋莫如赴捷克的一批旅客，七八年离乡背井的流民，如今欧陆平靖，急不可待地奔回祖国了。

一个年轻军官正和他太太用捷文谈话，生在异域的孩子却只能用英文呢喃。扩音器每叫一个名字，必有一张欢笑的脸迎上前去。

我们这批赴法兰克福的是十一点起飞的。不是硬邦邦的运输机了，而是架绿色的德寇塔。每个座位上已放好一个纸匣，里面有夹肉面包、甜点心、四块糖果、一只西红柿。有意思的是纸匣上的设计，上书："十七世纪的飞行观念。"下面影印了古籍中的一幅图，画着一具大木架，上系有巨鸟十四只，架子下方坐的是驾驶员，手中挥动帆布一条，以操纵方向。下面是原画者的说明。这富于幻想的图画不免使搭客心坎上少挂念天气与安全，脸上多一层微笑。同机的多是善后救济总署的工作人员，正牌军人占少数，我是唯一的"战地"记者。

飞不上一刻钟，机翼下便已是英吉利海峡了。十二点半便望见银练般的莱茵河了。天是始终晴和的。我们几乎可以看见飞机的影子在森林田野上掠过。不上四十分钟，碧水萦回的梅因河在望。盘踞河畔的正是法兰克福。飞机在炸得稀烂的城上打了个盘旋，便呼呼地脚沾了地。

下了飞机，看到临近停了四引擎银亮亮的巨型飞机，身上以红蓝色画有美鹰，旁边以斗大的俄文字母写着“美利坚”。不知是准备飞莫斯科的还是刚从那里飞回来。

记者招待所是在距法兰克福十二英里的威斯巴登。

当我正东张西望想搭个蹭车时，一个美国下士跑过来问我可是“乾先生”，原来招待所派车来接了。

威斯巴登是德国著名温泉之一，城虽不大，却有极华丽的歌剧院、音乐厅。据说从前各国贵胄，由沙皇以至印度亲王，年年都来这中欧别墅游玩。艾森豪威尔将军本打算用它作大本营，所以直到今年年初，千百架英、美轰炸机由威城天空掠过，却始终没丢过炸弹。二月底，说是有一回轰炸队员弄混了目标，于是，当年这车水马龙的温泉城也成为战争牺牲品之一了。

出了绿林旅馆便是市中心的方场。对面哥特式的教堂塔顶已斜了下来，喷泉旁的俾斯麦铜像依然挺立在残石上，拱围着他的和平女神和雄狮却已倒塌在地。几个顽童戴了美军钢盔，一边啃着黑面包，一边在玩着捉迷藏。红唇披发的女郎挽着美国兵的臂，嚼着口香糖，闲荡走过。堆满残瓦破砖的街巷里，正有大汉挥斧砍着木柴。多少能干的主妇提篮携袋，等待着买砍成的燃料。面包铺外照例排满了人。“战犯监禁所”是用铁丝网围起。一辆囚车正停下来，路人赶快围集起来，好奇地观看笼中关的战犯是何许人。我坐在路旁长椅上凝视马路的动静：疾驰的是美军吉普，屈腰走着的是身经两番败北的老年德人，青年男女骑了自行车驰过，东跳西跳的是背了书包的学童。天晓得他们长大了时，世界又将变成什么样子！

黄昏人静，废墟上似有幽灵蠕动，原来是老妪在掘捡破烂。

晚饭前到酒吧间闲坐，和一位善后救济总署的工作人员谈起捉战犯的困难。他说在美占领区，还有二百名私通纳粹的奸细在潜逃。说起德境内难民处置的困难，他说在他负责的区域里，有大批苏联籍的难民。最近，苏联派军官来营视察一次之后，一百三十名难民竟不辞而别。其中自然多是乌克兰人或新近并入苏联的波罗的海人。

晚上十点半，忽闻汽笛声，原来是戒严。德人无通行证便不得出门了。

十月六日 军事政府

梅因河畔的法兰克福是德国四大自由市之一，也是工商业重心。居西欧与中欧之间，如今是占领军空运枢纽。每日有飞机来自伦敦、巴黎和纽约，由此北飞至柏林，东去维也纳、捷克，南去慕尼黑、罗马。如今巴黎至维也纳间的特别快车已通，法兰克福不啻是欧洲的汉口。

论历史，这是德国王室的旧居之地，保存有不少中古建筑。但如今大概都成残迹了。政治上，法兰克福是美占领区总部所在。军事政府设在著名德国化学工业托拉斯I. G. 法本公司大厦。那流线形的巨大建筑正是今天南德的神经中枢。凭吊完千篇一律的劫后残址后，我便驱车访问这政治中心了。

军事政府的作用大抵有二：消极方面是算旧账，积极方面是为德国开辟自新之路。夹在两者之间的是解决燃眉问题：如安置难民，控制物价，修补交通，筹备冬季燃料。第一项消极工作是捉拿战犯。现在仅美区便有七万纳粹暴徒就捕。每天都有所增添。譬如卡索的德警察长，他先否认是纳粹党徒，所以军事政府才派他这差使；一经发觉他加入过纳粹党，便又捉了起来。另外，是对德监视。据闻投降前，德国空军曾把器械拆卸散藏各地。一一发现是好不容易的工作，尤其在这个遍地都是大森林的国家。

为培植新德国，最重要的是两项工作：第一是教育改革，第二是政党的扶持。目前美区已有二百万学童入了学，也即占学童总额的百分之九十。这是很出人意料的成就，因为经纳粹党蹂躏十年的德国，未受毒化的师资是不易寻觅的。有的学校，职员四分之三都得重新换人。校址和教材自然也困难万分。军事政府派人专司甄别教师或编辑新的教科书的部门。同时，广设师范学校，造就师资。最近有几家大学也开学了，如海德堡及马堡。课程大抵与解决德国燃眉问题有关，如公共卫生及土木工程。

七月我在柏林的时候，德工会与政党才刚获准成立。如今他们已活跃起来了。最近社会民主党曾在法兰克福交易所开会，到者一千四百人。共产党也在当地剧院开会，听众一千八百人。目前德国各政党都有两个共同原则：对外承认战罪，负责赔偿，对内各党团结，协力重建德国。

当晚回威城，饭后赴音乐厅听演奏。弦乐队是歌剧院的原班人马，德国乐师个个穿着礼服，精神抖擞。指挥人是美国军官。先奏贝多芬的第五交响曲，这是以胜利为主题，曾充英广播电台对欧播音的呼号。最后是莫扎特的钢琴协奏曲。独奏者是位美国三等兵。这年仅二十二岁的青年坐在琴旁忘记了制服、军营、战争，而阖起眼来，忽与提琴交语，忽对长笛挑逗，忽急忽缓。

十月七日 凭吊莱茵河

是微雨的礼拜天。清早，我踏着湿淋淋的碎石子路散步。听到深沉悲壮的风琴声，原来那钟塔斜倒了的教堂里，有一幼童坐在凳上练习。教堂大门炸裂了，出入危险，所以用石块堵了起来。墙上有指了地窖的白箭头，原是为防空用的。静穆中，杂有战争的回忆。

走过市政厅，天边已裂了道缝，云后现出一片蓝天。我兴奋得很。问着路，我向莱茵走来。是条碎石子砌成的路，两旁是一望无际的七叶树。金黄的叶子，有的嬉戏在树上，沙沙作响，有的在路边旋滚着。偶有栗果戛然爆裂，由树枝坠下。马路上，车子异常稀少，有也多是红十字会的，或美军莱茵河游览车。便道上多是夹了圣书赴教堂的黑袍老妪。路是一行不断起伏的小丘，每走到丘顶，便可遥遥望到一牙莱茵河。岸上的郁郁松林和银亮亮的河面交相辉映。

走了将近三英里，来到了莱茵河畔。这回我不是走在重坦克冲锋部队后面，而是在悠闲心情下走来的。不同于今年三四月，莱茵河畔没有了漫天的硝烟，只有一片蓝天笼罩着。没有了辎重队冒着对岸机枪野炮在架桥偷渡，只有一个断腿的绿衣军人，扶了杖仰首望着飘在蓝天上的一只白风筝。河岸上栽着柱形的柏树，齐整如普鲁士的队伍。这条由中欧直伸入北海的河流，曾经是德国南北运输的动脉。每天都有轮船北航开往荷兰边境。如今码头荒废得只有海鸥在盘旋凭吊。那“只限搭乘一百九十人，请勿拥挤”的招牌充满了讽刺意味。河浪不时拍着多苔的岸边，哗哗作响。河身放射着灿烂银光。举目向河流弯曲处望去，可以看见远城在阳光下的剪影。当年士女络绎的江滨旅馆，大门也已生了锈。望江楼的走廊上，悬了美国红十字会的帜徽。

归途，在街角遇到一位穿棕色西服的中国朋友。起初我还不敢确定他的国籍，用“你好”试探一下，果然是位青田商人徐君。听说他住在善后总署的临时难民营里，便跟他到那里去参观了一下。

这是容有近八千难民的救济所。徐君在院中指给我看，说这座白楼住的是波兰难民，那座是希腊难民。窗口都晾着衣裳。大人打着排球，小孩子们在玩压板，孕妇坐在台阶上望着。各种语言嘈杂极了，有的在吵架，有的在患难中谈情说爱，真是一个热闹的小世界。

徐君带我走进住满了南斯拉夫人的一座白楼。那黑黑的房屋，气味很深，看床数，睡着大约男女十人。一位满脸皱纹的老媪正往面包上抹才发下的肉末，几个年轻的正烧着开水。

我问那切着面包的青年：“铁托将军（左派）还是米海洛维支（右派）？”

他瞪大了眼睛，把刀剁了一下说：“当然铁托！”

正说着，一个年轻女人走进来借针线，她英、法文都会说，问起原来是比利时人。一九四〇年纳粹把她哥哥拖来做苦工，她不放心，硬跟了来。如今，哥哥打死了，她自己嫁了个美国兵，欢欢喜喜地说，不久就有船接她去俄亥俄州了。

徐君领完面包，就说走吧。我问他哪张床是他的，他把我拉开说，他并不住在这儿，每天来领一次干粮而已。出营，我们走到他寓所，上了三楼，他的房子比我伦敦住的漂亮多了。他由果盘里拿个苹果非要我吃不可，并替我沏了龙井茶。朋友唯恐我替他生活担心，还打开衣柜，给我看他十几套西服并排挂着。但他有两桩苦衷：一是不能通家信；二是腰包里有德国马克逾万（现行官价每四十马克合一英镑），但都不是联军发的军用马克，所以前途难说。

骑了徐君的自行车，我赶回旅馆。约好八点在城里见面，去看另外一位同胞，是在威城住了九年，不久就要开中国饭馆的青田商人张冲鹤君。

没出国之前，听到多少老留学生批评青田商人，说他们如何给国家丢脸。但屡在法、比、德同这些漂泊全欧的中国“吉普赛人”接触后，我对青田商人只有脱帽致敬。他们代表了中国人的许多美德：勤劳乖巧，凭两只手一个脑袋吃饭，不靠天，也不靠本国的政治势力。他们以薄本由家乡出发，有的曾步行西伯利亚而到中欧，彼此患难相助，踊跃捐输，凭的完全是一份胎里带来的聪明。赚钱之外，凭的还有一腔义气。但异于吉普赛人，他们有祖国，而且不忘祖国。

走进新油漆的门面，已经快晚上九点钟了，一位德国老媪还在油擦地板。墙上花花绿绿画着些亭台楼阁，中间有小桥流水，两旁画着一片垂杨柳。张君说是后天开张，要我参加，可惜后天早晨我得赴纽伦堡。这盛会只好眼睁睁错过了，但那欢畅情景，主人的殷勤，饭菜的可口，是不难想象的。

在张君处，见到两位德妇。一位是房东太太，九年不曾让他搬过家，欠房租她也不赶，纳粹秘密警察逼她逐“外国房客”，她也不理。如今她的善举得了好报：她受到了中国国旗的保护。另外一位年纪较轻的妇人也是房客，及至房子被联军轰炸了后，三人逃难，也在一道。她丈夫被征去打仗，至今音讯渺然。跟前还有一男一女。我问她对重建德国有什么想法，她说：“我娘家是开面包铺的，我丈夫也是开面包铺的。我自己的父亲没有别的孩子，所以将来我们把两家面包铺合并。”

问美占领军的治绩如何，两妇人都说：“太宽。对纳粹党人太宽。捉不尽，还多得很！”

十月八日 战犯开审

经过纳粹十多年的暴政，今日美国占领下的德国不啻是一座庞大法庭。希特勒在各地都盖了强固的集中营，今日那些囚笼正好用来关昨日的暴徒。

今晨在威城市政厅举行美占领区第一次的暴行审判。被告是六男一女，都是海德马精神病院的职员：一个主任，一个大夫，两个男护士，一个女护士，注册员及管抬埋的各一人。他们的罪名是冒充精神病院之名，以注射毒水残杀苏、波人四千四百名。

九点钟我同一批美、法、波籍记者及摄影员由绿林旅馆出发，到达市政厅便看到一簇穿军服的人们在向二楼正中礼堂走去。礼堂台上已摆好了法官椅子六张，背后是一大幅美国旗。台下右边分三排，前排是被告律师（七人，四个穿长袍的德国律师，三个挂手枪、穿军服的美国律师）。后面坐的是被告七人，凶中带惧，再后面是德籍记者。台左边前排坐的是正、副审官，后边是联军记者席。中间紧靠议台是速记官两人，各捧一速记器伫候，外有翻译官两人。旁听席中，紧前排自然是今天的贵宾：英、美、法、苏占领军的高级长官，英国最高法院院长朱韦贵族，及联合国战罪委员会主席莱特勋爵（是联军到会人中，唯一穿便服的）。他们后面多是美军男女，红十字会成员，善后救济总署的服务员；再后面是纳粹爪牙下逋逃了的难民。但听众中，尤其在顶厢上，有不少德国人。

我坐在联军记者席上。律师正与被告在耳语，摄影员在挑选角度拍照。闪光灯一明一灭着，随着便是哗哗的撕纸声。无线电广播员在试着收音，一边叫着："纽约。"美国丘八们嚼着口香糖，伸了脖颈望着那七名囚犯。全礼堂的人简直闹不清是在真的法庭，还是在好莱坞看拍片，等导演来发出口令。

九点半正，首席法官领了六位法官（都是上校军衔）进来了。就座后，审官（腰挂手枪，身材魁梧）起立宣布开庭，然后律师在一旁起立，介绍被告。审官与律师同时举右手宣誓。接着译官宣誓。审官问被告方面对审判人员有无质疑。最后台上首席法官站起，举右手宣誓："在上帝面前，大公无私；审判结果，在公布以前绝不泄露。"于是，这辩论就开始了。主题是六男一女是否有罪，审官提出证据，证明他们罪名昭然，律师则要证明他们无罪。台上法官面无表情地垂视着台下的激辩，偶尔插嘴维持一下秩序，新闻记者在纸簿上唰唰写着，摄影员逼近拍着照，戎装旁听员嚼着口香糖（我至少看见一个打了盹）。唯有那六男一女却睁大了眼，用手心拢着耳朵倾听着。

审官（手枪在腰间哗啷啷响着）站起来控诉被告有意谋杀苏、波人四千四百名。对方一上尉军衔的年轻律师（手枪也在腰间响着）站起来，朗声反驳说："本厅审判根本不合手续。因为第一，被告并未谋害美国人，照国际惯例，一国不能审他国人民。"他并引用美国法律某条，说："只有涉及美国籍人民始能由美国开庭审判。”又说：“第二，苏联根本不是《日内瓦公约》签字国，因此无权受该约保障。”

审官站起来说：“第一，如果国际公法不能对四千四百人的谋杀案给以公道，则人类的悲剧真不堪设想。所幸，纸面的国际公法外，还有不成文法，譬如‘陆军战律’，美国也曾签字。该律明确禁止虐杀战囚。第二，贵律师说苏联不是《日内瓦公约》签字国。殊不知还有一九〇七年的《海牙公约》，德、俄都是该条约的缔约国。根据该约第四十六条，对战囚的性命、信仰，应予尊重。美国目前既为德国的占领国，自有权审判那些谋害美国的盟国人民的罪犯。”

律师又站起来说：“听了贵审官提出的证据，只感觉国际公法之不完全而已。贵审官根据道德立场提出控诉是很好的，但由司法立场看却很糟。被告既都非军人，对战囚的条律根本不适用。”然后律师又引用美国幽默杂志《纽约客》一段文字，大意谓今日战犯审判，毫无国际公法根据，因为是要求个人替国家行为负责。

审官悻悻地说：“鄙人手边没有杂志可引，如有，也不屑在大庭广众下来引。”继而忽然厉声问被告：“承认有罪，不是反驳无罪？”

律师站起来顽强地代被告答辩说：“无罪。”

审官于是声明他将在本庭证明自一九四四年七月一日至德国投降为止，纳粹党人曾送四千名以上苏、波妇孺壮男至该院，每批由数名至七十名。到达后，当晚注射莨菪胺及吗啡，数小时内即毙命，尸首运到地窖，然后每三四十人合葬一墓。本审官并将证明所有送来的苏、波人，都未患神经病，而且该院根本没有医治神经病的设备。该院注册员，事后伪造诊治书，佯称有的住院十天，有的两周后而死，其实都于当晚谋害了。

以上控诉由速记官句句复读，译官句句翻译后，主席宣告休息了。

休息完后，审官先问被告听懂了翻译否，并且问他们要否自委译官。律师起来代答，说对现有译官表示满意。审官于是令译官分别坐在椅上自述履历。两个人都是土生土长的德国人，战前入美籍，后在美第七军战罪组专充译官，曾有一次以上之经验，英文也熟谙。审官听完对法官推荐，法官互相耳语了一下，然后表示首肯。于是审判继续进行。

休息之前争辩的大致是程序问题。之后，时间大抵都为第一证人占去了。她是个年约五十、瘦削棕发的妇人，灰蓝的眼睛藏了无限恐怖，身子在栗色袍子里哆嗦着。她名密娜索珂，由一九四〇年起到美军攻入为止，一直在海德马神经病院服务，管的是叠床换被，后来口供里才露出她也负责灌毒药，只是她否认事先知道药水的作用。

底下便是审官问一句，证人答一句，律师时而站起来斥责审官不是在客观地诘问，而是把答词硬往证人嘴里放。审官强硬地辩护，说非这么问，审不出真相。台上的法官每次必出面制止，说律师的抗议不生效。于是又审下去："如何知道有囚犯要到？""看护命我备床十五张。""什么时候到的？"夜里十点至十一点左右。""事后谁来查过？""女护士胡芬。"

观众眼光都注意到尴尬的胡芬身上。七八个摄影员由各角落袭来。法官站起来，命审官随证人认明胡芬。审官（腰间手枪哗啷啷地响）同密娜索珂走过来。当她手指正伸出时，摄影员又忙起来了。审官对台上法官报告，证人认明那便是被告胡芬。

审讯继续进行下去："运来的人是什么国籍？""苏联、波兰人。""然后有什么事发生？""鲁多夫医生上楼去。""病人是和衣还是脱衣而眠？""和衣。""后来呢？""亨利·葛洛夫走进去。""干吗？""打注射针。""打完以后病人有何现象？""都死了。""多久以后？""一两小时。""死的人有女人吗？""十四个。""有小孩吗？""两个。""几岁了？""三四岁。""小孩也被注射吗？""是。""死了以后怎么样？""抬到地窖子里去。""谁抬的？""亨利·布鲁姆。"

观众又哗然骚动起来。秃顶的布鲁姆在六男一女中成为注意的中心了。摄影员忙了起来。在闪光灯照耀下，这凶相毕露的脸变得更近紫色了。审官为了引起观众的注意，就以最洪亮的嗓音问："运到那房子里的病人，有活着出去的没有？""没有。"

审官这时打开面前桌上的硬纸夹，拿出四张照片来，一张交给证人，一张呈递给台上的法官，一张传给坐在他背后的联军记者，一张放在律师桌上。照片上仅是一副医院帆布担架。审官问证人："可认出照片上的东西？"密娜索珂用灰蓝的眼睛在照片上瞥了瞥，说："没戴眼镜，看不出来。"审官朗声说："你再看一看，看是不是医院用的担架。"密娜索珂仰首望了望审官，又望了望照片说："是的。"

那边律师挺胸站起来反驳说："这种担架任何医院都有，焉能知道是原用的担架？"台上法官又互相耳语了一下，认可证人答语为满意。

这时，审官对律师说："现在贵律师可以诘问证人。"

上尉军级的年轻律师，挂着手枪，站起来，叉着腰，以闪烁的眼睛逼视既疲倦又战栗的灰眼棕发妇人，问："老实说，那医院一共害死了多少人？"密娜索珂望了望审官，然后说："我不记得了。"律师又问："是一万吗？""没有那么多。""是五千吗？""也不到。"

"是四万三千人！"观众后排一个德国青年站起来，以德语朗声嚷出。在场弹压的宪兵忙拥上去把他拖出来。摄影员又忙了起来，观众也都回过头去看一个披散了金黄头发的瘦长青年被拖了出去。（事后听说他的家人也是在被谋害者中。）

究竟德国人害德国人在不在审判范围之内呢？审官说："不在，不然就审不胜审。"（证人可吓得白了脸，因为她也灌过药片呀。）律师说："审嘛，就得把全案调查得水落石出。"两方面争得各不相让，而时钟已过一点。

法官又耳语了一下，主席法官敲敲桌子，宣布休息，下午再审。

下午我却到未开张的中华楼，向青田朋友辞行去了。中华楼只隔一昼夜就已规模大具了。地板油漆完毕，椅子成排摆起。一个德妇正在浆洗桌布。那位老板忙去泡茶。

这时，一个黑脸膛的青年走进来了。青田老板亲热地扶了他的肩，告诉我这是位土耳其朋友。他的家在黑海边上，正当土、苏交界处。一九四二年他误被苏联征入军队，后来为德军所俘虏，充当苦力，好受了阵虐待。青田朋友住的公寓为联军轰炸后，这个陌生的土耳其人跑来帮他们搬运剩余家具，足足忙了三天三夜，从此成为患难之交了。我看见土耳其人手指上戴一金戒指，问他可结了婚？他说没有，是集中营里的难友临就死刑前偷偷留赠的。

十月九日 纽伦堡战犯营

由威斯巴登到位于德国东南部的纽伦堡，共约三百公里。晨九时送我东行的吉普车便到了旅馆门口。开车的下士紧紧催着我走，说他今天还得赶回来，晚上七点在邮政总局台阶上同一位金发女郎还有约会。我原想在威城里绕一下，向青田朋友道个别，并南折看看新开的海德堡大学，但经他这么一央求，只好作罢，登车直驱纽城。

吉普车飞驰着，一路平均每小时跑五六十英里，穿过金黄的南德农田，穿过一道阴飒飒的森林。山影斜印在麦浪上，荡漾着，牛羊徘徊在干草堆中。田里偶尔有新释放的德国俘虏，行囊背在绿色的陆军制服上，漫无目的地四下里张望着。山头时有倾圮的古堡，记载着封建时代欧洲的战史。最动人的莫如维尔茨堡城的古堡：崖下是蓝蓝的梅因河，背后是层层远山屏围着。褐灰色的古堡坚实地盘踞在崖壁半腰，堡垒遍是孔痕，述说着它的战绩。河上的石桥，正是维尔茨堡的通衢，簇拥着车马行人。

一点左右，我们望到了纽伦堡的近郊。城中的古建筑逐渐出现在地平线上。

在所有欧洲城市里，唯独纽伦堡最令我想念北平。不仅是那犬齿交错的城墙，环墙的护城河，沿河的垂杨柳，还有它那幽静气氛，古老得有如一本中古的牛皮卷册，只是今日这卷册已被英、美轰炸机扯得稀碎。每个城都有两段历史。有张勋复辟、段祺瑞屠杀学生的北平，也有文物荟萃的北平。纽伦堡尤其这样。纳粹党年年都在这里开会，党徒扬起右手嚷着：“元首万岁！”配戴“卐”字臂章的党卫军趾高气扬地由这古老街市走过，然后，像古罗马帝王般，希特勒由走廊向他那帮暴徒大声叫嚣：“杀犹太人，铲除异己，扩大领土。”但也是在纽伦堡，四五百年前，大画家杜瑞（Dürer）和大雕刻家威施（Vischer）曾完成他们大部分的杰作；这里是中古诗人的会集所，历代帝王都有所建设。

今日呢，行人络绎到达纽伦堡，既不是来看文物（得在碎砖堆里去捡），也不是来吃姜汁面包——纽伦堡驰名的点心。纽伦堡今日是举世瞩目的中心，因为它关着二十三名就擒的纳粹党魁，希特勒的海陆空总司令，外交部长和财政部长。纽伦堡这古城在国际法和世界历史上将有其特殊（虽然并不光彩）的地位，因为这是一番空前创举：审判蹂躏全欧十年于兹的暴徒。

因此，美军当局在这里预备了规模最大的记者营，足容三四百人。地点便设在铅笔大王法贝尔的堡垒别墅里，距纽伦堡城二三英里，在史坦因的村边上。环着别墅（听说他还有四座）是二十亩左右的花园，透过丛林缝隙，可以瞥见一片蓝天。喷泉旁是大理石雕像。堡垒本身有新旧两部分，旧的是十七世纪中叶盖的，新的部分是本世纪的建筑。黄绫窗幕，硬木桌椅，颇有宫廷派头。因为战犯开庭无期，我是唯一在此盘桓的记者。一个人占了半个堡垒，好不寂寞。晚上一摁电钮，巨室里千盏垂灯齐明。在英伦过惯了“节约用电”的战时生活，觉得大大不舒服起来。

话又说回来了。抵记者营，照例先去报到。发现午饭已开过，而在飞驰的吉普车里颠簸了四个小时的我，饿得要命；于是溜到厨房和大师傅打招呼。大师傅炒着鸡蛋，谈起天来。他口音不像纯粹美国人，等他送上菜盘来时，我问他是美国哪州来的，才知道他是德陆军坦克车队一名瞭望员。因擅英语，又会做菜，三个月前才由俘虏营里放出来的。如今萨克森（苏占区）的家乡还无音讯。这时一个美国兵搭讪着坐下来，一听说大师傅曾经在德国军队里，他赶紧追问：“你属于什么部队？”德国兵安详地说：“五十五坦克师。”美国兵问：“你打过比利时吗？”（美国兵希望他们曾交过手。）德国兵说：“打过呀，是一九四〇年的春天。”美国兵一算，失望地说：“那时我们还没参战呢。告诉我，去年你在哪儿打的？”（美国兵执拗地盼着曾与这位德国大师傅交过锋。）德国兵痛苦地回忆着：“我在荷兰驻扎了半年，就调到东线，打到列宁格勒近郊。去年这时我们正由黑海后退，逃命呢！”

堡垒后面，住有一批做了俘虏的纳粹党卫军。饭后，归途看到这批人排着队，有的被俘时正穿着皮大氅，有的穿了套破军装，如今都保持着原来不同的衣着。腰间个个挂着个吃饭用的铁盒。有的眼里还冒着凶光，有的已为苦难羞耻折磨得无精打采。碰运气捡到些烟头，便神气地吸了起来。正吸着，一辆汽车突然驰入，车门一推，一位专管俘虏的上校陪着一位少将进来了。上校细高，因而少将越显得短胖了。少将下车，雪茄夹在指间，说：“喊他们敬礼！喊他们敬礼！”上校跑过来气冲冲地对俘虏用德文嚷：“敬礼！”俘虏稍微把斜着的腿直了直，手往肩头挥了一下，有的咯咯笑着，有的怒视着，少将却早已跨进堡垒大门了。

晚上为了一观纽伦堡著名的歌剧院，我被一辆运兵车载进城去。落日余晖洒在纽城墙垛上。一行垂杨柳的护城河畔，我望到一个美国黑人士兵正同一德女挽臂而行。

如所有美占区的完整巨厦，歌剧院门外也赫然悬起美国红十字会的旗帜。进门走廊壁上挂的净是十八世纪以前名家的油画。美国士兵嚼着口香糖踱来踱去。歌剧院的外观稍受损毁，里面却依然是完好的。红绒的坐垫，金漆的椅背，仰首一看，满是细致塑像的天花板上悬有千盏垂灯。当年坐了轻摇鹅毛扇的皇亲贵族的包厢里，如今坐的是一簇由密执安或波士顿来的美利坚莽汉。绣幕一拉，不是出古典歌剧，而是十四位美国女郎演出的连演奏带叫喊的爵士乐！

十月十日 公审之前

吃过早餐，我在铅笔大王的花园里散步。阳光照得树叶分外金黄，南迁的鸟群在林中吟着。幽径尽头便是法贝尔铅笔工厂的巨厦。为了利用水力，厂盖在瑞奈兹河岸上。岸上是山积的木料。该厂曾经专营西伯利亚东部的铅矿，在美国佛罗里达州有自己的杉林，世界大城都有分号。法贝尔家由十八世纪初叶代代世袭的家业，到一九〇三年绝了男性后裔，现在是由最后一辈的出嫁孙女来承袭。婆家姓亚历山大。

找到了吉普，我进城去看战犯了。吉普停在监狱门外，我向卫兵递名片，他指我到隔壁审判厅去索入门证。原来二十三名纳粹巨头都关在一边，将来开审便在紧邻的法院里。搭讪着问卫兵他看见过戈林没有，他面无表情地说：“那浑蛋！他瘦了。烟可还没断。”

要入门证可不容易。我交出所有的军事证明文件，负责的上校还得打电话给记者营，要他们替我作保证。折腾了半天，上校才在入门证上签了个字，然后陪我一道出去。

经过多少道门，我们走出了法院。从此，步步都是卫兵了。沿监狱的院墙是用木板新隔出的一道走廊，由狱门口直达法院。这是为避免传战犯时引人注意。但这时走廊还未完成，由空隙我可看见三个犯人在天井里背了手散步，这是每天二十分钟的放风。每个犯人后面是一个持枪的卫兵。

上校告诉我，这里战犯大小待遇一律，都是囚在六英尺宽十二英尺长的狱室里，每室有铁床一张，上有一条草垫，小桌一张，直背椅一把，抽水马桶一具。唯一的奢侈是有军队理发匠每天替他们剃胡子，这是怕他们用剃刀自杀。上校说，他最重要的工作是防他们自杀。这时我们已走到狱门口。上了台阶，他说："你可以由门洞看一眼。"他指给我看这座三层高的监狱，所有楼梯上面都另用铁丝网罩起来，以防囚犯跳楼。每层楼南北都是一串牢房，小小灰门上有一块块方玻璃，卫兵往来巡逻。玻璃上面是一块白纸，上书战犯姓名及号数。这里关着曾霸占欧洲的二十三名罪魁。他们是屠杀犹太人的凶手，蹂躏波兰的头目，征奥的前锋，奴隶劳役的征调人。有的是在荒村就捕的，有的是在澡堂捉到的，如今都坐等十一月二十九号，由苏、美、英、法四国法官开堂公审。我问上校可否访问战犯之一，上校说使不得。平常连狱门都不准记者探头的。

辞出后，我赶回去取行李，好搭赴慕尼黑的飞机。到了机场，才听说我应乘的那架飞机迟了两小时半还没到，恐怕已经出了事故。于是，为了顺便尝尝今日德国交通实况，我招呼司机开到火车站去。

十月十一日 女裁缝自述

"中国先生，这是去慕尼黑的车站，没错儿。车迟到是常事，比不得以前，恢复了火车就已经好不容易啦。"（一个年龄在三十五岁上下，瘦长的脸，淡蓝色眼珠的女人，由人丛中抢着用德腔的英语回答我。）“我怎么会说英文的？不瞒先生说，我的未婚夫是个美国少校。在符腾堡和巴伐利亚省，英语在中学里是必修科，连希特勒都没改过。我吗？我是在纽伦堡开裁缝店的。我雇过十多个帮手。我同我母亲本来有一所大宅子，现在可全完了，炸得快光了。我们有过两个听差的，现在我得自己去买菜，有时候甚而自己去捡柴。如今德国可住不得啦。没人伺候，要什么没什么，我是决心上美国去了。可怜的德意志呀！啊，一直到开战那年八月，我还陪我母亲在冰岛的斯波林根避暑，轰的一声……”（在站台上伫立了一小时半的人们忽然沸腾起来了。清早由法兰克福出发的火车，喘着气居然到了纽伦堡站，好像是武汉撤退前的情景，人堆在人肩上，箱笼包裹也堆在人头上，齐向车门挤去。行李少、身腰细的，甚而猴子般爬上车窗去。我在车门外好容易找到了个勉强能够容身的空隙，四下里看了看，女裁缝也挤上来了，是两个穿了绿色陆军服装的德国人由下面把她托上来的。她唇上长着密密的茸毛，龇着长短不齐的牙向我笑了笑，继续讲下去。）

“唉，真是受罪。我去慕尼黑干吗？你答应不笑话我，先生，我是去找一位会相面的妇人。也许她被炸死了，也许她搬了家，但一九三八年，我在纽伦堡罗森街住得好好的，她说，不出五年，我一定得搬家。我当时绝不相信。后来，英、美轰炸机飞来了。果然，我的家炸着了，我搬到市方场去。她又预卜我将嫁一个说外国话的人。她真灵！我要找到她，问她，撒姆少校家里究竟有没有太太？我果真命里有运当俄克拉荷马州的公民不？请想想看，我不知道撒姆少校家里究竟有些什么人，甚而不知道他住在什么城里。俄克拉荷马州大吗？我若是写给‘撒姆少校，俄克拉荷马州邮政局长转’，你想他收得到吗？从一九三九年，我没爱过谁。我规规矩矩做我的裁缝生意。我对男人寒了心。偏偏撒姆少校来了。哦，若是他这回骗了我，我再也不会爱谁了。我等他等到死。先生，你想他会骗我吗？他对我那么好，口口声声说他一定要娶我，并且说，如果美国政府不许我入境，他会投效善后救济总署来德国，一直等到我能同去美国。他不必这么满口答应的。他是战胜国的军人。他要什么我得给什么。我给了。先生，他的话会是假的吗？

“撒姆少校是三个月以前到我店铺来的。他说，他要买一架莱卡照相机。我说：‘这店铺只卖衣服，而且只卖女人衣服，而且连女人衣服也没的卖了。’他听了一声不响地就走出去了。他并不像另一个美国兵，在纽伦堡刚陷落时，用枪逼着我同他睡觉。撒姆少校同别的人全不一样，所以我追了出去。他正失望地走着。我说：‘少校，你留下个住址，如果有莱卡可买，我一定告诉你。’没几天，一个老主顾来我店铺。我托他打听到黑市的门路。不出十天，我问出了价码：一千支美国烟卷。我赶紧照住址去找少校。借了一辆旧自行车，我骑了五个小时，受了多少次美军宪兵的盘问，才到了少校兵营。一问，一位叫海尔曼的少校说撒姆出去了。等我一留话的时候，海尔曼睁大了眼睛说：‘真有莱卡，你给我买下吧！我另给你一百支香烟作酬劳。’我说不成。原是答应给撒姆少校的，不能骗他。正说着，撒姆少校刚好回来了。他先听我说骑了五个小时车来送信儿，他已经感激得很了。一听说我不收贿赂，他抓紧了我的手说：‘哦，你真是一个不平凡的女人，那么忠实！’他像小孩一般跳起来了。

“他带了香烟取莱卡的那天，便住在我那儿了。他抢着帮我洗家伙。他对我母亲说，俄克拉荷马是怎样伟大的一个州，又转过来问我：‘你想看看去吗？’我听了当时不信。可是有一天，他在我床底下拾到了一个军装纽扣。他气得话都说不出来了。他逼问我：‘哪个军官到这儿来过？’我发誓说没有。除了他以外，六年来没有男人进过我的卧房。但是撒姆少校不答应。他咒着我，说一切都完了。我一半为了安慰他，就扯了扯他的领子，忽然发现一个纽子掉了。我指给他看。他服了。他像小孩子般跳起来说：‘我的天使，我的宝贝！这浑蛋仗已打完了，我们到俄克拉荷马州开铺子去。’我说我愿意给他生一个模样像他的孩子。他听了一定不肯。他知道我已经三十六岁了，说生孩子一定对我危险。他才二十六岁。他为什么偏爱我，我可不明白。他说：在我以前，他有过一个波兰姑娘，才十九岁，天天要他买东买西。他说一有了我，谁也不要了。

“于是，我们互相坦白起来。我告诉他：‘一九三九年我有过一个男朋友。有一个晚上他送我回家。我刚下车，一个黑影钻进他汽车里去了。我发现他同时有三个女人。我和他吹了。’撒姆少校也说：‘我有过一个女朋友。有一回这个女朋友向我借汽车用。回来后，我在车上发现了男人待过的痕迹。我问那女朋友：你同男人上得克萨斯州去了不是？女人否认，结果证据拿出来，我同她便吹了。我们俩都上过别人的当，绝不会彼此给当上的吧！’

“但是有一天，海尔曼少校遇见我，警告我说：‘撒姆少校家里是有太太的。’我说：‘如果有，他会告诉我的。’海尔曼少校哈哈大笑说：‘所有当兵的都惯于撒谎。’我听了不信，可心里留下了一块疙瘩。一见了少校，我就说：‘所有当兵的都惯于撒谎。’少校忿忿地问我说的是什么话。我告诉他以后，他说：‘你信不得海尔曼少校。他没摸着莱卡，还不死心呢。’

“可是，上礼拜五，撒姆少校突然到我店铺里，说他得马上回美国，连行李都得随后运。他跳进铺子里，狠狠吻了我一顿，便又蹦出去了。我追不上他，赶紧借了辆自行车，骑到他兵营，他们说他已经上飞机场了。我问站岗的哨兵可知道撒姆少校家里有太太没有，他们不知道。然后又讥讽地反问我：‘他有没有，跟你有什么相干？’我向军官要他家乡的住址，他（大约是个中校）说美国人的住址不能随便给德国人。先生，你说撒姆少校会回来吗？他能是有了太太的人吗？我真盼着那位相面的太太还在慕尼黑，但是，如果她说，撒姆少校是结了婚的，我可怎么好呢？”

这时，火车穿过多森林的巴伐利亚平原，跨过了由匈、奥蜿蜒而来的多瑙河。天色已近黄昏。

十月十二日 暴徒发祥地

在慕尼黑车站旁专接待过路军人的华贵旅馆睡了一宵，才把纽伦堡到慕尼黑那段火车上的疲劳歇过来。早饭桌上遇到一个美国海军摄影员。他有吉普，后面还挂了辆拖车，内有干粮、汽油、帐篷。他刚由北欧旅行回来，很愿意有个旅伴。是加利福尼亚州人，所以对中国人尤感亲切。于是，就结了伴。我本打算行程由记者营订，但这位美国朋友的路程走的广，而且恰合我的心意：遍游美、法占领区，然后直驱巴黎，赶回伦敦。我未来几天的行程，便在喝着麦片粥、吃着熏鱼烤面包之际决定了。

慕尼黑是全德第四大城，被炸的惨状也恰与其身份相当。比起柏林，甚而纽伦堡来，还残存了一些古迹。这是当年巴伐利亚邦的首都，由十三世纪路易侯爵以还，历代帝王尤其到了路德维希二世，都苦心孤诣地装饰这跨在伊萨尔河两岸的古都。吉普穿行狭窄的中古街巷，只要马路没为残砖堵住，每一拐弯都必有个令人喟叹的建筑：市政府楼外雕满了人像，圣马可教堂代表着文艺复兴时代建筑的极峰，新式马路由古堡的洞门穿过，桥下是银练般的伊萨尔河。说现代轰炸能选择目标是瞎扯。市立图书馆和职业学校已炸得粉碎了，而希特勒聚党崛起的酒馆却仅受轻伤。

啤酒馆由街外看，酷似一不景气的堆栈。洋灰的门墙上写着“贝格·勃劳·凯勒”，生了锈的铁门严闭着。由铁门空隙张望，只见三十多个战囚正在锯庭院的树，靠右角的一座楼已炸光了。看情形大半是烧光了的，几百只铁椅烧焦压弯有如一堆黑面条。我们喊做工的战囚给打开门，停下车，先走到当年纳粹党的书记室去。那里，正有一簇德妇替美国红十字会做点心。隔壁纳粹党开大会的礼堂（一九四〇年希特勒几乎被暗杀了的地方）如今已改装为美国式的体育馆，预备打室内排球用。正是在这里，希魔于一九二三年宣布了“国家革命”。纳粹党的正牌摇篮却是靠里头的大餐间。门内写着：“为巴伐利亚的义气与巴伐利亚的酒。”颇有梁山泊之遗风。壁画依稀可见，地板却已糟蹋得不像样子了。我们绕到贮藏啤酒的地窖里去。一架手摇的电梯上写着：“只限二百公斤，不准带人。”一个正在搬运啤酒桶的工人说，这啤酒馆已经有一百多年历史，如今只好在别处另起炉灶了。

慕尼黑第二个政治“古”迹自然是一九三八年张伯伦和达拉

第出卖盟友，在《慕尼黑协定》上签字的地方。心理学家说人类的记忆是有选择的。不知是有意无意，我们沿途向行人警察打听勃朗尼楼，他们不是摇头便东指西指。转了好半天，才转到一座大理石铺成的广大方场。方场两边都有巨大牌坊，壁上是拢起翅膀的鹰徽。一个行人指着远处一座希腊式建筑，我们便开车趋近。楼已炸光了，台阶上有个老年馆役在打瞌睡。他告诉我们这曾经是雕刻博物馆，是路德维希二世盖的。对面同样的建筑（也同样炸光了的）是绘画博物馆。于是我们踏了碎砖破瓦，逛起博物馆来。老人说，仅仅三颗炸弹，一切就在五分钟之内化为废墟。并指着门内一防空洞说，他本人也差点儿与博物馆一样炸成碎片。他指着残堆里一片浮雕说："这是希腊的。"那堆里又露出一片巴比伦的雕刻。其实，我们脚下踩过的，不是大理石的臂腿，便是肩头首级。这不是好逛的地方，直好像在给全欧文明扫墓。

勃朗尼楼原来就在旁边。楼窗已大半炸破，楼身却还安在。顶上飘着美国旗，说明它已被征用了。

但最使人触目惊心的是达豪集中营。达豪是慕尼黑以西五英里的一个村镇。德国遍地是集中营，不过达豪的规模最大，刑具最齐备，所以也比布痕瓦尔德及比尔森还要声名狼藉。另外使它出名的是因为国际舞台名角如法国前总理布鲁姆和达拉第，奥地利前总理舒斯尼格以及反希特勒的德国牧师尼姆勒都曾在此做囚。尽管天色不早了，我们仍决计一访这人间地狱的遗址。

由外表看，达豪是一安详和平的小村，平原四达，炊烟徐升，谁能相信在这小村中间藏有屠杀了千万无辜生灵的地狱呢？谁又能相信，同是人类，竟能残忍到这般地步呢？而曾几何时，当年掌屠刀的狱吏，谁又料到却成为今日的阶下囚呢？

德国什么都大。柏林凯旋门以南的马路有点大而无当。希特勒的宴会厅可坐过上千客人，而德国的集中营也得乘了汽车来参观。领我们参观的是一位曾囚此数载的波兰人，被折磨得已如幽灵，声音微弱得几乎听不见，而眼睛总望着地下，端着肩，拱了腰；偶一抬头，眼色里蕴含着无数可怕的回忆。参观了这地方后的人，出来必做噩梦多日，对德国人必恨下几分。然而这里被残害的，也以德国人为大多数。仅为避免集中营的产生，民主政治也是值得争取的。因为有独裁政治就必得有排除异己的手段，否则独裁绝对维持不下去。

除了卫兵住所外，集中营分为两部，中间以铁丝网隔开，网上有德文标牌："此网通有三五〇瓦特电流，小心勿靠近！"网外又有河沟。沟上四角有瞭望台，窗口有探照灯及机枪哨。网右边是囚禁的地方，一排排的平房，如今囚了五千多纳粹党卫军及本狱原有的狱吏。这营里曾容过四五万人。我们站在岗坡上遥望，有的囚犯正赤了上身，坐在那里晒太阳，有的在看书。广场上有一簇在排队。卡车刚把他们由做苦工的地方载回来。广场中间有一堆红砖，旁边是一刚打地基的建筑物。说是美军正在督盖一座教堂。

可怕的是铁网左首的刑场。场外美军竖一木牌，上书："纳粹党徒在此谋杀二十八万无辜男女，请后人保存原状，以纪念遇难者之英灵。"这牌子无疑的是为美占领军撤退后用的。我们先看原有小规模的"焚尸炉"，每炉可焚四五人，屋顶的烟囱可比旁边后盖的一排平顶的新焚尸间的烟囱小多了。这新的更大的焚尸间，共有四炉，每座同时可焚六尸，室内还有屠手的住室。出焚尸间入小跨院，见沿墙都是狗笼，共十八个。纳粹党徒如遇囚犯不肯招供，便把顽强的囚犯带入跨院栏门以外，然后驱另外一批囚犯入院。启开狗笼，警笛一吹，十八条狼犬即向那名囚犯扑来，连撕带咬，四肢分扯，直到化为一摊肉泥为止。眼睁睁看到这情景的囚犯，回去后有的就会供出别的反希特勒的同志的姓名住址。

久闻毒瓦斯室之名，这里的也比别处规模为大。室外墙上写着“淋浴”，而天花板上还装有假的喷水莲蓬。毒瓦斯却从地板下面放出。墙上有玻璃小洞，是供执刑人由洞口观察室内动静的。洞外有黑板，标着瓦斯放止时间。受刑前，狱吏仅告囚犯说是享受淋浴，每人并发浴巾一条。在隔室，囚犯皆脱下衣服来，以为真是要洗淋浴，死者的衣服便成为狱吏的酒钱了。每次可以毒二百人。死后由狱吏把尸首拖到另一“贮藏室”。毒瓦斯室墙上仍有浓厚的血迹，最高处我举臂不及，可见尸首的容量了。

另有吊打间，为了让参观者能够了解当时的情况，由曾在此囚禁的波兰人用蜡雕出酷刑的实状：都是脱得赤裸裸，有的双手捆起，由空悬吊，有的折腰受笞，惨不忍睹。由吊打室入地窖，那里是尸灰贮藏室。沿墙是一只只麻袋。里面是荞麦皮般的灰粉。另一角有一堆小花盆。原来狱吏另一敲竹杠的办法是人死之后，立即通知亲属，说如付三百马克，尸灰即可领回。其实尸灰还是由大口袋里顺手随便抓的，不过对亲属终不失为一份安慰。剩下的尸灰便作肥田用了。这以外，还有枪毙的刑场，以及给囚犯注射病菌做试验的地方，真是令人发指。看到这个，使我感到要提高一国的司法地位，为祖先，为子孙，为世界听闻，都不可不取消特务，取消私刑，严禁私捕，改组各地所谓侦缉队或宪兵队，不使其成为虐杀无辜的机关。

出刑场，再隔铁丝网朝那些目前在押的纳粹望去，只觉得那些歹徒享着不配享的清福。

达豪村人还曾为这集中营抗议过呢，他们抗议尸烟有碍村人的健康！

沿慕尼黑西郊偏南行，我们走入完全不同的天地了。茫茫无际大森林的顶梢，是绛红的天。一牙新月正斜挂在阿尔卑斯雪山角上。又是一片牧歌的气氛了。阿尔卑斯山的村落里，有家犬清冷的嗥叫着。吉普随了南巴伐利亚的地形起伏着，沿着台根湖畔南下。

晚饭是奥地利式的，盘子如颜料盒般一格一格地分开，这儿一块烤牛肉，那儿一摊酸白菜。窗外是黑亮的湖水，站在桌旁的是提了白巾的蓝裙女侍，但我尝不出饮食的味道，净在不住地发愣。

达豪之后，观赏了五天阿尔卑斯山雪景，也仅仅使我不至于再做噩梦说呓语而已。

十月十三日 由湖畔到山脚

走进一座阿尔卑斯山的村落，第一个感觉是宛如从上海刚到昆明，或是由昆明刚到芒市。在炫耀"文明"的大城市里，艺术是牢牢保存在博物院中，堂皇地陈列在展览会上的；但在这小地方，艺术却深深浸在生活里。走进阿尔卑斯山上这座临台根湖的小村，到处洒着美。巴伐利亚州妇女不论多么穷，都必有件绣花衣裳。颜色配合得那么鲜明，图样设计的新颖可喜，常使过路人张望得失了神。这里并没有高楼巨厦，但多么小的木屋，门窗都雕刻得精精致致，临街墙壁上必有幅图画，上面是蝌蚪形的字母。绘画题材大多出自《圣经》故事，但也有日常生活的描绘，类如滑雪会。小村里的土产，不是精巧可人的陶器，便是悦目的水彩画。这里的牛群，使我怀想北平的骆驼，眼皮也像那样耷拉着，项下是铜铃，声音清脆动人的铜铃。

对一个由英伦来的客人而言，早饭能吃到炸鸡蛋是一件了不起的事，但更使我倾心的却是窗外风景。饭厅三面都是玻璃窗，窗外便是欧洲的脊背阿尔卑斯山。使我感到神气的是能与这些雪顶的大家伙为邻。（大煞风景的是屋角一只无线电，在这般超逸的境界，竟放送着纽约夜总会的音乐。）阿尔卑斯山腰，这时正有一片薄雾，如白锦般横挂着。山腰是一片杉林，树叶都为暮秋染成金黄。

饭后我们出门逛湖。除了一辆生了锈的坦克，战争不曾在这里留下更多的痕迹。家家檐下挂着串串腊肉，后园堆满了木柴。不像非要军用马克不可的慕尼黑，这里民用马克一样使用。村人和蔼而不阿谀，男男女女都戴着绿绒帽，白绸帽带上插着鹅羽。湖是葫芦形的。清澄的湖水由葫芦尖端注入一道小溪。黑白色的长耳羊，杂在马群中吃草，还有鸡鸭在它们脚下蹒跚着。偶有挤奶少女，提了重重的奶桶走过，插在发际的花朵直颤悠。孩子们大都穿了皮裤嬉笑着。湖边有一修女徐徐走过，肃穆的黑袍上飘着阔边的白帽。

美国旅伴进铺子里买水彩木雕去了，我坐在吉普里，为一群顽童密密围了起来。金黄的柔发，碧蓝的眼珠，漆黑的前途！有的孩子想用过期的胶卷向我换烟卷，有的用父亲的铁十字奖章换口香糖。一辆美国宪兵的摩托自行车驰过，孩子忙把货物收回去。当孩子们吃到我由伦敦带来的巧克力糖时，他们的面部表情是无从形容的：又是狂喜，又是贪婪，又怕一下都吃完了，又停不住嘴！望了蔚蓝的天空，伸入天空那湖畔教堂的尖塔，我不禁为这下一代的德国人叫起屈来。

为了申请进入法占领区的许可证，我们中午辞别了台根湖，向巴特特尔茨的美第三军总部开去。那里有法军联络员。第三军由欧陆攻进以来，即在巴顿将军（一九四五年，巴顿将军因车祸受重伤，在德国海德堡逝世）领导之下，战绩可说是西线最出风头。诺曼底多时相持不下，首先突破的是巴顿。莱茵河畔两军对峙，首先渡河追袭的也是巴顿。在战争最紧张阶段，大家注目的总是这一支铁军。报纸刊载的地图上，他这一军总排在箭头的尖端。巴顿回美时，纽约人发狂地欢迎这腰间挂着嵌有珍珠的手枪的虎将，艾森豪威尔将军把全德最美的巴伐利亚交他管辖。然而，军人未必谙政治。上星期，巴顿却高谈起政治来。虎将说："德国政党之门户歧异有如美国的共和党与民主党，何必铲除纳粹主义呢？"这句话使举世反纳粹的志士们为之震惊。原来这位虎将是以足球队领队冲锋陷阵的精神打的胜仗，对战争性质毫无了解！于是全美新闻界哗然，而艾森豪威尔将军对自己这亲信军官也并未袒护。第二天，无声无臭的托斯可将军接管了第三军，而为了不忘名将的战绩，巴顿成为第十五军的军长了。这是个有军部而无军队的一军，其任务是编写第二次世界大战这个阶段的美军战史！

在巴特特尔茨办完手续后，又向南折去，爬过一道不低的山。山坡上时有堆满了稻草的牛车，草堆上坐着头上挽了花帕的女郎，歌声在晴朗的空中荡漾着。由山坡下眺，一片银亮的湖田，边缘上镶着芦苇。阿尔卑斯的巉岩便踞立在我们的头上。接近了奥境，许多景物已不同了。蒜头式的教堂屋顶代表了尖塔，路旁每隔数步必有木雕的圣像，竖立在匣笼里，大约是虔心人许愿搭的，这儿的农村妇女喜欢把头发梳成辫子，然后环头盘起来。公路也沿了灰褐的峭岩迂回盘转着。松涛哗哗响着，忽如狂欢，忽如哀啸。

公路由半山腰折下。刚向台根湖道了别，吴深湖又闪亮在山脚了。火焰般的秋叶烘托着湖畔，灌入湖中的是一道透明的绿溪，羞羞答答地沿了一带幽林安详地溜过。绿溪旁，悬崖高耸，百丈飞瀑倾泻而下。山谷里纵横是牛栏，有的空着，有的有牲畜在吃草。牛铃偶尔打破深谷的寂寥。下山穿过一道长林，便到了阿尔卑斯山脚。德、奥交界的地方，就是因一九三六年召开奥林匹克冬季运动会而出名的加米施镇及帕滕基兴二村。

把行李放在市场旅馆后，便动手梳洗。照顾我们的是一位匈牙利难妇，矮矮胖胖的，穿着印花布裤子，又干净又温雅。她丈夫是匈军的军官，如今可还杳无音讯。饭是在对面驿站吃的。战前这是一个时髦场所。壁上不是木雕便是水彩，低矮的屋顶上，悬挂着闪亮的铜器。是行猎的地方，所以墙上也少不了长角的鹿头。房中间是瓷砖的大暖炉。喝着奥地利的红酒，欣赏着四壁的艺术品。

吃饱了饭才有心思来玩赏四周的奇景。加米施镇位于德奥阿尔卑斯山最高峰岨格斯比兹峰（约一万英尺高）脚下，山那边便是奥地利。加镇四面临山，仅在北面有两道关隘，一去慕尼黑，一去奥格斯堡。这时半轮淡月正由重岩叠岭丛中升起，把雪峰照得银亮发光。街上美国兵和德国女挽着臂呢喃着，杂在人群中的是甫下山的牛群。铃声丁零零响着。我们便随了铃声，向这山村中心荡去。

拐过街角，远远望到一座灯光明亮的门面，走近了一看，原来是军官红十字会，里面有咖啡喝，又有土产纪念品可买。管理员是一个细高个儿，举止文雅的德国人。当炉女装扮得非常妖艳。而问起来才知道她身世也非常凄惨。她的家还在苏联占领区撒克斯尼省，音讯渺无，休息室里，除了他们两个，只有一美国兵在一边喝着咖啡一边看着《纽约画报》。

管理员看到我那美国旅伴的军衔，赶忙凑过来，笑容可掬地问我们要点心不。他搭讪着坐了下来，说是才从第三军的俘虏营里放出来的，因为会说英文，而且有招待的经验。说着，他由口袋里拿出一份推荐书给我们看。这是一位美国中校写的，大意是："某某被俘后，因擅长英语，在营中任通译，屡有可逃机会而未逃，故证明彼为人忠实，大可使用。"这个德国人又讨好地笑了笑，玩弄着秀长的指甲。问他怎样会有招待的经验，他说一直到开战前夕，他专在英、法大旅馆做服务员，像伦敦的多尔切斯特。（战前纳粹惯派密探赴英、法大旅馆，刺探要人行动和政治倾向。）问他为什么要回到德国来呢，他说是怕因国籍的缘故受监禁。问他回德国后怎么样，他聪明地说："德国秘密警察因职业的关系，当然问我英、法的情况。但我一口咬定说，一概不知道。"后来呢？"后来他们征我入伍。穿上了制服好不舒服。我暗里盼着德国打败了。"为什么呢？"因为我不爱穿制服。德国如果胜了，我恐怕一辈子得穿制服下去。"

完全是一派鬼话！

正说着，一簇军官进来了，有七八位，奇怪的是都穿着英国军服。他们在我们邻桌坐下了，自然互相打个招呼。看肩章，大都是上尉军衔，其中两个是德语通译，领头的是一位胖大的上校，五十多岁，戴着黑边眼镜，不住地吧嗒着烟斗。因为他们谈的大半是关于摄影零件，美国朋友便打起岔。话题逐渐触及各人在本届战争中“解放”的成绩（“解放”在这里作“捞取”意）。上校喷着烟，抖搂起自家的成绩来。他说由诺曼底登陆到德国投降，他一共解放了十辆汽车，五十架各式的摄影机。（说时他指着身边一位少校问：“我送你的那架康泰克斯照相机还好用吧？”）给他儿子解放了值一百八十英镑的邮票，给太太解放了五百码绸子和三四百码哔叽。等他说起他解放莱茵酒的瓶数时，我忍不住了。我说上次我在柏林军需处买的一瓶威士忌，舍不得喝，带回英国去，海关都硬给上了一镑的税。上校得意地笑了笑说，你们记者还没有专用机。于是他又坦率地谈起“过关术”了。他同行的下属们却替他不好意思起来。他们站起身，伸了伸懒腰，说：“该走了吧！”

我们喝完咖啡也出去了。原来几码以外就是普通美国兵的红十字会。那可热闹多了。大厅中心可以跳舞，走廊上有小桌，可以坐下喝酒。沿墙有女人代修指甲，有艺术家给剪纸影，一律免费。今天在德国有两种人：一种人在背负着由政治愚昧而战败的枷锁，另一种人则在享受着胜利的甘果。

十月十四日　登极峰

由山村到岨格斯比兹雪峰有爬山电车，需两小时便可攀到这万尺摩天岭的绝顶，不用费多大力气，便得与云天为伍，这机会当然不甘错过。所以九点半我们便跑到奥林匹克运动场站台旁边的车站排队去买票。爬山电车公司的职员穿了蓝呢制服，红帽金边，机警地招待军人。刚要买票，有个美国军官在我肩上拍了一下，他看见了我制服上“战地记者”的肩章。原来他负责的是宣传股。宣传什么呢？宣传美国第三军已把南德这片锦绣的风景区变为凯旋美军的犒赏。成批的队伍由各方来此，玩赏风景并且学滑雪，希望回国后可以在本国提倡这种有益于健康的滑雪运动。如今才听说山下这名村，是由第三军风景委员会管辖，负责人是一位少校。这位风景区负责人由俘虏营里拣选了一批德国滑雪名将来传授绝技，说等下在山顶便可以遇到。

于是，我们不需买票便上了车。爬山车宛如平、沪的电车，只是没有叮当的铃声。游览车向山根蠕动了。驶过加米施郊野的一段窄窄的平原，爬到琵琶形的恰柏湖时，后面又挂上了一辆车头来推。车同山成二十五度锐角，还不太难过。这时灰云中忽露出一长块蓝天，游客们，尤其带了摄影机的，雀跃起来。山中树叶一片鹅黄，俯眺恰柏湖晶亮可喜。湖心有个小岛，正有白帆在湖面漂动。

车越见倾斜了。因登高耳朵痛了起来。由窗口伸颈，眼看车驰进一马蹄形的巨岩，入了洞。这一入便要走一小时光景，才到得了四千米高的顶峰。洞里隔不远便有圆窟窿，俨如轮船的窗口，是当年造洞时掷碎石用的。

出洞便到了终点的山顶旅馆。一杯热咖啡一块美国炸糕在手，我突然想起当年拿破仑侵略奥地利时，爬阿尔卑斯山时该有多么吃力。大厅里这时正有美国兵打着乒乓。几个彪形大汉，穿着红毛衣蓝臂章，上面写着“滑雪训练员”。

钻出旅馆通往瞭望台的门，宇宙是一片白，白到两尺以外不见物。忽然，晴了一刹那，山坡上正有一簇滑雪人，长脚长臂，像乌鸦一样掠过这个银白世界。有的尝过了向下坡滑时的顺利，正挣扎着向尖端爬。阳光温柔地在雪丘上嬉戏。如果天晴，北可望巴伐利亚平原，南可望奥地利境。三分钟的高架车便可以到全德最高点：楚格施皮兹。但气象专家说，今天是没有希望的。只得站在瞭望台上望着白的宇宙。一个德国女孩也在发怔。是撒克逊人，父亲是潜水艇的司令，如今在日本坐牢呢！

午饭是和四名滑雪大汉吃的。像砖般厚的烤牛肉，像烟囱般冒白汽的热可可，在雪岭尖顶上，吃起来尤其开心。

下山途中逢见一奇事。去访管理风景区的少校时，遇到一个德国女人，年纪二十四五，漂漂亮亮，说是给少校开车的。这倒不稀奇。稀奇的是这年轻女人见了我便用十足地道的北京口音问："你是中国人吗？"谈起来，原来她是天津前英租界生人，父亲是做进出口生意的。一直到打仗前她才回欧洲，一嫁可就嫁了个纳粹党员。他为什么当党员呢？理由是他开着一家纸厂，不入党就保不住。如今他在俘虏营里当囚犯，她拉扯着个娃娃，在伺候少校。

这位曾拥有过两辆汽车的高雅司机可不同于一般司机：漂亮的呢上身，真丝袜子，吸着吉斯斐尔牌的香烟，问我们今晚可肯到她家里喝酒。她本和一位中校有约会，但见到了"同乡"，她情愿把那约会取消。少校本来绷了脸同我们谈公事，说什么山上可以容七百五十人，有热水管和暖气设备，计划请美国海军也派人来享受，甚至英国人……但听到晚上的酒会，他的表情松弛下来，说："不会把你的老板除外吧！"

听说过德国的黑水酒吗？其实是白白淡淡的，樱桃做的酒，最难得。又是美国点心，又是美国罐头西红柿。香槟酒喝上四杯多，我便早已不是萧乾了。少校倒在她怀里，我倚在墙角。她对我说着京腔的华语，对少校说着纽约腔的英语，抽着烟，对德国客人仍谈着她的本国语，（可见她没有醉！）房中一炉柴火，火焰如舌头，老想往我脸上舔，柴木噼啪作响。屋角有无线电收音机在哼着小调。女主人回忆着天津的小白楼，北平的东单。酒后少校呢喃起军事及个人的秘密来了："你要照相机。康泰克斯厂已经复了工。三十美金一架，专给美国退伍军人做的……我嘛，七十五点就够退伍了，我已有了至少一百点。我的妻小，随他们混，德国是我的天堂……巴伐利亚是我的天堂……加米施！我知道这里每个女人的发色，眼珠色。都有记录……"

十月十五日 山村巡礼

本该今天动身南行的，旅伴开车没把握，坐车的也不放心，于是我们决定逛名胜。

走过少校的办事处，少校还没上班（十一点了）。他屋里长凳上坐满了男男女女，都在等他。

半为试乘一次高架车，半为观赏阿尔卑斯山另一景色，我们决定先登克鲁泽克岭。高架车宛如六角亭，悬在一钢索上，来去两条钢索由山脚直达顶峰，中途有高架站台，等亭里人走光，我们挤了进去。亭门一关，我们便开始滑翔。这感觉真难形容，因为它既不是飘空的飞机，又不是擦地而行的车，它是在半空中滑翔的怪物。但由观景来说，它是兼有空陆之美的。

谁初次搭飞机不巴望由空中饱瞰一下地上的风景呢？但不是飞得太高，就是云雾蒙蔽，要么就是自己发晕。长途的航程结束后，到头来可回忆的不过是起飞与着陆时的屋顶瓦片，顶多是一片海峡或一片影影绰绰的森林而已，辽远得无从看得真确。

坐在高架车上，我恍惚觉得自己化为禽鸟了，不然我怎么能刚好由巨大杉树顶梢擦过呢？（叶上还挂满晶莹的雪。）亭影由树丛上掠过。有时甚而可以听到山溪的淙淙流水声，且可与钓者招手。这都是坐飞机所不可能的，然而亭子顺着钢索滑下，颤巍巍又宛如在飞。

下了亭子，由山顶再看下滑的高架车，都似一硬壳虫，忽为褐岩遮起，忽又消失在树丛中，稳重而且闲逸。

都说阿尔卑斯山顶只要有太阳就比地面还暖，我不信，所以穿上了所有的衣服。果然绕着崄巇山道一跑，就只好一件件往下扒。四面是山峰，覆满了积雪，雪光映雪光，不啻是太阳灯了，难怪山坡上净是戴了墨镜的半裸男女，仰卧着承受诸峰的光照。有一断腿的德军人扶了拐杖携子游山，孩子满山在搜集松果。

下山前先赴山顶旅馆去休息。旅馆露台上还有一些德国游客在喝啤酒。我们望着美国兵雪战，各要了一盘子肉汤，一杯啤酒。可令人吃惊的是法国解放一年多后仍闹着钞票不值钱，而马克始终没大贬值。由纽伦堡到慕尼黑途中，我问同行的，原来车票仍与战前的无异，而我们的两份汤和酒，算起来还不到两个马克！

我们开车到克佛山脚下，来到以每十年演一次宗教剧闻名的奥姆拉姆皋村。村当两山之夹，有小溪一条由村心蜿蜒穿过。整个巴伐利亚州都是笃信宗教的，奥村为了它的传统习俗，尤为虔诚。全村过半的成人都是木雕匠，雕的大都是耶稣像，街墙上满是《圣经》绘画。

原来三百多年前，南德曾大闹鼠疫。奥村尸横遍野，村人于是向天许愿，说逢十年全村必演一季警世的宗教戏，第一回是一六三四年演出的。后来因为便于记忆，改为逢十开演。三百年来，只有一八七〇年因普法战争而辍演一次，一九二〇年因战后混乱延至一九二二年补演的。一九四〇年，照常演出。看光景，一九五〇年的戏大约也不至脱期。最初此举是纯宗教的，有如妙峰、普陀，但因为世界游客每逢这戏剧节便由各地云集，这虔诚的举动自不免沾染了做游客生意的商业色彩。木雕有了世界市场，旅馆吸引起游客，但戏剧节的收入始终是专用作公益。这十年一度的盛举，使奥村得以修建起医院、学校、游泳池。可是，这中古的村庄仍然保存着它原有的朴素美丽。

宗教剧的情节大致是耶稣的一生，由马槽降世直到被钉十字架以至升天。演技之外，演员的品格也在考虑范围。所有角色都是由本地神甫、市长、议会议员投票选出的。上届扮耶稣的恰巧是全村最著名的木雕家，所以吉普一进村，我的旅伴就操着半吊子德语大声问村人："耶稣基督住在哪儿？"把村人问个愣。

耶稣（真名朗阿吕）到邻村去了，我们找到了他的儿子，也是木雕家，也曾参加过圣剧表演，但这秃顶红脸的青年却还参加了另外一出悲剧：一九三九年被征入伍，替纳粹先打荷兰，南折到法国边境，接着又东调，进攻苏联，由莫斯科郊外溃败下来后，退到黑海，又由黑海拔出来。（这时，同伍的不是被俘就是被打死冻死，老天如何把他留了下来，他一点也不明白。当的又是辎重兵。）然后该防御祖国了。由法境败下，过黑森林，终于在斯图加特地方为美军俘虏。这时才放出不到一个月。他告诉我们，他家已为美军占去了，如今是寄寓到后院一座木屋里。美军到时，限他们一刻钟内离宅，而且不许带东西。

进了木屋，他给我们看雕木的器具。原来他们先模仿古画捏出泥塑，再以泥塑为模型来雕木像。桌上是一排刻刀，大大小小不下三十把，另外还有一具显微镜。随谈着雕刻，他说起慕尼黑的黑市来。凡是市场上根本没有的东西，都有黑市，咖啡一磅需一百二十马克，二十支一盒的美国香烟六十马克。

由奥村南行，便到了林德霍夫堡。这是十九世纪中叶疯王路德维希二世所建，华丽无比。堡垒坐落在半山坡上，山脚有密林。登山不久便可以望到那乳白色的建筑，堡垒前是一座雄伟的喷水池，喷泉越百尺。泉池里有赤裸女神金像，半坐半卧。池畔有铜鼎，俨然是受中国影响。堡垒周围可称德国的园艺大观。葡萄架、玫瑰架搭成各种姿势。葡萄架下走出一个中年人来，穿着仪表都不似德国人。原来是葡萄牙驻捷领事。

归途暮霭朱绛，天空犹如一巨罐龙睛鱼，一条条细长红云，东飘西荡，红的鱼腹渐渐变得灰黑起来。绵亘的阿尔卑斯山岭和暮色随着也溶成了迷蒙一片。

十月十六日　阿山公路上

十点光景，我们向巴特特尔茨进发了。找到了第三军总部所在地法占领区的联络官。我们取得了许可，预定的路线是：由德入奥，经因斯布鲁克，沿意瑞边境再重入德境，越过莱茵河，经阿尔萨斯直驱巴黎。这一路不但包括了欧洲风景的精华（沿了阿尔卑斯山脉的公路，观赏了大陆的巨川名湖后，又降至起伏的平原），并且可以看到三种不同的政治状态：美、法两占领区和劫后复兴的法国本土。这条线唯一的缺陷是油的来源。在美占领区一天，油宽裕得像水。入了法占领区，油源就困难了。我们最终的决定是由奥入德境后，再折回美占领区添油，然后才向巴黎进发。

车呜呜地由巴伐利亚平原沿蜿蜒的公路向山脊爬去。山坡上时有牧童悠闲地仰卧在岩石上看云彩，任牲口在草上移动。半山遇到一位戴宽边白帽的修女，领了个黄发女童，见到吉普，她们赶快躲开。偶见一辆坦克四脚朝天倒在山脚。入了法军占领的奥境，第一个现象是车辆奇少。在美占领区，宪兵的轻便摩托车和吉普多得煞风景。进入法境后，一路上穿过村落，看到的仅是无枪的法国兵百无聊赖地跨坐在桥边上嬉笑聊天。军衣多是美国发的。吉普的来源也一样。因此偶有辆吉普由对面驶来，非逼近是辨不出国籍的。

但是越过山脊，走近法军事政府所在地因斯布鲁克时，占领的痕迹却遍地都是了。因城近郊的飞机场上虽像蜻蜓般仅停有四架小型战斗机，机场却遍布法兰西三色旗。三色的屋顶，三色的机身，三色的旗杆上飘着胜利的三色旗。环着这机场是秋收后的农田阡陌。一望无际的点点禾捆都似向那风中的三色旗屈着膝。

离希、墨二魔当年会集的伯伦内罗关隘仅二十余英里，踞北意交通枢纽的因斯布鲁克城是拥有不少文化宝藏的，这回挨到了战争的鞭笞。德、奥、意、瑞的阿尔卑斯山作它的四壁，滚滚的因河如锦带般穿过它的腰间，因城却是满身伤痕。透了顶的教堂，坍塌的市政厅，火车站有如砖堆。到今天，店铺还多闭着门。涂满了三色徽，高悬着法、苏、英、美旗帜的军政府门前，有巴黎来的交通警察指挥着车辆行人。一位手指颤抖着的老妪，坐在街旁卖着黑麸面包。山上的中古堡垒，代表了祖先或历史，俯瞰着这一切。

遥望一下伯伦内罗关隘，我们便折回阿尔卑斯山公路西行，直驱瑞士边境。长数百英里，穿过五国境土的阿山公路也可算是欧洲一项宏伟工程。白杨齐整地伫立道旁，梢尖笔直地插入蓝天。公路恰夹在两山脉之间，多瑙河支流的因河委曲迤逦于山脚，倒映着雪峰坡上的红叶。公路一下越河到左岸，一下又跳回到右岸，但却不断与因河平行着。有时河身因山势的关系兜个圈子，像捉迷藏般，因河不见了；但转过了山角，它又闪亮在眼前了。山坡上，玉米长得很茂盛。一条窄轨的铁道也并排躺着。山窝里，一股炊烟上闪亮着蒜形的教堂圆顶。在山半腰，恰好俯瞰着山谷里一片村落，我们停下了车。吉普渴了，我们肚里也咕噜叫了起来。打开军用干粮（一听火腿，一包脆饼干，一块巧克力，一条口香糖，烟卷四支，手纸一叠），用碎石枯叶搭成炉灶，我们便对着雪峰幽林举行了野餐。

下山不久，我们突然驶入了一道幽谷。公路从两巨峰间的细缝里钻过。这从未见过阳光的窄谷是阴森吓人的。公路上敷着厚厚的冰，灰褐的山坡上没有一根草。坚硬，干枯，这幽谷唯一的点缀是一条蛇形小溪，它低声微语着。

出了山谷，前面展现出的活像一幅宋人墨迹。重叠的关山为一片云雾描出来远近三层，一道白烟横挂在最浓的一层。牧牛在温暖和煦的阳光中，抵着犄角。阿尔卑斯山谷的建筑也有它的特色：木舍的外墙是用白松树皮包起的，鳞形的树皮在阳光照耀下映出起伏的波纹。山谷的木桥上架有廊屋。窄隘的古村常有牛群堵着路口，得等扎了花巾的牧女替我们用鞭子撵开。是暮秋，正当北欧鸟群南迁的季候；天际常有飞禽结伴掠过。

四点左右，我们到了奥地利的边界费尔地克芝城。由于仍在法占领区，我们还得过一道漆着三色徽木栏的关。“拿出你们的旅行证来！”法哨兵粗鲁地嚷着。同行的军官用更粗鲁的声音回答：“美利坚！”（我听了很不舒服。）没等我插嘴，那个法国哨兵早已在敬礼。

甘心也好，不甘心也好，巍峨的阿尔卑斯山越过瑞境南折，我们却沿了伯丹湖北去。湖的对岸便是康士坦斯，瑞士天堂的名城。湖大得可以行轮船。我在琢磨着究竟水上的国界怎样分法。离了巨山，觉得两肩松释下来。在这起伏的平原上，偶尔看见一些防御工事。在村里也可以遇到些戍兵。有法国兵，也有北非的摩尔人，穿着现代的绿色军装，头上却还扎着白布，腰间缠着红带。把守一座囚了意大利俘虏的集中营的是一簇安南兵。难道这些远离乡井、深入中欧的殖民地军队果真知道他们干的使命吗？

红块灰块的暮霭下，是一片葡萄园，有的架起，有的盘在地上像蛛网。太阳是在我们到达福利达沙芬时落的。六点，进了瑞温斯堡城，才知道美占领区已退到八十公里以北的乌鲁姆城。这时油针已落得好低，而车厢里的油仅够跨过莱茵河。

这么盘算着，忽然，一阵军号，我们的车被宪警挡住了。暮色苍茫中，只见街心圆场上，男女老少都挺直了腰，无精打采地面朝着圆场的中央。在这片德国领土上，一面三色旗沿了旗杆缓缓降下来。灰暗的天空笼罩着地面上灰色的人们，等到三色旗落了地，路人才又无精打采地散开。这充满了十九世纪狭隘国家主义色彩的举动莫非便是法国占领当局政策的骨髓？

沿街打听占领军办事处时，交通警察（德籍）告诫我们千万小心吉普。看明白了我们是一华一美，那胆大的德国警察由街心高台低下身来私语："这群法国人什么都偷！"于是，找到了住所后，我们便请求法当局准许我们把车停在军用车房里。交涉办妥，我们便照地址开去。一个守卫兵打着手电筒为我们开了车门。吉普，连同我们的行李，仅剩的汽油，仅剩的干粮（放在吉普后的拖车里）都算找到了安全栖所了。旅伴临走时还摸了摸拖车上的两道锁。

这依然保存着十一世纪城墙的古城街巷冷寂得可怕。西班牙旅馆的老板本来是柏林电车的司机。问起法国占领军的政绩，他只望了望妻女，把肩膀耸了耸，说："打败了仗，还有什么好的！"正说着，四个法国人走进来了，老板忙着去张罗酒吧间，神色老大不安，又好像暗自庆幸着方才没说错了话。

其中一个矮胖的法国人能说点英文，于是，我们谈起来了。我们向他打听去巴黎的大道。这一打听，他看出了机会，就问我那个旅伴身边有美金没有，他想用法郎买。交易没做成，又聊起政治来。那时"法奸"贝当正在受审。矮胖的法国人问我们对贝当的看法。我们还没开口，他却抢先发表了意见："当河水泛滥时，你不应该责备那想堵住河水而没成功的人。你应该追究以前筑堤不力的人。那是一九三九年以前的社会党首领呀。布鲁姆，达拉第……"

饭后刚过八点，这温吞堡省的名城已渺无人迹了。寂静到可以听到康士坦斯湖上海鸥的呢喃。

十月十七日 失窃插曲

早晨，到军用车房去交涉汽油。一个法国中士正在洗脸。他把浸满了水的头摇得我全身都湿了。旅伴争辩着："你们由军装到枪械都是美国供给的。"但那水脑袋又要大摇，我们只好赌气把车开出。在车房口，我看到两只军用干粮的硬纸箱，我心里想：连军粮也是美国来的，因为那硬纸箱恰和我们用的一样。

在旅馆门前灌完剩下的几桶汽油时，旅伴突然发现拖车里他心爱的一支手枪不见了。再一查，军用干粮少了两箱（每箱十二盒）。锁是完好的，拖车后的铁合页可被撬开了。这时，我才提起车房口那干粮箱子的事。

一场美、法直接交涉便开始了。美国旅伴把车开到警察局门口。一个德国女仆正弯了腰在擦洗台阶。旅伴按铃，嚷着要见巡官。过了好半天，说巡官正在穿衣裳。过了二十分钟光景，"加利福尼亚"的忍耐罄尽了。一面骂着，一面又按电铃。中士出来说，巡官在吃早饭，唯恐我们不信，他指了指窗口。果然一位肥胖的中年人，臂上有三道金边的巡官正把一大杯黑咖啡往多髭的嘴唇举。（我回忆起安南老街那个受了贿又罚人的海关吏。）咖啡以后又是红酒。旅伴再也忍不住了，就跳进了门槛，嚷着："美国海军军官要见法国巡官，报告偷案。如果没人见，我可就打电报给华盛顿了！"这一嚷，把巡官由椅子上嚷下来了。最初他不信来者果是美国海军的代表。等证明书掏出后，他慌了。

我们的吉普在前，飘着三色旗的警车在后，我们便向军用车房驶去。走进车房，那两只干粮的硬纸箱依然在那里，算是实证，可是近两小时的审问也没查出究竟是谁偷的。车房上是兵营，兵都在清早调出去了。我守在吉普里，读着本小说，望着德国女仆由窗口抖擞地毯，望着一簇十七八岁的年轻伞兵嬉闹，在地上滚来滚去。入口停着辆没有了马达的破汽车，车厢上还醒目地漆着三色徽。

这场无头讼案耽搁了一个上午。十一点半，我们才动身，擦着黑森林的边缘向莱茵河进发。车上的汽油仅够开到对岸法境第一大城——贝卢兹。康士坦斯湖的秋景真是迷人。无际的苹果园挂满了累累的青红的果实。湖上浮着一层薄雾，隐约可望到对岸瑞士村镇教堂的尖塔。

在斯托克哈城，我们几乎走到德界这边康士坦斯湖的尽头。窄轨的火车道紧紧镶着湖岸。过湖的码头早已颓坍下来。一座山洞里藏着几座火车头。过罗费左城时，刚好十二点半。街旁电线杆上的无线电扩音器正以法语放送着新闻。不少村人伫立在那儿，静听着。

今天汽油本来就少，而由于看错了地图，两次闯到中立国瑞士的门槛。一次在莱茵河注入瑞士名瀑布的沙夫豪森城，另一次是巴尔城，也是临莱茵河的古城。每次都以为走直线可以省上二十英里，结果退回来，反而损失四十英里，令人深刻地感到国界线的障碍。最初，走到法境时，三色徽栏杆这边的法戍兵说："你们想试尽管去试，碰钉子的不止你们两个。"于是，栏杆吊起，我们驱入"无人地带"了。五分钟光景，一道红栏杆把我们挡住。旅伴进守备室去交涉，我为一簇七八个玲珑孩童围起。这些天之骄子，没挨过战争鞭笞的！他们不像其他西欧的孩子那样张手要口香糖，要烟卷。他们还没失掉人的尊严。胳膊腿胖胖的，硬想往吉普顶上爬。

一个老人送出了我那旅伴。非常恭敬地陪他走到栏杆口，说：“真对不起！”

这以后，我们折回，仍紧沿着瑞境扑向窝鲁德硕特（位于西边七十二公里处）。这一路上，德、瑞的边界是高仅三尺的绵延不断的铁丝网。由吉普上，我很容易可以喷口唾沫，喷到铁丝网那边。更有趣的是隔相当距离，网上就有个破口，牛群可以自由跨过，但人却不成。在德界这边，我看到用孩车推着破烂家用物件的老妪，满地拾柴拾烟头的孩子，怀了孕仍徒步跋涉的妇人。在那边，是一个肥硕的中年人，脸上滋润得都快流出油来，手里挥动着一根银头手杖在散步，后边跟着一只嗅着跳着的白鬃狐犬。

晴寂的天空下，远处是一座集中营。几个月前，营里还关着法国义士，如今，营上已飘起三色旗，整个欧洲都翻了身。

由坎布渡莱茵河入法国萨尔境时，太阳已西沉了。莱茵河滚滚地向瑞士流去，它对两岸轰炸得粉碎的屋舍没有怜恤，也没有谴责。临河那座一九三二年开建未竣的电力厂，像坎布村的屋舍一样，遍身是炮孔弹痕。防坦克的工事，通电流的铁丝网，都令我回忆起春间强渡莱茵河时的挣扎。

入了友邦，毕竟不同了。田间的农女向我们热切地招手。村里的孩子们向我们嚷：“巧克力糖！”穷是穷，这里，人们脸上写着“自由”，气氛完全两样了。

欧陆上还有近百万美国军队，大都是参战两年以上的。如今，船少人多，军队无仗可打，少不得要找点消遣。美军当局认为这段时间军队需要领导，不下于战斗阶段。不然军队会染上种种恶习，贻患本国。于是决定抓教育和健康。教育的设施，是在伦敦与巴黎开办的“现役军人职业大学”，以使这些战士就兴趣所及各有所专。大学里分文学、新闻，以至制革、造纸等系。健康方面，是在南德的阿尔卑斯山设滑雪会，由德俘虏作指导。这两者用具都由公家供给，任何美籍军人都可参加，按额轮流。

但是，有些美国兵想参观欧洲天堂的瑞士。有些人去了，把用生命挣来的储蓄全填了进去。于是，美军当局开办了这个赴瑞休假中心，预先和瑞士交涉好了，以最廉价的团体待遇乘车住宿。把瑞士分为四个游览区，请求游览的须先选择哪一区。每批为期两周，仅需美金四十元，而且护照等手续都由美军当局代为交涉。这办法既促进了美军的教育工作，军队于苦战数年后又得一享天堂的清福，而瑞士冷寂了的游览生意借此也可得一刺激。（由质说来，虽比不上战前阔佬的挥霍，这近百万丘八游客总会带来一笔可观的收入。）而美、瑞民间友谊因此尤大蒙好处。每天早晨五点，有数千名穿军服的旅客由贝卢兹这个总站出发，涌向日内瓦或巴尔，然后分头去爬山，滑雪，参观游览，最后倾囊买只瑞士手表。

这个游览总站原是个法国兵营，纳粹占领期间曾是个集中营。一排排的营房，中间有个风雨操场。这里除了可容八千人的住所外，还有“娱乐剧场”“餐厅”等。最富犒劳色彩的是中间那座风雨操场，如今那长长楼房，已为木板隔开，分为“修补军装部”“修指甲部”“理发”“啤酒馆”“书摊”等，一律免费。伺候的都是德国俘虏，绿色军装背后大大印着PW［英文prisoner of war（战俘）的首字］两个白字。墙上到处贴着告示：“服侍你的是战俘，请不要向他道谢，请不要付他小账或赠予钱物。”昨日驾飞机坦克侵入别人领土的德军，如今二指戴了顶针，“贤慧”地为由芝加哥或纽约来的征服者补起裤子来。

十月十八日 巴黎道上

果然，五点钟汽笛一拉，同房的大兵个个都由床上跳下。扩音器便又嚎叫起来。

到军官饭厅进早餐时，五个人吃饭，却有十多个年轻力壮的战俘伺候。（来自人工奇缺的英国，这现象是无法不引起惊骇的。）我们刚说吉普得修理一下再灌油，就有五六名工程兵战俘各持家伙一拥而上。战俘另外吃饭，吃的是黑面包。战俘用的茅房不是瓷砌的而是砖砌的，有如香港海滨的“华人茅房”。

这里距瑞境仅二十英里，而且百余年前原是瑞士领土的米卢兹是阿尔萨斯区工业重心之一，又是鲁安河与莱茵河间运河的交点。吉普在城中打了一转，看到几座很可景慕的建筑，尤其是那座十七世纪的市政厅。旅伴走进一家照相馆，故意要买到处买不到的莱卡照相机。老板竟说“有”，只要掏得出美金现款，先说三百，后说二百也可以。

出米城不久，便望见充满了讽刺的马其诺防线了。想到了明日的原子战，那些灰色见方的防御工事，宛如博物院里古罗马的盔甲。阿尔萨斯区各村庄都在忙着招待法国退伍军人，并为他们觅职业。以平整著名的第十九号公路（巴黎大道），不幸为重坦克毁得不成样子了。多少重要桥梁仍未修复，但沿途见到的净是德俘，一车车满载着，像货物似的东搬西运。总数达一百五十万名；运到了以后法国又无粮供养，饿殍屡见。于是，美国自动由租借法案中拨给粮食若干，这笔粮食据说法国当局并未都用来养德俘。“俘虏营中的病亡数目有增无减，情形之惨，超过了纳粹的集中营。”（美记者语。）结果万国红十字会提出抗议，因为俘虏是由美占领区拨去的，美国不得已也向法国表示不满。这问题以后究竟如何解决，记者不得而知。英国对征用战俘是十分谨慎的。多少主妇致函报馆要德、奥妇女来英充佣工，但英当局深恐为了救济燃眉之急，增加了后日的失业，还在举棋未定。

过沙蒙，遇到第一次大战的名战场马恩。河岸上一家吉普赛人正搭火炊饭。这个无国籍无领土的游荡民族倒似乎是今日欧洲最少担忧的幸福者。过奥布河时，天色已暮。乌鸦在寂寥的田地上飞翔。远林蒙着一层薄雾。林后有半月徐升，清光遍照树丛，也照着道旁美军阵亡将士的坟墓，白石嶙嶙，一望无际。密林中的公路上，渺无车迹人踪。路旁秋草上，仍堆着未用过的军火。

在滨塞纳河的托哀古城过的一夜好不舒服。次晨九点半动身，得去救火局，由太平桶里撩水洗脸。解放已十四个月，法国东部这一省的首府，连不适于饮用的凉水，每天也只供应几个小时！

赶到巴黎，决定法兰西政治命运的大选正在如火如荼地进行中。

一九四六年四月五日，归国途中补记于地中海上

二十八

柏林那趟

1

我对自己性命没有太担心过，可是由法兰克福飞往柏林途中，我不知自言自语了多少遍：“完了，这回可真完了！”

由巴黎出发，一架C46型运输机，只有我和两个异常沉默的美国军官。一路上我纳闷着他们是受了长官申斥，还是口吃，抑或是负有机密使命呢？这是德国投降后两个月光景，我赶去采访波茨坦会议。一路上机身都浮在灰云层之上。偶尔云隙间朦朦胧胧透出些地面，不是铁道的残肢断臂，便是变成了破砖堆的村镇。马恩河、萨尔河，一条条蛇般爬过；在蓊郁的森林土丘中，莱茵河出现了。飞机在这歌德故乡上空盘旋了一匝，便着了地。法兰克福！

马达还在转动着，机门便为人启开了。由窗口一望，地面上是一大片草绿，蠕动着，厮嚷着。一个把钢盔歪到后脑勺的下士用双手卷成筒形，对准了机首的驾驶人嚷：“嗨，都装下了吧？”我再端详一下那片草绿：四十人总有；而且个个背上是行囊。心里想，仅仅四十顶钢盔就够受！还估摸着驾驶员会称一称重量，或者（照东方办法）把人数折半呢！不。他做了个手势，于是，四十名新旅客就全副行套蜂拥而上了。所有长条座位占满了后，中间又塞了两排。我想到安南的四等车厢，又想到上海的电车。我也想到以科学精确性闻名的美国。

油在加，人在挤。起飞时，地面再不像巴黎那么滑动了。翅膀摆着，机身摇撼着，好像我还听到马达抱怨似的喘息，然而机舱中的草绿色GI们嚼着胶糖谈笑着——比较着莱茵省与布鲁塞尔姑娘的价格和容貌，也夸说着各人“解放”（美国士兵以占领者身份任意掠取）的成绩。飞机忽升忽降，马达在苦撑着。机翼下是德国一望无际的森林。我的头埋在草绿的夹缝中，想着我们将跌在美占区还是苏占区的德国。不过那时一阵火焰，人成了焦炭，那还又有什么分别了呢？

一小时光景，作为美苏分界的克勒河以蜿蜒的姿态出现了。东北方便是柏林。我开始盘算起到了柏林应如何如何，虽然心坎上也还隐着一个假设：如果今天飞机不因负载过重而失事的话。

飞机没出事，不然，三年以后我也就不会在上海江湾写这回忆录了。柏林，这中欧暴君的王座，这神经与血肉战争的核心，这秘密武器的制造厂，这联军千百架轰炸机的目标，终于出现在机翼下了。这一片，像垃圾坑，那一片，像掏过蜜的蜂巢。躺在地面上的，真是一具百孔千疮的庞大尸身。

田波霍夫机场——这曾经迎送过多少效忠的傀儡，多少轴心奸雄，经历过多少历史性大事的起落场，如今是在四国共管下了。指挥塔上飘着苏、美、英、法国旗，墙上残旧的德文标语上，已涂起崭新的俄文。

2

因为我的随军记者证是美军总部发的，下了飞机，便被一辆吉普载往美占领军的联络官办事处。这是怎样一个国都啊！一条近两英里长的街道，两旁净是些残垣断壁。佝偻在碎砖堆中的，是脸上充满沮丧和恐惧的德国老百姓。街上，偶见妇孺拎着口袋或篮子，贼眉鼠眼地四下张望（残余的店铺也已关了门），显然是在觅食。

在巴黎，美军的雪白面包和本地居民吃的糙面包相比之下，已是天上人间了。这里，饱食与饥饿之外，还有自由与奴役的对照。一到了PRO（军中招待记者的联络处），便拿到了配给证；巧克力糖十包，刮胡子刀一打，白酒半瓶，威士忌一瓶。联络官给我个地名，说："记者先生们，你们今夜将睡在柏林唯一没挨过炸的一块干土上——蔡伦道夫。"

像伦敦的汉普斯特德草原，像巴黎的布仑森林，蔡伦道夫也是个大城市里理想的住宅区：宽大的街道，苍郁的树林，书铺、咖啡馆、饭店，虽然有的关了门，有的为盟军所征用，处处却都是闲逸舒服的痕迹。我们住进一个中等人家，主人被挤到从前的下房里，我们穿了大皮靴在华丽的地板上走来走去。

在厕所里，我碰到一个胆怯得面无表情的中年人。那正是我们的房主。问他一向从事什么职业，他一味支吾。向我讨了支香烟，点起来，惬意地喷着，说："啊，美国香烟，骆驼牌香烟！"他羞怯地又伸出手来，问我可不可以送给他太太一支。我给了他。

刚想打开行李，一个肩上披了金黄头发的十来岁小女孩由门口探进头来。一声“请”，她咚咚咚走到我跟前，双手捧了一幅还未干的水彩。

“这是妈妈画的，汪希湖！”她举给我看，“妈妈问，这个你看值多少根香烟？要骆驼牌的。”

我就着夕阳端详，画的是湖上荡着白帆船，远树丛中露出些屋顶。色着得淡浓得体，笔致也疏朗可喜。女孩指着屋顶说：“那就是波茨坦的无忧宫。爸爸说，他的命运就将在那里决定。”

我给了她一包香烟，向她妈妈表示了谢意，但要她把水彩拿回去，并且说：“多少支香烟也抵不上一件艺术品——即便是骆驼牌的。”

夜间，蚊子不断来袭，我想也许是汪希湖上飞来的。

3

没有比一个曾经到过天津的人再能欣赏柏林的了。这里不是租界，而是一个城分作几个占领区。吉普刚走一英里，面前一个白木牌：“君已离开美界。”果然，前面不见戴白盔的美宪和德警了。指挥交通的都是二十多岁的苏联女警察。黄咔叽制服，绿领带，一个个矮而丰满，富于弹性。她双手各持红绿二旗。如果南北放行，红旗便九十度直指东西。车由交通岗前驰过，她还能在红绿旗外又添出一只手来，敬个礼。既英武，又敏捷。军帽下露出一撮刘海儿发，闪着一对斯拉夫的亮眼睛。“健康美”。吉普驰过去时，我想起《第四十一》中的那位女英雄，只不晓得交通警下了班也骂“妈的”不。

我是为采访波茨坦会议而来的。日程是上午去探望侨胞和留学生，下午去波茨坦。看侨胞自然先得去枯福深达姆的大使馆。

对柏林城的印象吗？它大得吓人！由英美苏区分界的勃兰登堡门沿了动物园直到英占领军司令部所在的阿多尔夫大厦，吉普一直在可以六七辆并行的宽敞马路上驰骋。动物园的树就像噩梦里的骷髅一样，都炸得缺肢短腿。征法的胜利纪念碑上，已讽刺地飘起了三色旗。柏林的街比皇家派头的北平东西长安街，比巴黎的香舍丽榭，比华盛顿国会前街都宽，都长，然而是怎样单调，怎样拙笨的宽长！所有楼房都是那么四四方方的大块头，而且差不多是一片灰色。倒是炸弹在地平线上给描出些参差凸凹来。

在大使馆见到困于敌阵六七年的留学生，那愉快是不用说的。他们说着怎样逃空袭（我用伦敦那边的经验来比较对照着），怎样被纳粹不时搜查，动不动就问："你是南京的中国人，还是重庆的中国人？"（有一回，一个已经拿到配给的中国同学，出于一片对祖国的赤忠，说了声："我是重庆的。"配给立刻就又被纳粹歹徒硬夺去。）我上下打量着这屋顶中过一发炮弹的三层楼，伪大使（王揖唐的儿子）已逃往西班牙，满地狼藉的是汪记的伪护照——青天白日旗上斜挂着一块象征王道的鹅黄。

坐下来大家谈过去，谈未来。

"希特勒这小子真有一手，柏林的电车开到最后一天。"

"柏林的地铁太浅，一中弹就穿通。中国要修地铁可得修深点。"

"纳粹这群坏透了，可是德国人民还是好的，尤其开公寓的下层阶级。对中国人真好！"

"我的家吗？谁知道他们在哪里？"

“教育部得想点办法嘛！我学的是医，他是电气工程。我们回去有用，这里天天时间都用来找吃的了。”

“你看，密斯特萧，国共这回可以和了吧？”

“和了多好！我说，黄浦江上一定得修座桥。这么多年了！他妈的，我一定去修，当小工也干。”

咖啡其实大半是木屑制成的，但是喝来兴奋。十八张，二十三张，三十张脸（门一开就添了一张），张张泛的是兴奋，是对祖国的眷恋，想念。大家谈着收回香港，谈着台湾、海南的开发，谈着德国。

一个河南同学顿了顿脚说：“除了秘密警察和集中营，德国其实还有可学习的。譬如……”

这时另一位插嘴说：“秘密警察和集中营只是手段，只是症候；目的呢？病因呢？是维持老希魔的宝座呀！德国效率高，这是实情，但如果根本动机坏了，效率愈高，罪恶必愈大。我看我们要工业化，要计划经济，我们可以另外干。可就是千万走不得希特勒的老路！”

话题由伪组织转到日本时，有人提议去日本大使馆走一遭，说我穿了军装，进去是不成问题的。于是，由两位同学做向导，我们便驰往动物园。

英美的轰炸机多有眼睛！把他们自己的使馆炸个平，中国使馆也中了一弹。日本鹅黄色的馆址除了三楼屋顶穿了一个窟窿外，在一片废墟中，却说得上是完整无缺——不过也遭到了盟军士兵的“解放”。这里一个保险柜启开了，那里一只照相机只剩了盒子。能拉开或撬开的抽屉，都是光光的了，没价值的物件抛个满地。价值原是相对的。日本使馆的通行证和一些家庭照片，说不定还有妻子的纪念品，也算是“无价值的”垃圾。令人钦佩的是使馆的藏书。在接待外宾的二楼，是曾经译成日文的所有德国文学、艺术、自然科学与社会科学的著作，使一个德国人见了便因日人之爱文化、懂文化而油然产生友情。（中国驻英大使馆可有一部林琴南，严复？更不用提近人的译作！）日本使馆所有书都是牛皮精装的。在对内工作的三楼，也有一间打通了的藏书室，那是怎样不同的内容！不但没有了牛皮装，有时甚至是报纸的草稿。那里藏的是全德的地图，全德工厂的调查，是刺探来的新发明的设计图案，是种种秘密情报！一样样都缜密地分类，包装着。

这时，三楼正有人用锤子敲打保险柜。同学说，有些保险柜是预先放了炸弹的，人真要钱不要命！于是，我们便匆匆走开了。

4

波茨坦在柏林的西南，四五英里光景。城很小，照比例说挨炸的程度好像不在柏林以下。从柏林去波茨坦，可说是由废墟进入废墟。只是在两座废墟之间，不伦不类地横着一段湖沼野景。那便是万湖和哈威河。稀疏的远树，静寂的湖面，一如小女孩给我看的那幅水彩。天边这时斜挂了一抹灰云。

穿行着波茨坦的荒凉街道，一路还着斯拉夫女警察的敬礼，我思忆起当年的弗里德雷希大帝。蛮想可以就这么冲入无忧宫去，像伏尔泰当年那样与巨头的先遣人员促膝谈谈心，不料离宫门还好远（仅仅望到一座雕楼的屋角），卫兵便把我们拦住了。

掏出记者证，递名片，怎样也不成。卫兵并且说，从明天起，连波茨坦城周围三英里也不许进出了。失望之余，我只好盯了那屋角一眼。那是我唯一的一眼波茨坦。

当德国的主妇们满街逡巡着觅食的时候，我们这近五十名记者，来自英、法、美、比、荷、中等不同国家的记者，便开始猎取“巨头”们的新闻了。有人在飞机场上守候了一个礼拜，有一天居然看见戴顶草帽的杜鲁门由飞机上走下来。又有人在苏占领区一个街口碰上丘吉尔及其女儿玛丽。那位英国首相正叼了雪茄，踏访轰炸的残迹。但离开会仅仅一天了，斯大林还没有踪迹。有人说他已来了，又有人证明他还没有来，因为通到东德的火车两旁每隔数码仍站着哨兵，沿铁道德国人的住宅还不许开窗户。

终于，一天早晨，联络官在招待会席上，宣布“昨天杜鲁门总统与斯大林共进晚餐。菜单是：冷荤、甲鱼汤、煎鱼、烤鸡，甜菜是……”于是，大家便一一记下来，各赶到电报公司那里嗒嗒地拍了出去。谁知所谓波茨坦采访，此后便以那天为典范。第二天是：“昨天斯大林请丘吉尔吃饭，饭后喝黑咖啡。”此外，又公布了些可供写花边新闻的数目字：“无忧宫里为巨头随员们设了个百货商店，以省得他们奔走。该店备有巴黎香水若干瓶，玻璃丝袜若干双……”

终于，一家伦敦晚报的记者憋不住了，她发了一篇批评美国联络官的电讯，说这种对待记者的办法真是荒谬绝伦。第二天联络官红涨了脸走进来，把要宣读的“新闻稿”往桌上一掼，在胸前交抱起双臂问道：“诸位记者，你们还要不要这个新闻发布会了？”大家莫名其妙。联络官说：“你们中间有人批评了我。好，你们自己去采访消息好了。管保你们连波茨坦的空气也吸不着一口。这个你们是知道的！”座中有人站起来问他究竟是指谁说的。那个伦敦女记者马上站起来承认了，并且说她不相信世界上的有心人在这样重大的日子里，只想知道杜鲁门吃些什么甜菜，或斯大林买几双玻璃丝袜子！也许有些报纸——特别美国报纸，要的正是那个。

这场论争的胜利当然是属于联络官了。波茨坦是为铜墙铁壁挡起，他多多少少是个眼线呀！仅从昨天丘、斯两位一道喝黑咖啡一事，至少还透露出会议并未破裂。于是，那以后记者们一面推测编造着新闻，一面便听凭那位联络官的摆布了。

在这无聊时际，我溜出去做了些关于军事政府和德政党的采访。还在著名的威廉街盘桓了大半天。那是德国的唐宁街十号，坐落在苏占领区里。在那里，戈培尔博士编造过谣言，希姆莱散播过恐怖，希特勒一幕幕地制造过“欧洲新秩序”。如今，戈博士的宣传部已成为一堆烂砖了。一个会说几句英语的德国人站在砖堆前招徕着做向导，代价是几根香烟。他能在烂砖里指出哪里是“好好贵族”的办公室，哪里是党员总登记处。

威廉街最吸引人的自然是希特勒起居办公以至自杀的总理府，也是这条街比较完整的一座楼。如今已成为战利品的寻猎场了。希特勒客厅中间那座枝形巨灯因轰炸震动而跌了下来。那就如道旁一棵果树，谁经过它便拧下个灯泡作战利品。至于勋章，尤为猎取的目标。空军的，高射炮手的，生过十个孩子的（“德意志母亲”），有功于党的，铜的，银的，一个个“卐”字之上是只张开翅膀的鹰。有人还在希特勒的床上拉了堆屎，又有人在壁炉前他那半身铜像的脸上涂了些灰。尴尬的脸上还凸着那双怒眼，瞪着周围狼藉的一切。

上使劲亲了一通，然后醉醺醺地对我说：“这下可好啦。我的乔治快回来了，我的小杰夫也不必再去当兵啦。”一边说着，一边就扶着橱窗，晃晃悠悠地朝远处踱去。

我目送着她那背影，仿佛望到了一颗饱经忧患的母亲的心。可那天，我还欢不起来，因为半个中国还沦陷着，亚洲东部还在冒着浓烈的硝烟。但我能理解他们的狂欢。

那天晚上，从广播中听到一个十分不幸的消息，加拿大东海岸哈利法克斯市的居民，狂欢得过了头，一些醉鬼竟然闹起事来。混乱中，十几个人被踩死。真所谓乐极生悲，死得可太惨太冤了。

人逢特大喜讯，往往不能自持。不但西方人如此，前些年我就听到国内有人在知道自己的问题得到改正或平反的消息后，一兴奋，心脏病犯了，就倒下来断了气，确实令人遗憾。

2 棋子

倘若不是当时的香港《大公报》胡霖社长的坚持，一九三九年我很可能就不去英国了。

伦敦大学东方学院聘请信中的条件太苛刻了：年俸才二百五十镑，还要交一大笔所得税，路费得自筹，而且合同只订一年。即便我能借到那笔旅费，满了一年万一合同不续订，我不也得背一屁股的债，哪辈子才能还清！去过英国的朋友那时都劝我去不得，还是在家吃馒头吧，那面包吃起来太玄乎。

不知怎的，胡霖听说英国人请我这件事了。他把我叫到二楼那小间办公室去，满口答应我：旅费由报馆先给你垫上，以后用通讯来还嘛。可多么不巧，半夜里那笔旅费又被贼偷去了。我急得满头大汗，心想：这下可真去不成了。他却神色泰然地说：叫财务科再给你补上一份。对于赴英这件事，他比我急切多了。

临走时，他对我说：欧战是打定了。报馆要你去，就是在那里先放上颗棋子。我听了，当时很不是滋味。嗬，拿我当棋子！日后才认识到，搞事业就得像一名棋手那么精明，要干着今天，想着明天。

其实，照常规来说，他不但不会鼓励我出去，而且还会留难一番呢。《大公报》一向重视副刊。我一走，要撂下个不小的摊子。但他着眼在更大的方面。

在由谁来接替我管副刊的问题上，他又表现出少有的远见。馆内上层几大金刚当时瞩意的是一位教授。我坚决推荐的是杨刚。为这件事，报馆里争论很大，因为不知是谁告诉他们，杨刚是共产党。

胡最初举棋不定。我向他分析杨刚如何能干，如何胜任；馆内上层却提醒他杨刚入馆会影响报馆在国共之间“不偏不倚”的地位。

记得最后一次同他谈此事时，我只说了句：倘若把那位教授请来，会失去刊物目前的大部分写稿人和读者，刊物必然又恢复到吴宓主编时的学院派老样子，哪里还像一份抗战时期的报纸！在上海时他曾对我说过，《大公报》的文艺副刊就是为了吸引青年读者的。我这个警告大概对他起了决定性作用。第二天，他对我说，给杨刚打了电报，请她马上来。

一九四三年他参加访英团，特意到剑桥来，劝我放弃学位去当战地记者。他还对我说，杨刚可真是一把能手。她不但能编副刊，还经常跑战地，是个很在行的军事专家呢。

搞报馆，搞什么，都需要点远见，包括克服政治上的成见。短见（时髦术语是“本位主义”吧）对事业最是不利。把人当棋子并不一定就坏。那样，在用人上就会有个全局观点了。

3 海员

在持续六年的反法西斯战争中，英国商船队的功绩并不亚于海军。它保证了岛国上几千万居民不至于饿肚皮，同时，还向北非等战场运送军需。商船队是抵抗纳粹运动中的大动脉。船队经年累月地在海上同纳粹潜艇搏斗，伤亡也很惨重。以中国海员来说，仅利物浦一个港口，那时就有十万中国海员，其中十分之一都葬身海底。说来这也是我们对欧洲那场大战的贡献。

我曾几次赴利物浦，访问那里的中国海员。他们大都是在船底添煤的火夫，船一旦被纳粹潜艇的鱼雷击中，生还的希望最小。那时纳粹的鱼雷也不断翻新，如磁性鱼雷的发明就很厉害，它能从海底追逐上面行驶的船只。

那些海员个个都有一本血泪史。他们几乎都是通过中国沿海码头上一些把头（相当于人贩子）上的船。开头一两年，每月还得从工资中拿出可观的数目去孝敬把头。

海员等候就业期间，把头还动不动就殴打，有个海员就这样被活活打死。那个海员年幼的儿子当时小小心坎上燃起怒火，立志长大后要替父报仇。为此，他也当上了海员，到处跟踪那个把头。

一九四二年的一天，他终于在利物浦找到了当年杀害他父亲的那个凶手——这时已当上了海员俱乐部的负责人。他就佯称有要事同那个凶手谈。他们是在会客厅里见的面。我赶去时，看到会客厅的墙上还满是血迹。原来会见时，他掏出一把尖刀，攮进了冤家的胸膛。记得有一家英国报纸评论此事时，还替复仇者讲话，提到了中国人讲求孝道的民族美德。

另一次，我访问一位林姓粤籍海员。他持有海上遇难后乘筏子漂浮最久的世界纪录。他的船是在葡萄牙海面亚速尔群岛附近被纳粹鱼雷击沉的，在海上漂了将近一百八十天，才在巴西海面上被飞机偶然发现遇救。他告诉我，最关键的一点是不论多么渴，也不能喝海水。筏子上起先还有两个欧籍船员，他们就是因为喝了海水，不出几天就相继死去。他则一面咬牙不喝海水，一面又琢磨出个窍门——他学会了从鱼腹的尿泡中吮水来止渴。孑然一身，白天晒，夜里冻，随着波涛忽上忽下地颠簸，始终也不放弃生望，这是怎样坚强的生命意志啊！

几年前听到一位朋友五十年代初期在政治生活中遇了难，一下子在茶淀劳教，一下子去江西劳改；有时单独监禁，有时甚至上了手铐脚镣。但他始终相信自己的无辜，始终相信有昭雪的一天——而且，果真终于昭了雪。当时我就联想起在海上遇难的那位坚忍不拔的海员。同时想道：我们这个民族有一种可贵的气质，或者说品质，就是经得起摔打，逆境中能保持乐观，咬牙到底。

4 旅途

我是一九三九年八月三十一日在九龙登上开往马赛的客轮阿拉米斯号的。去买票的那天，船公司挤满了人——但几乎都是退票的。那时的欧洲，真可说是战云密布。记得杨刚送我上船那天早上，报上已登出华沙被炸的消息。一条颇为豪华的客轮空空荡荡，船上的欧籍乘客，一个个垂头丧气。

启航的第三天，就听到了英法相继对德国宣战的消息。船仿佛是笔直朝着一片熊熊烈火驶去。

刚到西贡，那条船就被法国海军征用了。我们在那块殖民地当了七天的囚徒。后来公司另派了一条船把我们接走。开到新加坡，大部分中国旅客都改变了主意，不想再往西走了。只剩下两个中国旅客还硬着头皮继续西行：一个是我，另一个是在荷兰阿姆斯特丹开饭馆的老板。我们都各自有骑虎难下的原因。他要是不回荷兰，饭馆交给谁？我当时的考虑很简单：回香港，那双份旅费我拿什么来赔！

生活中，有些决定是客观因素促成的，事后也大可不必来冒充英雄。同时，我就像个在山洞里朝前摸索的盲人，一点也不知道“未来”这只葫芦里卖的是什么药。

讲起来，在茫茫大海中，只有我们两个是黄皮肤的，理应特别亲热才是。然而不是那么回事。一路上，每逢船靠码头，我们少不得都要上去走走。但是我们的兴趣太不同了。最可笑的是我们两人在巴黎分手的情况。他不知去过多少趟巴黎了，而我却是头一遭。一到巴黎，他就热心地要充当我的向导。他带我去了大百货公司，还要带我去玻璃房子（妓馆），我拒绝了。

我想请他领我去巴黎圣母院，去国家歌剧院，他说他可从来也没听说过这个圣母院在哪儿。我们一路上用结结巴巴的法语向人打听，好容易才摸到那座我在书中读到过的大教堂。他说，那有啥看头？他不肯进去，非要站在教堂大门外头等，并嘱咐我进去探探头就出来。

我是平生第一次见到那么庄严肃穆、那么巍峨动人的西洋建筑呢。一踏进教堂，我好像就步入了中古的欧洲。我只顾出神地欣赏那些精雕细琢的石像，嗅着那香中带点发霉的气味，一下子忘记了时间，更忘记了等在门外的伙伴。等我走出圣母院时，那位老兄早已不见了踪影。

我一直后悔事先没向他要荷兰的通讯地址。共过一个多月患难的旅伴，临了就这么不辞而别，真令人怅然。

每逢听到谁的婚姻由于双方生活旨趣不同而触礁时，我就想起我那位旅伴。要是兴趣、生活方式合不来，而又非得在一起生活不可，那真是苦事。

5 身份

从法国西北角的加莱港上船，跨过波涛汹涌的英吉利海峡，就来到以雪白峭壁闻名于世的多佛港——由法入英境的主要港口。

在移民局前排队时，我才发现大部分旅客都是听到战讯，中断了在大陆上的度假，赶回老家的。唯独我这个东方人，却是前来要在战火中执教鞭的。战局当时虽然还很沉寂——史学家通称那段日子为“莫名其妙的战争”，但英国毕竟不能不考虑到，今后的日子怎么过呢！一个食物不能自给的岛国，平时靠着老大帝国的派头，什么都从殖民地运来。如今，有的商船征为军用了，能用于海上运输的，也得去冒被潜艇鱼雷炸沉的风险。哪能再让外国人入境呢？所以当那位移民局官员皱起眉头来回翻着我的护照，犹豫不决时，我一点也不怪他。然而，我的护照里又明明夹着伦敦大学发给我的聘书，老远来了，拒绝我上岸总说不过去。

英国人真会折中，他终于还是在我的护照上打了个大图章，旁边注上："暂准入境两月，以后如何，由内务部裁夺。"就这样，他把矛盾上交了。

后来，那两个月就变成了七年。

我至今不解，何以我——以及所有那时旅英的中国人，都被划为"敌性外侨"。有人向我解释说，加了这么个"性"字，可大大不同了。没有那个字，就得进拘留营里。然而作为"敌性外侨"，晚上六点以后就不许出门，不许到离海岸三英里的地方去——因而我始终没能见到我仰慕多年的女作家伍尔夫夫人。她那时住在南海岸的苏塞克斯郡。等我的身份随着珍珠港事变而改变了时，她已投河自尽了。我是在她死后九个月才去她的故居的，由她的丈夫陪同，到曾经结束了这位卓绝艺术家的生命的那条河去凭吊。

谈起身份改变，来得也真是突然。珍珠港事变的第二天，英美忽然发现原来中国老早就在极其艰苦的情况下，同东方的法西斯作战了。一夜之间，我就从一个"敌性外侨"变为"伟大盟邦的公民"了。

那天坐在公共汽车上，我忽然感到后颈上一股酒臭气。一个中年乘客在我耳际大声嚷着："嗨，你押错了宝！你押错了宝！"我猛地意识到，他是把我当成日本人了，就回过头去向他解释说："先生，你弄错了，我是中国人！"

这个醉鬼听了，马上挪到前边来，紧贴在我身边坐下。他至少也喝了大半瓶威士忌，满脸通红，额上青筋凸起。他不是军人，可先向我敬了个礼，然后扯着嗓门嚷道："啊，中国，孔夫子的中国！"说完，就硬要我同他握手。

接着他又嚷："啊，中国，发明了火箭的中国！"话音未落，又抓住我的手，死死握了一通。

他滴溜溜地转着眼睛，看来是在搜索枯肠地想着有关中国的名堂。"啊，中国，万里长城的中国！"随后，又抓住了我的手。

……

看得出，他是要无止无休地这么搞下去了，而那股冲向我的浓重酒气快使我窒息了。我赶紧在下一站提前下了车。

然而我不能不佩服那位醉鬼知识之渊博。

6 配给

去警察局报到后，立刻就领到食物和衣服的配给证。

英法两国虽是紧邻，在战时配给上，却各有特点。即便在那样艰苦的时刻，法国的配给也包括一瓶红酒和几两咖啡——事实上，真咖啡早已绝迹，发的是把橡籽儿烤焦后磨成的末末。英国的配给没有咖啡，也没有酒，却有茶和糖。茶是锡兰（即今斯里兰卡）出的那种涩得要命的黑茶，所以非放糖不可。

英国人不但讲究每天下午四点吃茶，而且还喜欢轮流举行茶会。开战以来，尽管茶和糖都实行配给了，茶会还是照常举行。这也是对希特勒的一种挑战吧。几乎每个星期我都得赴一两次茶会。最常去的是研究中国科学史的李约瑟和上世纪二十年代曾访问过我国的哲学家罗素那儿。那时，去赴酒会，总设法买上一瓶酒带去。赴茶会则带上一小包糖和一小包茶叶。主人收下时，照例说一声："你想得真周到。"

后来当了随军记者，在战地上经常发一种"K配给"。我始终不知道K这个字母代表什么，反正它很像今天在飞机里发的那种餐盒，里面有饼干、巧克力，还有香烟。一九四四年巴黎解放后，我请友人钱能欣夫妇去歌剧院看表演，每个人膝头上就各放了那么一匣“K配给”。

听说近些年来，英国大抓农产品自给了，鸡蛋甚至还出口，甩掉了“大英帝国”这个包袱后，英国也自力更生起来。当帝国还未解体时，英国人吃的大多靠海外。去副食品商店买鸡蛋时，店员会问：要爱尔兰的，丹麦的，还是中国的？牛油和干酪，不是来自加拿大，就是新西兰。英国人喜欢草坪。在苏格兰内地旅行，有时一整座山都归私人所有，而且尽管打仗，草坪上什么也不种。在德国潜艇闹得最凶，也就是英国商船被击沉的比率最高时，丘吉尔亲自抓战时农业了，特意在距唐宁街十号一箭之遥的议会方场中央种起土豆，作为一种提倡。

其实，战时食物配给只迫使下层社会勒紧了裤带，真正有钱的人在高级餐馆里照样什么都能吃到。每次去伦敦，我总到中国饭馆去饱餐一顿。老板一见是自己同胞，也格外照顾。我坐下来就对服务员说，来吧，什么肉多，给我来什么。

平时，一个月也吃不上一斤肉。天天是鳕鱼，都吃怕了。

一九四五年三月，我同一批外国记者乘护航轮跨过大西洋，去旧金山采访联合国大会。一上岸，我们都一溜烟儿钻进最近的餐馆。我记得摆在我盘子里的那块猪排，简直像砖头一样厚。一边狼吞虎咽地嚼着，一边赞赏，恰似一群灾民。

从加拿大一路吃起，芝加哥、盐湖城，走到哪里，吃到哪里，恨不得一下子解了六年的馋。到旧金山时，肚子里就厚厚地有了层油水。在宴会上，又文雅得像个绅士了。

7 轰炸

在伦敦我经历了大规模的轰炸。

开战后，我任教的伦敦大学东方学院立即疏散到剑桥基督学院去了。那时，战争确实有点莫名其妙。西线一点动静也没有。法国士兵还在马其诺战壕旁种起玫瑰呢。不断谣传说：就要停战了。

一九四〇年六月，伦敦大学搬回了伦敦。那年春夏之交，希特勒的坦克部队长驱直下，已经占领了整个西海岸。至今我也不理解大学里那些书呆子当时是怎么考虑的。反正搬回伦敦没多久，大轰炸就开始了。纳粹那时搞的是“饱和式轰炸”。一个晚上就派来几千架次。像英国中部的考文垂市，一夜之间几乎被夷为平地。

那时我住在伦敦西北郊一家公寓里。老板娘和英国首相同姓，我们称她作丘吉尔太太。当时在伦敦找个接纳“有色人种”的公寓还真不大容易，丘太太的公寓里住的全是亚洲人。有三四个中国来的，有个学提琴的锡兰姑娘，还有一个从新加坡来的印度青年拉贾拉南——后来当了新加坡主管外交的副总理。听见警报，我们来得及，就到附近地铁站台上去过夜。如果来不及，也就是说，警报一放，周围高射炮立即响起，说明敌机已临上空，我们就只好立刻就地隐蔽。一九八三年去新加坡，与拉贾拉南旧雨重逢，他还同我一道追忆往事。那时，我俩同住一层楼，有时躲在同一张饭桌底下。其实，要是命中了，躲到哪里也是白搭。我们躲的主要是爆炸后四下飞起的、比刀子还锋利的碎玻璃碴。

有一回，我到著名的社会改革家佛莱女士家去度周末。她住在离伦敦足有四十英里的艾利斯伯莱，属白金汉郡，满以为可以睡一宿好觉。汽车到达后，我看到周围十分空旷，还有座小山。可是天一黑，敌机却轮番不停地轰炸，而且离我住的地方很近，所以震耳欲聋。就这样，一直闹到天明。后来才知道，英国人在山麓下搭了座假工厂，故意露点亮光。于是，敌机就把山坡当作轰炸的重点。

一九四四年六月初，希特勒搬出他的“秘密武器”了。先是飞弹，也叫作VⅠ，其实就是现在的导弹。以后又来过些火箭，叫VⅡ，据说是由挪威山里发射到上空六七十公里后，落到预定地点才爆炸的。这两者不但没为他赢得战争，甚至也没能推迟第二战场的开辟。我同VⅡ没打过交道。然而有一阵子，飞弹的威胁要比一九四〇年的大轰炸更为严重。

当时，伦敦的空防主要靠高射炮、气球和战斗机。一九四〇年，纳粹轰炸机白天还不敢来袭，飞弹则昼夜不停地来。一则它里头没有人，二则它造价低，据说一架战斗机的钱可以造几十颗飞弹。那一阵子，伦敦满天都是这种凶恶玩意儿。我们常站在高坡上看，就像一群群大雁似的。它先是在天空一打转，然后栽下来，落地就爆炸，破坏力相当大。一九四〇年大轰炸中幸免的一些建筑，后来却被飞弹炸中了。

伦敦居民对这玩意儿有些怕，可又好奇。最初，不少人都驻足观看，等它在天空一打转，再找地方掩蔽。希特勒也真会开玩笑。后来，他把飞弹的规律改了：它在天空打个转儿之后，接着又往前飞去，指不定几个回合才往下落。

我住的地方挨过炸，但当时我早下地铁了。只有一次，我到别人家去度周末，主人夫妇出去赴晚宴，留我看家。刚刚上床，就放了警报，敌机随即飞临上空。我穿着睡衣就连忙躲到底层楼梯下面。只听见那幢三层小楼一声巨响，原来它中了烧夷弹。顿时楼上一片火光，四下里黑烟弥漫，令人窒息。

在浓烟中，我被民间自行组织的救护队员背出火场，一直送到附近的救护站。

在惊恐中，我喝到一生最美味的一杯热可可。

8 友情

大轰炸中，朋友之间的交往并未中断。

那时，我住在汉普斯特德一幢四层楼公寓的地窖子里。那间房子足有四十来平方米，一头是床，另一头算是起居室。我的伴侣是一位希腊朋友送的一只猫，叫瑞雅——就是一九五七年被叶君编造成神话的那只。

有一天，听到叩门声。原来《印度之旅》的作者E. M. 福斯特来看我了。他也爱猫。他家那只叫汤姆。一进门，他就饶有风趣地说："我代表汤姆看望瑞雅来了。"接着，他打开一个手帕包，里面是一点猫食。

战争期间，连猫食也缺了，市场上出现一种"人造猫食"，看起来有点像咱们的麻碴子。那天福斯特为我的瑞雅带来的，正是这种"新产品"。我当然立刻把瑞雅抱过来说："瞧，福斯特先生老远给你带来汤姆的礼物，快来尝尝吧！"

岂料我那只猫胃口很刁。它先抬头望望微笑着的福斯特，像是赏脸似的弯下身，把鼻孔凑近礼物闻了闻，然后扭头不屑地踱开了。

这可使我狼狈了。福斯特心里大概也不那么对劲。他还是很体贴地说："瑞雅恐怕还不习惯。也许等我走了，它就会吃啦。"我连忙说，想必是如此。

我去剑桥王家学院做研究生，就是福斯特和英国汉学家阿瑟·魏礼二位推荐的。他们都是那个学院的校友。

魏礼的中文真可以说是自学的。他告诉我，二十年代丁文江赴德国路过伦敦时，曾教了他十几天中文。那时魏礼在英国博物馆负责保管中国图章。打那以后，他就动手翻译中国古典文学，从"四书"、老庄、唐诗——特别是白居易，到《红楼梦》。他还译过日本的《源氏物语》和《枕草子》。

打仗的时候，像他那样过了兵役年龄的自由职业者，照样也得为战争服务。他供职新闻部，负责检查中文信件。因此，那时我给《大公报》写的大量通讯，都经他检查过。

文人显然不大会保密。他时常露馅。有一次他对我说："昨天你那篇文章，头上可给我剪掉了。"更糟的是，他在英国一份重要文艺刊物《地平线》上，发表了一首"仿中国诗体并赠萧乾"的诗，题名《检查》。经过"十年动乱"，我的那本《地平线》自然早已不存在了。

一九七九年访美时，在聂华苓家看到那年十月十一日的台湾《联合报》，副刊上登着香港中文大学余光中教授的译文。诗曰：

> 我做了检察官一年又三个月，
> 办公的大楼已四度被炸；
> 窗上的玻璃、木板、糊纸，
> 依次被炸碎，只剩下残框。

洗澡、保暖、炊事都困难，
有时更短缺煤气和水电。
检察官的守则难以奉行，
半年之中竟有一千条“作废”。
空袭法规逐日在变更，
官方的命令也颁得不分明。
可以提海罗，不可提德黎跟汤姆；
可以说起雾，不可以说下雨。
薄纸上乱涂一气的本本，
字迹潦草，读来真伤眼。
一间斗室装十架电话，
和一架录音机，我怎能专心，
用蓝笔删改不过是儿戏，
卷宗的纠结并不太难解。
外国的新闻也不难检查，
难的是检查我今日的心事——
难的是坐视盲人骑瞎马，
向无底的深渊闯去。

译者余光中在注释中说：“魏礼诗末用了《世说新语》的危言来形容欧洲的局势，盲人骑瞎马可以指希特勒，也可以泛指人类。”

今天读来，觉得它不但透露了一个检察官的矛盾心境，也描绘了当时伦敦政府部门在大轰炸中的景象。

9 战时广播

战争一开始，大概是为了防空的原因吧，英国立刻就把电视停了，然而广播却一直也没有停过；而且由于灯火管制，很多人夜晚不大出门了，收听率大大高出平时。

那时英国的广播电台除新闻之外，有几个特别受欢迎的节目。一个是“广播大夫”，是固定由一个人来播的。他语调亲切，声音沉着老成，而且富于风趣。估计实际上有个医生小组负责研究听众提出的问题，由这个人来作答。

还有个节目叫“智囊团”，每周一次。参加者有教授、记者、议员等，大多是全国知名人士。由主持人提问，然后一一作答，办法类似学生口试。问题事先概不透露。考的是机智和知识面。因属突然袭击，经常出现十分有趣的局面。座中有位哲学家，找到了个窍门：他专好编造一些妙句，硬作为引自我国孔子。反正也没有汉学家在场，无从对质，只好随他去了。

节目中收听率最高的，还是丘吉尔首相每星期一晚上向全英国人民谈话。讲稿估计是出自高手，他本人又耍过笔杆。每次都从战局谈到家常，亲切、幽默，娓娓动听，有时还十分感人，是最好的战时动员。后来罗斯福总统也采用了这个同广大民众促膝谈心的方式。记得他的讲话是放在星期五，节目就叫“炉畔恳谈”。

英国人在战时，还收听另外一种广播：纳粹德国为了瓦解英国人心，由一个投敌分子威廉·乔伊斯用英语来播。他自称是“好好贵族”，语调尖酸，声音可憎。英国政府从未禁止收听那个敌台。收听的人越听，越对纳粹一伙加深仇恨。声音是“好好贵族”的，内容和语调显然是戈培尔的。

10 亡不了

我很幸运，生平没在沦陷区待过一天，可是柏林攻克后，我却目睹了战败德国的惨状。

一开进德境，盟军最高统帅部就下了一道命令：不许与敌国人有任何交往，违者一律以军法论处。那时，在部队路过的休整站上，服务员照例都是些德国战俘。他们穿的仍旧是希特勒发给他们的墨绿色军服，只是去掉了标志军衔的肩章。当他们毕恭毕敬地端上咖啡时，我们倒想问问他们是几个星的将军呢！

当然，没人敢那么问，甚至也不敢正眼望望殷勤地替我们服务的人，因为到处都写着："无论战俘为你做什么，一律不准道谢。"这实际上大大违反西方社会的习惯。那里，每个人一天说五十声"谢谢"也打不住。可那时，硬得把"谢"字咽了回去。

我心想，战火又不是这些战俘放的，何必拿他们撒气！所以当一名战俘弯下腰去替我擦完皮鞋之后，我总用眼睛朝他表示一下谢意。

去秋我重访联邦德国时，在慕尼黑看到揭露纳粹的展览会。我思忖道：德国人恨希特勒，应该不在他人之下。一个自尊心那么强的民族，一时间竟沦为亡国奴，他们怎能不恨！

然而，当年德国人也真挺得住。在被轰炸过的柏林街道上，我看到男男女女整齐地排成长队。他们不是在抢购什么短俏物资，而是在把烧焦了的砖头一块块地从废墟上递出来。我望着他们那严肃认真的面孔，心里说：这个民族肯定亡不了。

（原载《北京晚报》，一九八五年五月）

旧地重游

三十

达豪余生

慕尼黑，曾经被德国作家托马斯·曼称作欧洲文明的一座灯塔、被美国作家托马斯·沃尔夫比作天堂的这座名城，半个多世纪前偏偏被歹徒希特勒看中了，成为他那个黑帮的发祥地。这么一来可为它招来灾祸，在第二次世界大战中受到七十几次大轰炸，三万多名市民粉身碎骨，一半建筑物化为废墟。

一九四五年我是踏着瓦砾在它的街头徜徉的。在被炸过的博物馆附近，地上还滚着破碎了的古希腊雕像，文艺复兴时的名画也埋在坍塌了的梁柱之间，那时，慕尼黑市民是低了头溜着墙根走路的：挎个篮子，一路拾着美军丢下的烟蒂，寻找着聊以果腹的吃食。

真没想到三十九年后，我又来到这座巴伐利亚首府了，也真没想到，慕尼黑重建得这么漂亮：在具备了新式设备的同时，还保存了它那典雅的中古风貌。那条幽静的鲁德维希大街打扫得一干二净，踏访它时，再也不必怕踩着什么定时炸弹了。十二世纪的市议会楼顶上，哥特式的尖塔也依然矗立着。在它那刻着雕像的山墙上，却依稀还看得出修补过的弹痕。唯一没改变的是流过慕尼黑的伊扎尔河。不，它也变了。那时，它色黄流浊，河畔一片荒芜，岸上踱着绝望的人们；如今，连它也在秋日下闪出了淡淡的蓝光。

北京的街道成棋盘形，十分好认，然而我更喜欢德国古城中那些斜街曲巷。大概也是中古的遗留吧，我尤其爱看他们酒馆前面悬挂的那些古色古香的招牌。走过住宅区，花园草坪的角落里时而有小猫小狗在阳光下嬉戏着。

慕尼黑在享受着升平之乐了。

蓦地，一个暗影出现在我心头：达豪呢？希特勒的那座“渣滓洞”还在吗？联邦政府派来陪同我们逛市容的德国青年白岳汉君说，它还在，并且已经成为永久性的博物馆了。我听了很感兴味，把那座杀人工厂长久保存下来，这太有意义了。我要重访那座集中营。

白君出生于德国北方离汉堡不远的地方。他虽然上过慕尼黑大学，但他毕竟晚出世些年，去达豪的路他不熟。

归途，我们就向出租汽车司机打听去达豪该怎么走法。白君并且解释说，这位中国先生四十年前去过达豪。

“啊，你——”司机回过头来，惊愕地望着我。这时我才注意到他已上了岁数，脸上布满了皱纹。

这种前后座的交谈使我感到不安全。我没有马上答腔，只是隔着玻璃窗朝街上瞥了一眼：汽车一辆接一辆，稍一不慎，就会出乱子。

老司机大概意识到我这种心情了，出于职业责任感，他索性把车开到奥林匹亚广场的林荫路旁，停了下来。他这才十分激动地问我，是为了什么罪名关进去的。看来在他心目中，到过达豪的，必然都是希特勒的阶下囚。

白君连忙解释说，这位中国客人是第二次世界大战期间活跃在欧洲战场上的中国记者，战争刚结束后，他曾到达豪采访过。

老司机恍然大悟了。他热情地向我伸出一只毛茸茸的大手，我感觉他的手有些发颤。他用结结巴巴的英语对我说："先生，你们要去达豪，让我开车送你们去吧，因为我曾经是那里的一个犯人。我可以替你们做向导。"

他这么一说，倒引起我对他的浓烈兴趣了。想想看，八十年代，在慕尼黑街头遇到一个曾经被关进达豪的人！太巧了！太妙了！我认为这是此行难得的奇遇。

"现在就去？"他急切地问。

看看表，已经三点多了。去趟达豪需要半天时间，而我们已约好七点钟同慕尼黑大学校长共进晚餐，当天无论如何是去不成了。

洁若提议明天早晨去。

"中！"让我借用冀东人用来首肯什么的字眼来翻译他那声"Ja"（这个德语"是"，读作"呀"）吧。这要比"可以"甚至"成"都更能表达他那纯朴、亲切而又热烈的语调。

我问起他被关进去的原因，问起他的身世。司机感动极了。可是这么一感动，他的英语更不好懂了。

我一看表，该回旅馆去准备晚间的活动了，就灵机一动，问司机明天早晨可不可以早一个小时来，同我们在旅馆一道吃早餐，并请白君也来，帮助翻译。

这个提议可能出乎他意料之外，但也似乎大大缩短了我们之间的距离。他笑着又“中”了一声，就把我们送回旅馆去了。他毕恭毕敬地替我们打开车门，行了个军礼。他脸色红润，高颧骨，浓眉大眼，棕色头发，是个蛮魁梧的老汉呢。

我下了车，紧紧握了握他那只青筋暴起、略微颤抖的大手。我先报了自己的年岁，接着问他多大年纪。

他回答说：“我是一九〇七年生的，比您大三岁。”

原来他已是七十七岁高龄了！

次晨，按照约定，我们于七点半下楼，走出电梯，远远就望到老司机和白君已经在大厅软椅上坐候了。

道过早安，我们就一道走进餐厅。我随即留意到老司机今天换了一套笔挺的灰色服装，打着红领带，腋下还夹着个小手绢包。

人家都说英国早餐丰盛，德国的其实一点也不逊色。这家旅馆的早餐采用自助方式。有香蕉、葡萄等各种鲜果，也有蜜饯干果。饮料有橘汁、菠萝汁、西红柿汁、酸牛奶和冷热牛奶。接着是香肠、奶酪、火腿、咸肉和鲱鱼。鸡蛋有煮的，摊的，也有炸荷包蛋。据说德国的面包有近二百种。

我们四个人都把托盘装得满满的，就找个僻静角落坐下。金发碧眼的女服务员马上过来问：“茶还是咖啡？”在家里有时候挺稀罕咖啡，出来倒想喝茶了。

老司机没顾上吃喝，就先把手绢包打开了。原来是几张旧照片。

他名叫鲁道尔夫·维尔德。二十岁上，他从乡下来到慕尼黑，想在大宅第混个园丁的差使。一个人在大城市里太孤单了，他就参加了一个叫互助会的工人组织——是个只解决工人实际问题，不带任何政治色彩的组织。当时，工人最头疼的是住房问题。一点点工资，哪出得起大笔房租！互助会就把工人们组织起来，盖起一幢可以住八百人的大楼。那阵子，鲁道尔夫一下班就去搬砖搬瓦，辛辛苦苦地盖成了。一九三三那年，希特勒的突击队却勒令互助会立即把房子交出来。有些工人怕事，缩着脖儿搬出去了。有些就不服气，起来抗争：鲁道尔夫就是其中的一个。

官司打到法院。那时法院也是“卐”字号的，有什么理可讲！鲁道尔夫先是被判三个月徒刑。关进监牢后他仍没服气，于是又要把他送往达豪。半路上他跳车逃跑了，这下子他成了黑户口。一家出租汽车公司老板同情他，供他吃住。一年半以后他又被捕，结果还是把他关进了达豪。

这时，我就把话题扯到他的身世上。他的眼睛发亮了。他骄傲地告诉我们，他母亲是位牙科医生，本世纪初，一个妇女能够拿到行医执照，可不简单哪。但由于未婚就生下了他，娘儿俩被自己的家庭赶了出来，迫于无奈，母亲将娃娃送给一位好心的农民去抚养。至今他还保留着她的一张照片。

他情深意浓地说：“这就是我妈妈。”随即递给我们那张照片看。照片已经发黄了，但仍看得出这位日耳曼妇女仪态万方，有着一对神情凝重的大眼睛，浓密的头发盘在脑后，穿的是老式高领长衫。另外三张是把他拉扯成人的那对农民夫妇和他们自己的几个子女的合影，救过他的出租汽车公司老板以及他本人年轻时的军装照。

在集中营里，“私生子”这个身份也构成了他的罪名，因为“既然说不出你爹的名字，那么你就必然有犹太血统”。

暴政下的逻辑，从来就是以假设代替事实。

一九三八年，希特勒要打仗了，需要壮丁。这时，忽然又宣布鲁道尔夫身上没有犹太血液了。于是，又把他从集中营里拖出去，送进国防军。

在暴政者手里，“真理”就像魔术师手中那根棍子一样，甩来甩去，运用自如。

整整七年的工夫，鲁道尔夫充当着希特勒战争机器的一颗小螺丝钉。先是攻打丹麦和荷兰，一九四二年又调到东线，从波兰一直打到乌克兰。多少伙伴都战死了，他却活下来。只是一九四五年战争快结束时，在一次战役中，他的腹部被炸得连肠子都掉了出来。他住了五年医院。手术以后，他丧失了生殖能力，所以就打了一辈子光棍。

五十年代，他在农场当过季节工。后来到慕尼黑找到当年救过他的那位老板，才开起出租车来。

这分明是个没家没业、孤苦伶仃的老人！然而他自己却连一点自我怜悯的情绪也没有。照规定，他六十三岁就该退休，靠养老金度余年了。但是他不肯。老人也有他的一套人生哲学。他认为人能多干一天，就应该干一天。

“我最大的快乐就是开车。满城转着，天天使我看到各式各样的人，有时也能结交有意思的朋友……”他朝我们笑了笑说，“像你们。”

他这番话令我肃然起敬。一时间，我觉得他比餐厅里所有那些口叼雪茄、身穿黑色礼服、大腹便便的富商都要高贵多了。

然而，他毕竟是个奔八十的人了。我并不是担心自己的安全，而是出于对他的关怀，情不自禁地问道：“你都这把岁数了，不能找个轻闲的差事干吗？开车这玩意儿总要冒点险吧！”

啊，这话好像有些触恼了他，或者说，向他提出了挑战。

他放下刀叉，站起来，双手叉腰，带些自豪神情地说："可慕尼黑你找不到一个更好的司机了。我的眼力、听力（边说边指）都是头等的。每年考执照，我的成绩都赛过那些二十来岁的小伙子们。"

我本来就有些失悔，于是赶紧连连点头，并且向他伸了伸大拇指。其实，我赞赏的远不止于他的驾驶技术。

住在豪华旅馆里完全理会不到外面的天气。走到旅馆大门口，才发现天色昏灰，而且在哗哗下着雨。

老司机真是有心人，他连忙跑回他那辆出租车去，自己撑开一把伞，并且抱来三把给我们。

我对白君说，当年我去达豪，也赶上个雨天——天也在哭。现在天一听说咱们要去达豪，它又哭了。

鲁道尔夫可能没听清楚我这话。他一边给我开车门，一边用坚定的语气说："我永远也不哭。"

这话我完全相信。

达豪集中营位于慕尼黑西北部二十二公里的地方。南德的乡间是恬静的。秋雨把公路两侧的树丛和田野洗涤得更加翠绿，时有牛群在坡地上吃草。据鲁道尔夫说，这里本来就地广人稀，纳粹党羽在盖集中营前又强迫附近的老百姓迁走，所以直到战后，周遭的人才知道真相。

环着达豪集中营的高墙，仍旧是那道壕沟，只不过而今已干涸。四角那几座杀气腾腾的瞭望塔依然存在，营墙上的铁丝网也保留在那里。当年，那是通着高压电的，不知多少企图出逃者在那一带丧了命。

集中营如今变成让千百万人认识法西斯暴行的博物馆了。尽管旅游旺季已过，又逢上雨天，参观者仍络绎不绝，也有不少拖儿带女的。大门内竖立着一块醒目的告示，要父母对十二岁以下的儿童负责。其实，当年最使我感到恐怖的小院（在那里，歹徒每次放出十八条狼狗活活把囚犯咬死）已拆除，原来犯人住的一排排营房如今也不见了。今天，如果不是营房地基还保留在那里，它真像个足球场。记得一九四五年，是一个瘦得像骷髅的波兰人领我去踏访那些空荡荡的营房的。他是少数幸存者之一，由于亲人已经死绝，无家可归，获得自由后就还留在那里当向导，混口饭吃。床是上下四层，很像鸡舍。他边走边告诉我营房里施过哪些酷刑。墙上，手指抠的血迹还历历在目。

我们依照指示牌，朝南端那座陈列馆走去。

鲁道尔夫把车停好后，就到馆门口来同我们会合了。他脸上顿时泛起痛苦的表情，朝那营房地基狠狠地瞪了两眼，想说点什么，喉咙哽咽了一下，就径直领我们走进陈列馆。

这是一座长方形的展览厅，有着一排排的木隔扇。只是挂在白色木板上的，不是美术作品，而都是些有关集中营的巨幅照片。有剃光头的囚犯清晨列队点名的，穿的一律都是白地蓝条纹囚衣。犯人从事苦役的照片比比皆是：一个个都瘦成皮包骨，有龇牙咧嘴地推着巨大石碾在筑路的，有在山里凿岩石的，也有造军火，往子弹壳里填火药的。集中营的大门上还赫然悬着木牌，上书Arbeit Macht Frei——工作使你自由！

鲁道尔夫指着照片上那个戴着骷髅肩章、手执钢鞭、一脸凶相的看守，半控诉半解释地告诉我们说，当年就是这种家伙把他双手倒绑在营地的一棵树上。先让他踩着一条板凳，然后把板凳踢开，他就两脚悬空了。

“幸亏一个来小时后，把我放了下来。三个小时可就送命啦。”

接着，他又指着自己的鼻子说，鼻梁骨也是被他们打断的，同时还打掉了两颗门牙。

此外，还有拿犯人当豚鼠做种种试验的照片，有的试验经过多少小时才能把人活活冻死，有的试验光灌盐水犯人究竟能活多久。照片上，一个个犯人面目表情都极端痛苦，有的已奄奄一息了。

有的照片是成堆的死者的牙齿和头发——在纳粹参谋部账目上，那也是“战略物资”。堆得更高的，是死者的鞋——男的，女的，还有儿童的。

在纳粹统治下成百所这样的杀人工厂中间，建立于一九三三年三月的达豪是第一所，也是设备（例如拿犯人做各种试验）最齐全的一所。到一九四五年纳粹垮台为止，二十几万人曾被押送到这里，活下来的，还不到三万。

我们还参观了毒气室和焚尸炉。当年，炉旁堆着装满骨灰的大麻袋，如今四壁已粉刷一新。

看完一场达豪集中营的纪录片之后，我们又怀着沉重的心情，绕着集中营大院凭吊了一番。北端行刑场上，而今盖起基督教堂和犹太教堂各一座。悬在十字架上的耶稣，身上穿的就是过去达豪的那种白地蓝条纹囚衣。面部带着痛苦表情的雕像俯瞰着整个集中营。

回去的路上，我们都只望着车窗外铅色的天空发呆，谁也打不起精神来讲什么。

知道我们次晨要飞往西柏林，鲁道尔夫坚持还是由他开车送我们去机场。他还带来一架照相机，在机场入口与我们合影留念。我们送给他一套从北京带来的民间剪纸作为临别纪念。他紧紧地握着我的手，两眼闪着泪花说：

“我希望有一天到中国去。中国没有达豪。”

我告诉他，不，我们也有过。四九年前有过。但是我们决心再也不让禽兽得逞了。我们要同你们一道，把达豪这种人间地狱，永永远远从地球上消灭掉。

一九八四年十月十八日

［原载《中国》（文学双月刊），一九八五年第一期］

三十一

欧行冥想录

1 久违了，欧洲！

四十多年前，我这个来自东方的游子，曾同欧洲人共过一段患难。我是在英法对纳粹德国宣战一个月后到达的，又在欧战胜利十个月后离去。那真是七个不平凡的寒暑，有些情景至今回忆起来，仍令人惊心动魄。

一九三九年深秋，在巴黎圣母院幽暗的侧堂里，我看到一些背了防毒面具的信男信女跪着祈祷，求天神让柏林那个混世魔王回心转意。那时，谁晓得世界将变成什么样子呢？我是怀着迷茫的心情过的英吉利海峡。

敦刻尔克撤退那天，我在剑桥人行甬道上同浑身泥沙但毫不气馁的士兵们握过手。当伦敦遭受闪电战和后来的飞弹轰炸时，我也一道受到威胁。多少个通宵，我同成千上万的英国市民一起睡在地道车站的站台上，我还从烧夷弹打中的房子窗口被人救出过。那时，泰晤士河同莱茵河一样笼罩在战云下，黯淡无光。

一九四四年，西线开始了振奋人心的大反攻。我揣了张“战地记者证”，随联军士兵向魔窟柏林进发。我见过受难的欧洲，也同他们一道扬眉吐气过。

四十年前，我访问慕尼黑时，这座艺术城大半已变成了废墟。如今，像德国其他城市一样，它也重建了起来，而且更加繁华，更加灿烂了。人们又矫健地在阿尔卑斯山麓滑雪，度假的男女在莱茵河的游艇上欢快地跳起优美的波尔卡了。飞机、电子、火箭，什么都讲究“新的一代”，因为人们一代代地在繁殖和成长，在劳动和创造。

今天，欧洲不能说一切都风平浪静了，他们还面临着大大小小的问题，有着这样那样的烦恼。然而，越是回首往昔，越使人信心倍增。逞强称霸、妄图奴役旁人的，莫不一败涂地。世界最终是属于勤劳诚实、正直善良的人们。

2“永志不忘”之一

战争必然要把正常生活搅乱。四十年代在我的旅欧生活中，最大的一桩憾事是没能看到多少艺术名作。在轰炸机的威胁下，像顾恺之或米开朗琪罗那样的稀世珍品，都早已藏入深洞。那时，绘画馆有的搬空了，有的只拿一些尚无定评的当代画作来充门面。

因此，在法兰克福一下飞机，我就向东道主提出去看看绘画馆。次日就如愿以偿，徜徉在这艺术之宫里了：从文艺复兴到法国印象派大师们的一幅幅杰作都陈列在那里，真是琳琅满目。

忽然，我发现一个美中不足之处：绘画馆好像有意不让名画同观赏者直接见面，大幅油画上，有的罩了层玻璃。在刺目的反光下，原作被歪曲得远不如坐在沙发上翻看画册。同时，我还发现画廊里不时有制服笔挺的彪形大汉在巡逻。他们的目光不投在画幅上，而更多的是在瞟着一个个都很文雅的观众。

这时，我就把疑窦向一位管理员模样的人倾吐出来。他打量了我一番，一听说是刚从中国来的，就若有感触地说："怪谁？都怪那帮小伙子们呗。几年前，他们朝着几幅名画泼了镪水，并且扬言：当非洲大陆那么多人民仍在饥饿线上挣扎的时候，还留这些古老玩意儿干吗？所以……"

好熟稔的逻辑啊！

这当儿，一个念头冒上心头：今天我要是个大学生，我就想厚厚实实地写出一篇论文，把当年大批判栏上那些响当当的论点认真地分门别类地整理一下，冷静而客观地作出分析。应该给这样的论文的作者以学士、硕士，甚至博士学位。因为对后世子孙，那将是多么好的一服清凉剂啊！

3“永志不忘”之二

在慕尼黑参观“纳粹兴亡史”的展览时，我问陪同人员："你们对于把希特勒的丑史公之于世，有没有过犹豫、顾忌或争论？"他斩钉截铁地回答说："没有！怎么能有？这家伙屠杀了那么多生灵，败坏了德意志的名声，使德国直到今天仍然分裂着，并且依然被四个战胜国占领着。"我又问他："在你们的历史教科书里，对纳粹一伙的暴行也这么无情地揭露吗？"他说："当然。历史不仅仅写在教科书里，还铭刻在千千万万座墓碣上呢。不，这个展览就是为了让德国后世子孙永不忘记，不再重蹈覆辙。”

“永毋忘记”这句话，十八天里我在西德听到看到不知多少次。但印象最深的，莫过于重访达豪集中营的那回。如今，它成为一座永久性的博物馆了。

四十年前，我作为随军记者来过这座“灭绝营”。当时，几十座营房和一些行刑场还没拆，犯人用十指扒的血迹还斑斑点点留在墙上，用十几条狼犬活活把犯人咬死的那个使我几夜不能成寐的小院，也依然存在。走过焚尸炉时，还嗅得到一股令人作呕的气味——堆在那儿的大批麻袋里，装的都是骨灰。

可能为了照顾少年观众，现在这些带恐怖性的设施已统统拆除了，然而，从博物馆展览厅里的巨幅照片和实物，我对这座臭名昭著的集中营却获得了更为系统的认识。看来集中营里大小刽子手中间，不乏业余摄影爱好者。照片从囚犯清晨“点名请罪”拍起，再现了当年集中营的诸般情景。给我印象最深的是一幅题名《在押往毒气室途中》的，照的是一个佝偻着腰的瘦弱妇人，双手各拉着个幼小的娃子。像千千万万受难者一样，她唯一的罪名是身上流有犹太人的血液。有一组照片，总题是《自杀》，有悬在梯子上吊死的，也有触电而死的。在黑暗的统治下，“自杀”与“他杀”有什么区别呢？比酷刑更为可怕的，是利用犯人所做的种种生体试验：有全身泡在冰水里的，有强灌盐水的，也有通上电流的。那龇牙咧嘴的形象，使观者立即感觉到被试验者的极端痛苦。玻璃柜里展出的是集中营“科学家”们试验报告的原件，曲线上标着被试验者在各种情况下的体温和脉搏。曲线画到零时，忽然又上升了。那就是说，为了试验，让死过去的犯人再活转来，继续被来回折腾。

展览厅一进门，迎面就写着“永毋忘记”。是的，不能忘记呀！记住，历史才不会重演。

于是我想，“十年浩劫”期间，丧命于“文攻武卫”下的那些屈死者，难道就那么白白牺牲了吗？不该为那场史无前例的灾难修个永久性的纪念馆吗？何不把那些打人的铜头皮带，杀人的三棱刀，“中央首长”当年那些“批示”等实物，以及能搜集到的种种侮辱、折磨和残害人的照片都集中起来，展览出来，让子孙万代也知道一下那十年究竟是怎么回事，好记取那血的教训。同时也向世界宣布：“文革”不是三五年搞上他一次，我们的确痛下了决心，要确保那样的悲剧永不再重演。

4 人与自然

四十几年前，我在伦敦经历过一次比大轰炸更为可怕的事——或者说，陷入一种更为骇人的境地。

一九三九年十月初，我抵英后只在伦敦过了一夜，就直驱剑桥。那年年底，乘圣诞假期，我第一次去逛了逛伦敦城，住在西北郊。一天，我独自到市中心繁华区去游玩。正当我朝着橱窗出神的时候，天色忽然变得黄澄澄的了。看到路人有的赶忙往双层公共汽车上挤，有的焦急地拦喊出租车。面对那片惊慌，我这个初来乍到、不知深浅的青年，倒泰然自若。

不料没多久，周围好像就蒙上了一层面纱，它由黄而浅灰，但依稀还能看到街景。原来这就是举世闻名的伦敦雾。那天下的正是雾中之王，叫“豆汤雾”。年少时性喜猎奇，还以能身临这一奇境而自得呢。

没多久，我就由孩气般的快活而变为极度恐慌了。因为那就像一个人突然失去了视觉，伸手不见五指，宛如走入迷宫，或者像在做一场噩梦。什么人和我撞了个满怀，他道完歉之后，就骂了声："该死的雾！"接着，我又狠狠地碰在什么坚硬的墙角上了。

汽车打着昏黄的雾灯，不停地揿着喇叭。一下子，天昏地暗，真像是世界末日来临。我心里焦躁的是：可怎么回汉普斯特德呀！这时，我对伦敦雾，也由欣赏而变为诅咒了。

今遭，一到伦敦，朋友就告诉我说："伦敦没有雾了。"它真的消失了，四季都没有了。也许因为这样，英国人正在给古老建筑"洗澡"呢。议会大厦和剑桥王家学院教堂还没有洗完，周围还搭着巨型脚手架。伦敦由一个满脸尘埃的老人，变得有些像个翩翩少年了。

后来，我们又到有"黑色地带"之称的英国中部去访问。以前，不管是伯明翰还是谢菲尔德，由于出煤，出钢铁，又出陶瓷，走进市区，一向都是烟囱林立，浓雾迷漫，到处都是令人窒息的煤屑，好像那就是工业城市注定应有的一份命运。今天呢？没有了烟雾和煤屑，有的居然还以"花园城"自诩呢。

变化一是由于工厂外迁，同时，也因为英国发现并开采了北海石油。有了电力，就可以不再烧煤。

在奥斯陆，一壶开水给我们开了窍，引出一堂经济课。

看到女主人同时开四个灶眼：一个烧开水，一个做饭，一个炖菜，一个烤肉，洁若本能地着了急，一句近乎干涉人家家政的"加在一起有四千多瓦，那太浪费了吧"竟脱口而出。同我们一道用早餐的男主人（原奥斯陆大学经济系教授）并未介意。他笑笑说："一点儿也不浪费，因为节省了时间。"接着，话题很自然地就转到挪威的经济上来。

在北欧，挪威十几年前还是个穷国。它靠的就是两大财神爷：石油和水力发电。这两宗不但改善了民生（挪威按人口计算，使用的电力是美国的两倍），而且把各项工业全带动起来了。

在我们这里，自然也在起着变化。二十年代，北京是以风沙闻名于世的。那时我上学，时常得倒退着走路，不然，沙子会把脸打破。西方人吃一种类似"驴打滚儿"的甜食，至今，它在食谱上的名称仍是"北京尘土"。眼下在北京，春秋虽还要刮一刮风沙，但其凌厉程度可远非昔比了。

5 文明之道

一个社会文明不文明，可以从许多方面去衡量。其中之一，就看它替不替残疾人着想，有什么具体措施。这里，散发着人与人之间的温暖，体现着一种对同类、对不幸者的情意。

在这方面，欧洲比四十年前文明多了。在西德，我看到有些高层建筑的自动电梯里，在楼层号码牌上有着凸起来的盲文。双目失明的人，只要伸手一按，照样能让电梯在他所要去的那层停下来。英国剑桥有一家六十年代兴建的学院，它的宿舍和教室都没有台阶。这样，坐轮椅来求学的学生，也能行动自如。不少大城市，专门为残疾人设有停车场。不用说，两层的公共汽车，总在底层靠车门处也像我国一样为老弱病残孕保留着专座。在旧金山和伦敦，我都看到同我年纪相仿的老友，持有一种"免费乘车证"。女的满六十岁，男的满六十五岁，就能享受。

据说，八旬出头的挪威国王奥拉夫五世是轻易不接见平民的。但是，在我进宫的那天，休息室里还有穿民族服装的三男两女也在等着被召见。一打听，原来他们都来自挪威北部的一家残疾人医院。由于他们辛辛苦苦地从事这种工作达三十五年以上，服务得又特别周到，因而获得了国王勋章。

这么奖励，当然也意味着对一种文明风气的提倡。

文明的另一尺度是公民纪律，特别是交通法规的遵守。

四十年前，在英国走路可没今天这么麻烦。现在不但到处是单行线的牌子，而且，过街得走指定的人行横道，还非要等专为行人设立的交通灯变成绿色才许走。在德国和挪威也都是这样，而且行人无不严格遵守。有时连车影儿也不见，红灯未变绿色，他们硬是直直等在那里。我心想，多么“痴”啊！

朋友开车陪我去赴宴。我知道他有酒量，但是席间，他连啤酒也不进一滴。我又觉得他“痴”了。原来在这里，只要闻出驾驶人员有酒气（包括啤酒），就判坐牢，而且绝不允许用罚款代替徒刑。

这里还可以看出守法与执法之间的关系。执法如果不严，说了不算，或者雷厉风行了几天之后又稀松了事，守法者也就不会“痴”下去了。

为什么四十年来起了这样的变化？朋友解释说，打仗的时候，英国缺乏汽油，交通法规就放松了。交通法规是随着汽车数量成倍地增加而严起来的。如果车子增加了，行人还是老的走法，那样要么汽车当驴车来开，要么伤亡事故就必然成倍地增多。

遇到非常时期，有时会发生“一马勺坏一锅”的惨事。大轰炸中，伦敦给我印象最深的是这么一件事：一天，市中心拉起警报，行人照例都要顺序从地铁的入口下去躲避。那是个小站，入口不但窄，而且下去二三十磴台阶，再拐个弯才能到达售票厅。这一天，有两三个愣小伙子不肯鱼贯而行，硬是横冲直撞。结果，摔倒在拐弯处。这下可糟了。他们堆成了障碍物，把后边大批行人成群地绊倒了。于是就人压人地叠成一座肉塔。警报解除后，那一带并没有一个人被炸死，地铁入口处却有七八个人因窒息而丧命。

随着经济发展，眼看我国汽车的数量也在逐渐增多。公民纪律一定也得相应地跟上去才行。不然，平时稀松，放任自流，遇上非常时期的考验，后果就更不堪设想了。

6 两个挂钩，一种作用

和当年一比，伦敦的物价高得简直吓死人！

一九三九年刚到英国，我作为讲师，年俸是二百五十镑，税务局还要从中抽掉一大笔。可那时候《企鹅丛书》每册才卖六便士，精装硬皮本的也不出一个先令。我最常光顾的百货公司是犹太人开的乌勒沃茨，那里从文具、五金到针织、药品，每件一律是六便士。另有一家叫布茨的，是一律一先令。那时一镑合二十个先令，一先令合十二便士。揣上一镑钱，可以鼓鼓囊囊买回一大包日用品。

这回我又去乌勒沃茨了。好家伙，多么小的物件都在一镑以上。至于《企鹅丛书》，售价是每册两镑五十便士。当年我那份年俸，今天不够一位阔少在伦敦玩上三天的。老同学罗孝建开了个名叫忆华楼的馆子，据说一个人坐下来，最起码也得二十镑（我们也吃了一顿，是蒙他邀请的）。

我问一位老朋友，物价这么飞涨，社会就乱不起来？他说，叫苦是要叫的，而且常闹罢工，然而日子仍旧过得下去。这主要靠工资的两个挂钩：一个是早就有的，同资历挂钩。他们那里不评级评薪。除了有特殊贡献的另外给酬劳、不称职的降薪或辞退外，一般工作人员，不管是大学教授还是产业工人，其工资均按照工龄自动递增。另外还有个挂钩，就是挂在物价指数上（这也适用于养老金）。倘若物价浮动，而工资（还包括养老金）或其他收入不动，那势必轻则怨声载道，重则闹起事来。自然，工资往往涨得跟不上物价指数。因此，社会上，特别是产业工人，是愤懑的，工潮频仍。然而，倘若没有那两个挂钩，那就更不得了。

罢工是撒手不干，怠工是故意放慢速度。然而，在正常情况下，他们工作起来却绝不能也不允许松松垮垮。

在慕尼黑，我们访问了一家出版社，是由社长接见的。我们进去时，这个壮实的中年人正挽了袖子，握着笔在聚精会神地看稿。他一听我们也在出版社工作，谈话就格外热烈起来。这家出版社每年出一百种书，汉德对照的七卷本《毛泽东选集》也是其中的一种，另外还出两种杂志。人员呢？从社长、编辑、会计到跑街的，统共十六人。

我们交谈了不到二十分钟，中间倒被闯进来的工作人员打断了三次。五日工作制，每天八小时，很少加班。他们一靠效率：工作人员全是公开招聘的，也就是说，凭能力竞争，考进来的。既不是分配来的，更没有硬塞进的。二靠社会力量来审稿定稿。

心理卫生呀，变态心理学、社会心理学呀，我都上过，而且至今仍感兴味。

现在旅游业这么兴旺，我想，该不该开设一门旅游心理学的课程呢？对于从事这一行当的，那应是一门必修课。

（原载《人民日报》，一九八五年二月十一日至十九日）

三十二

北欧来鸿

这是在挪京奥斯陆一位挪威女汉学家依利莎白·艾笛家里给你写的信。

八月四日晚，我同洁若乘民航机离京，中间只在中东一个叫莎加的地方（属阿拉伯联合酋长国）停了一个小时，接着一口气五日就飞抵联邦德国金融、交通中心的法兰克福。七九年以来四次出国，这却是第一次搭咱们自己的飞机。飞得平稳，起飞及抵达均准时。从伦敦回北京的时候，虽由于天气关系，推迟了两小时，那也无可非议；正表示对乘客生命的负责，并且又都发了免费餐券。而且在服务上不比泛美逊色。只是（一）机中本可放点国产片子，如《桂林山水》《民族歌舞》，但却放了两个来路不明但均是显示白人比有色人种优越的片子；（二）座位前面没有一点读物；（三）我们民航机上的厕所，说来真是令人伤心。去时，乘客如厕后，得由服务员端来一盆盆的水代为冲洗。原来水箱的压力不够，冲不下去。回程，厕内明明有个供投放手纸的洞口，乘客却把用过的手纸到处乱扔。快到北京时，厕所几乎无法下脚了。不得不说明，机上乘客十之八九都是咱们自己的同胞。据说，乘这种飞机，还需要一定级别呢？在祝愿民航进一步提高工作质量的同时，呼吁乘国机的同胞们改变一下“国风”。

同欧洲阔别四十年了。一九四四年冬至四五年我看到的西德，几乎是一片瓦砾。土地上冒着硝烟，楼房揭了顶，博物馆的珍贵陈列品（如希腊雕像）倒在废墟上。那时，德国的男女老少是垂了头走路的。我看到一小撮被野心烧得发了疯的歹徒，把一个优秀的民族沦至何等悲惨地步。那时，莱茵河、多瑙河都好像在暗暗哭泣，整个德国在凌辱中哭泣。

但是，一个具有英勇传统的民族是不会那么倒下来的。如今，威斯巴登、慕尼黑、纽伦堡以及汉堡、柏林（我们在十八天内，走了九大城市），都重建起来了。德国人真骄傲、珍惜他们自己的文物啊！大轰炸后的一砖一瓦他们都重又嵌在新的——仍然保持着中古风貌的建筑中，什么也舍不得丢。据说，重建之前，有三派：一派主张整个恢复古老原状，一派主张全部修成现代化的摩天大楼。他们明智地选了第三派——折中派的设计。在尽量保持城市文物的同时，也不放弃现代化的便利。于是，走在纽伦堡的大街小巷，就觉得城市面向的是未来，但又不舍弃它那古老的传统。

城市设计是百年大计，所以至今，他们还在设计中。逐年，有多大力量，就盖多少，一点不盲目。波恩的政府议会区，经过几次公开招标，十二年后才确定下来。他们不轻易拆掉什么，也不轻易或者孤立地建筑什么。

我们看了歌剧，听了音乐会，参观了许多博物馆、绘画馆和图书馆。使我大为吃惊的，是四十年来，两个德国，即使在最紧张阶段（如柏林封锁），双方的图书馆始终在交换着出版物。因此，尽管国家处于分裂状态，德国学者却一直在进行着交流，苏联和美国也都从未干涉过。当慕尼黑大学图书馆长告诉我这一事实时，我马上就想道：三十多年来，海峡两岸的中国学者就那么被断然隔绝，多么冤！台北的明史学家难道就不想了解北京的同行的研究成果！

一九四五年秋，我到过达豪集中营——这是希特勒搞起的第一座杀人工厂。这次，我又重访其地。营房拆掉了，墙上的血迹、骨灰口袋都不见了，用狼犬吃活人的行刑场更已荡然无存。但那座“博物馆”里的照片依旧血迹斑斑。望着那些恐怖万分的照片，我心里想：这座“博物馆”的建立者为什么在一年以后，却又在东方搞起“中美合作所”呢？

德国人是相当重视对下一代的政治教育的。在凡有战争痕迹的地方，常看见“永毋忘记”的牌子。慕尼黑市立图书馆还在举办着一个“纳粹兴亡史”的展览。前车之鉴很重要啊！于是，我想：应不应该有座固定性的“日本侵华史”博物馆？甚至为了让“十年浩劫”的教训不为后世子孙忘记，应不应该建个“文革馆”，把江青一伙的兴亡史以及他们的暴行的遗迹（实物和照片）长期保存下来，供一代代人观看，吸取教训。

记得小时读过一篇洋论文，题名《算盘心理》。说中国人用算盘的缺点是：算错了就重打一遍，不像西人笔算，一旦算错还能回过头来找出错在哪里。“十年浩劫”错了，不宜仅仅“重来一遍”。血的教训不可忘记啊！

在这一点上，我觉得德国人比日本人胜一筹。东京不会建起一座“军国主义侵略史馆”的，因为首相还亲自去祭祀“英烈”

呢！德国不然。他们痛恨希特勒一伙为他们民族带来的灾难和耻辱。不但不在历史书里去粉饰、掩盖，并且还举办展览会，以警后人。作为一个旅游者，冷眼来看，我认为他们是明智的。

西德除了在科技等方面同我们通力合作，对于文学艺术的交往也十分重视。我在慕尼黑见到了那里歌剧团的团长和几位主持人。他们将于十月初（在西德总理访华时），用两架波音-747把演员及道具载至我国，将在北京、上海两地演出莫扎特的《魔笛》和《费加罗的婚礼》，并举行几次音乐会、演唱会。这个歌剧班子在欧洲是十分出色的。明年六月，西柏林还要举行一个名叫"地平线"的文学会议，决定邀请我国十五位中青年作家前往参加，会后畅游西德。在慕尼黑大学东亚研究所，我也看到我国赠给该所的一大批新书。中德文化交流，前途确是无量。

在波恩小住数日，我们又于二十三日飞来奥斯陆。承艾笛女士和东亚研究所的负责人何莫邪教授（德籍）到机场来迎接。这里，我们的男主人原是奥斯陆大学经济系的一位年轻教授，现在借调任消费事务部副部长。他们有一子一女。儿子宜安，高中二年，每日凌晨两点半即起来去送报，要天明才回家。家中没有用人，一切工作均由四人分担。洁若对挪威人教育子女的方法深感兴趣。

昨天（二十七日）上午十一点一刻，国王奥拉夫五世在他的书房接见了我。头天，我国大使馆代办吴家淦同志宴请我们时，曾告诉我国王年已八十二岁，平时不轻易接见外国人，这是少有的例外。嘱我不可多坐，以一刻钟为宜。艾笛开车，洁若陪我前往王宫。接见时只我一人。王宫建于一八二〇年至一八四〇年，富丽堂皇。每道门均有卫士。接见处是国王的书房，四周陈列着各种艺术品。护卫长介绍后，国王立即起来迎接，热烈握手。他身材高大，最近在林间散步，不慎跌跤，伤及鼻骨，所以脸上还有斑痕。他让我坐在他紧旁一张沙发椅上，用流利的英语问我以前到过挪威否，住在哪家旅馆，十分亲切，毫无官气。我送了他一本四川出的《培尔·金特》的中译本和一本香港三联书店刚寄到的《珍珠米》（英文），他一边道谢，一边翻阅。问起我在第二次世界大战期间的经历，易卜生对中国的影响和我这次访问西德的情况。他说，比起中国来，挪威很小，人口比中国也少得多。他对中挪近年来的交往，十分欣慰。我说，中挪在历史上，从没有过不愉快的回忆。今后，一定会合作得更好。我告诉他，我一直钦佩挪威，因为第二次世界大战期间，挪威虽小，但始终未向纳粹暴力屈服，抵抗到底。他听到这话，很感动地望着壁上悬挂的油画肖像，那大约就是他的父王赫康的遗像。当年他曾在伦敦领导着挪威的流亡政府。最后，我向他表示感谢挪威对我这次的邀请，使我得以一瞻易卜生的故乡。他站起来和我热烈握手，并祝我在挪威日子过得愉快。

国王的大书桌上，堆满着报纸、书信和文件。据说，他每天按时去办公。平时喜滑雪和赛帆船，是一位不服老的老人，很受人民爱戴。

我们在此要勾留至九月七日，几乎每晚都有人宴请。昨晚去一位瑞德夫人家，她译过茅盾的小说，今晚又将会到一位沈从文小说的女译者。下周起，即将在大学及易卜生故居讲演座谈了。这里会到不少朋友。何莫邪教授在机场上说，他是研究周代文学的，可他又是明清以至民国初年“笑话”的搜集者。他还对中国漫画作过深入的研究，送了我一本他编的《丰子恺漫画选》，他同我国漫画家丁聪、华君武、方成等都有交往。

英国是我旧游之地。还没去，日程已排得不能再满了。只怕那时抓不到时间写这么长的信了。匆匆祝好！

八月二十九日于奥斯陆

（原载香港《文汇报》，一九八四年九月九日）

跑江湖采访人生

三十三

在洋山洋水面前

我这一生，路走得不算少。十八岁以前确实几乎没出过北京城圈。有一阵子我常赶着一群瑞士羊去放牧。羊贪婪地吃着草，我坐在土坡上，从树隙间望着天空缓缓移动着的白云和偶尔飞过的鸟群，就幻想自己长大了也能那么自由自在地飘荡翱翔。那时我特别喜欢“天涯海角”这四个字，看到它们，心里就感到豁亮宽敞，仿佛越是渺茫，越合乎我这个少年漂泊者的心意。

一九二八年冬天，我真的离开了古城，而且一下子就流浪到海棠叶的边缘——广东汕头，真可以说到了天涯海角。那并不是一次自愿的旅行，不过那次出走毕竟打开了我的眼界。从那以后，旅行背包好像就没离开过我的肩头。我简直是马不停蹄地走啊！从华北平原到滨海的闽粤，从黄浦滩走到大西南。正当欧洲天空战云密布、旅客们纷纷在船公司门前排队退票之际，我登上了一条空荡荡的邮轮，茫然地向西方航去。这一去便是七年。我是在纳粹轰炸华沙那天上的船，第二天英国的张伯伦和法国的达拉第就相继对德宣了战。一九三一年日本侵略者在沈阳燃起的战火，终于烧遍了东西两半球。

七年间，先是经历了纳粹对伦敦进行的空前规模的大轰炸，接着，一九四四年希特勒又动起更尖端的杀人凶器——导弹和火箭。第二战场开辟后，我穿上一套不合身的棕色军装，成为欧洲战场上唯一的中国记者了。我冒着炮火，踏访了满目疮痍的西欧，又去北美转了一圈。战火熄灭后，我跑了一遭南德，去瑞士享了十几天清福，然后就搭上一条以上海为终点的英国货轮，漂了回来。

把这条船比作蜗牛一点也不刻薄，从东伦敦到黄浦滩，它足足走了三个多月。这怪不得它。一路上，码头的设施都被战争破坏得稀巴烂，有些港口布的水雷还没捞净。对我来说，航程的缓慢毋宁是一份好运道：战地的倥偬以及新闻业务的忙碌使我在伦敦压根儿也腾不出手来记下自己的一些见闻和感受。船"扭"出了地中海、红海，光在印度洋上它就足足漂了九天。这就容许我补写了几篇通讯。船到新加坡，一停就是一个月，这又为我提供机会去访问一下战后新兴的马来半岛。

在英国那些年，我也跑了不少地方。一九三七年抗日战争全面展开后，英国的进步友好人士组织起一个援华会（China Campaign Committee），他们曾往解放区运送过医疗器材，也是当时由斯诺及艾黎等人发起的中国工业合作运动在英国的有力赞助者。这个组织很重要的一项工作就是应英国各地的要求，派人去宣传中国的抗战。一九三九年我一到英国，立即成为这个团体的一名特约讲员。这样，教课之余，我就不时地赴英伦三岛大城小镇去从事这种义不容辞的宣传工作：一下子是苏格兰北端的阿伯丁，一下子又是南威尔士的矿山；在这里讲讲中国新文艺运动，在那里谈谈滇缅公路。演讲当然是尽义务，没有也不应有报酬；但援华会照例给买好一张往返的火车票，抵达后有人招待膳宿，负责接送。最初，一个月只旅行一两次。一九四一年后，中国同学陆续走光了，我几乎成为全英唯一来自国内的中国人。这种“演讲旅行”就更加频繁了，很少有一个星期不走一两趟的。

这种工作很累人。首先，得准备讲稿。当时手头除了《大公报》，带去的书不多，讲稿都得七拼八凑，反正统统是宣传抗日。写出几篇之后，每篇都可以用上几遍，甚至十几遍；而且越讲越熟，讲上一两次就用不着看稿了。最麻烦的是讲完之后，还不得应付听众的提问。碰上不友好的，甚至别有用心的家伙，会死死纠缠，几乎能把人气炸了肺，可还得捺住性子，用英国讲坛上通用的那种不亢不卑的语言应付。例如一九四〇年丘吉尔为了讨好日本侵略者，竟悍然封锁我国在抗战中唯一的对外通道——滇缅路。我曾采访过那条公路，所以援华会多次要我去讲。提问时，居然有人起来为这种国与国之间赤裸裸的不义行为进行狡辩。可喜的是，听众中间主持正义的也总不乏其人，他们有时甚至抢在我前头去痛斥那些为虎作伥者。

通过这种方式，我在英国踏访了许多地方，也在英国社会各阶层结识了不少朋友：医生、牧师、工会积极分子以及政府公务人员。但这种工作来去匆匆，一般是不便游山玩水的。总是一下火车就直奔会场，离去之前也只浏览一下市容。但那毕竟比守在伦敦公寓或剑桥书斋里更能增加对英国社会的了解。

英国人也喜欢利用名胜作会议地点，尤其举办艺术性的活动。我参加过两次音乐节，一次在英格兰首府爱丁堡，一次在英国西海岸一座名叫达廷吞堂的古堡里——戴爱莲就是在那里学习舞蹈的。坐落在艾冯河畔的莎翁故乡斯特拉福德，每年都举行戏剧节。留英中国同学会也总是选个名胜古迹开年会。

一九四〇年春天那段日子有些莫名其妙。欧战爆发已半年，但西线仍平静无事。希特勒的飞机炸完了华沙之后，好像就都入了库。据说戍守在马其诺战壕里的法国士兵甚至种起玫瑰花来了。那阵子和平的谣言不断从欧陆上吹来。那是我出国后度过的第一个春天。经历了寒冷、阴暗而多雾的冬天，剑河两岸的石南和番红花怒放了，太阳把剑桥的中古建筑镀成古铜色。这时，牛津的杨宪益兄倡议去英国中部以湖畔诗人故居闻名的湖区去旅行，我欣然参加了。这一行有杨兄的英籍女友戴乃迭和十来位中国同学，我们个个背上爬山背包，在葛拉斯密尔站下了火车，就攀登起那群崇山峻岭了。三七年春游雁荡，最想一睹的是山顶上的雁湖奇景，而这种山顶湖我们在英国湖区看到不知多少座。当我们正在温德密尔一带巉岩上挣扎时，遇上了一场暴风雪。那真是壮观！晴朗的天空本来只飘浮着小小几朵白云，顷刻间狂风大作，卷起的雪花铺天盖地，把宇宙变成白皑皑的一片。山路以及一切路标全埋住了，赖以指路的地图变成一张废纸。尤其严重的是旅伴被风雪吹散，相互失掉了联系。我孤身一人深一脚浅一脚地边走边爬，担心那天真要葬身乱石白雪间。夜晚九、十点钟才远远望到山谷里有灯光。一杯白兰地下肚，真赛过仙浆。幸好客栈就在酒馆楼上，梦里还迷失在雪山中。

从湖区归来不久，纳粹就在北欧真的动手了。暴徒势如破竹地闯进了法境，长驱直下，拿下巴黎，一口气冲到法国西海岸。当时，英伦三岛已濒于兵临城下的境地。也正在这时，我看到一个民族临危不惧、破釜沉舟的英勇气概。

第二战场开辟之前那段日子，英国又沉寂下来。其实，战火那时正在伏尔加—顿河流域猛烈地燃烧着。我那阵子患起严重的神经衰弱，医生嘱我要多外出旅行。这时，朋友教给我一个廉价旅行的窍门。原来英国有个为便利穷学生和低收入职工而成立的全国旅游性组织，叫作“青年寄宿舍”（Youth Hostels）。每年只要交五先令就可以成为会员。它在英伦三岛大小城镇均设有寄宿点，大都是些简陋的房子，有时甚至是工业革命后荒废了的磨坊。出发之前，凭会员证可以向沿途寄宿点预订床位——真只是“床位”，而且是木板钉成的上下铺，但供给早晚两顿简单饭食，只是必须帮厨，如削削土豆皮或端洗盘碟。有一点和旅馆不同的是：早晨八时必须走人。不过住一夜旅馆至少要十先令，而且还得付小账；寄宿点只收一先令，没有小账。在寄宿点上，可以遇到真正属于底层社会的英国人。他们不懂繁文缛节，不扎蝴蝶结，也不会打绅士派的官腔，还时常开些粗野的玩笑，但他们真挚爽快，一点不矫揉造作。一九四二年春，我就同林苍佑君（马来西亚独立后，任槟州首席部长）用这种方式走遍了苏格兰高原。

路走了不少，但东西写得确实不算多，这只能怪自己疏懒。身边一直保存了几本那个时期的日记，原是指望老到什么也写不出来时再拿出来“零售”的，不料在一九六六年八月那场大火中一道焚毁了。

一九七九年我编自己的散文特写选时，对收入的通讯所做的一些删节，大部分是为了使文章更紧凑些——年纪大了，对自己过去行文的松散越发感到不耐烦。然而，有些删节则是出于对梁效先生的防范。这次重订旧作，多少也标志着几年来我个人在认识上所起的一点变化。

梁效这位仁兄并不是六十年代后期才突然自天而降的。他老早就躲在马列主义大旗后面，成天摩拳擦掌，吹胡子瞪眼睛，像鹞鹰在原野上空盘旋捕食猎物那样，在人民队伍里制造混乱。正如鹞鹰是食肉的禽类，梁效也是专靠在旁人脊背踏上只脚来发迹的。他不用辩证唯物主义的眼光看人论事，不理会文章的整体命意和逻辑，只截取其中一言半语，然后往他预先搭好的架子上这么一套，于是就完事大吉。他穿了一身特制的盔甲，总是豪迈地扬言要同一个被剥得赤条条的人较量。我砍掉那些议论，一半就是为了提防这位仁兄。

三年来党的文艺政策越来越使我相信，那位以捍卫党的事业为幌子而实际上在破坏党的事业的梁效先生，即便有时还会冒冒头，但他再也不能那么为所欲为地逞威风了。

这次我重温了四十年前在海外写这些东西时的心境。那七年，我的心没有一天离开过故土，不断地思念着老家以及老家的一切。在战场上，自然没有闲情逸致去描绘风景。我奇怪的是，战争结束后去游历像瑞士那样山清水秀的地方，自然美是大有可描述的，可我写成的却像是一篇呼吁书，呼吁祖国争口气！两次访美，都有朋友慷慨地拿出时间，不吝惜汽油陪我去看他们心爱的景致。在康奈尔，八旬老教授谢迪克雨中开车陪我去一一观赏山间那一座座大小瀑布。在旧金山，友人江南和陈若曦花了一整天时间陪我去游览有名的“十七哩”。车子沿着太平洋犬牙交错的海岸朝南驰去。“十七哩”净是参差盘曲的山道，岩壁陡峭，林深丛密，松柏的清香缭绕着涓涓的溪流，隐在幽谷里多是些超级阔佬的别墅。一路上我忽而恍如置身雁荡，忽而又仿佛是在鼓浪屿。归途，望着太平洋上绛紫色的暮霭，我只想朝彼岸嚷一声：我就要回来啦！

记得孙伏园写过一篇《丽芒湖上》，读了使人感到他虽身在日内瓦，心却徘徊在西子湖畔。他把大小丽芒比作里湖外湖，一下想到阮公墩，一下又记起三潭印月。徐志摩描写康桥时，也难免从克莱亚学院的环洞联想到西湖白堤上的西泠断桥口及庐山栖贤寺的观音桥。马可·波罗何尝没把苏州比作东方的威尼斯！

我初次见到黄河同初次见到多瑙河时，心境大不相同。我是在阿尔卑斯山麓驰行时跨过多瑙河的。河两岸都是巍峨的高山，那一带具有中欧景物的特点：既浑厚又妩媚。我怀着好奇的心情观赏了河景，哼起施特劳斯《蓝色多瑙河》的曲调，想到屠格涅夫幼年过这条河时，他妈妈问他用什么来比喻这条名河的颜色。多瑙河引起我在文学和音乐上的一些联想，满足了我“曾到此一游”的虚荣心，如此而已。

黄河并不美——至少一九二八年冬天我跨过的那段一点也不美。衬着铅灰色的天空，河身黄灿灿的。那是华北大平原，两旁不但没有山，连棵树也不见。然而，我趴在车窗里望着它，心里激动得怦怦直跳。想到自己远古的祖先就是沿着它的流域发展下来的，想到它世世代代灌溉了那片广漠的平原，养育了祖辈先人，我对它既是景仰，又是感激。我仿佛可以自豪地说，这河是我的——或者更确切地说，我是属于这条河的。

我曾两次去莎翁故乡参加戏剧节。艾冯河上的天鹅群，斯特拉福德镇上古老的教堂，尤其那次在露天草坪上看《仲夏夜之梦》的演出，都给我留下了极其愉快的印象。然而，一九四七年我第一次在成都踏进杜甫草堂时，我的心情就不仅仅是愉快了，同时还怀着见到自己的文学祖先那种激动。我虽不写诗，不懂诗，但从拿笔以来，我也继承了一份杜甫一生那种关心民间疾苦的衣钵。他的血流在我的以及每个中国文学工作者身上。

在洋山洋水面前，民族感情变得更为激切，这是极其自然的事。

世上真正宝贵的东西，往往是手摸不着，眼看不见的，民族感情就是这样。国籍更换起来很便当，那只要在一个本本上打几个图章就成。民族感情却是埋藏在灵魂深处的东西，它隐蔽得连本人也不易察觉。正像试管里某种液体，只要兑上那么几滴什么，立刻就会显出本色一样，民族感情也总是在同异族接触或发生抵触——大自民族间的战争，小至一场球赛——时，才会表露出来，而且往往强烈到难以自持的地步。海外旅行也是触动民族感情的一种契机。

游子的心是飘荡在空中的风筝，它可以飞得很远，很远，然而，总是紧紧系在生他养他的那片土地上。正因为这样，浪迹海外的旅人不仅常从洋山洋水联想到本国的景物，更无法抑制的，是从国外的事物联想到本国。看到好的，他恨不得立刻把它带回国去；看见不好的，总希望家里得以幸免。一个驻在国外的记者，心情就更是这样。

一九四四年，伦敦《泰晤士报》以及《新政治家和民族》先后在读者来函栏里发表英国进步知识界签署的长信，揭露战时中国戴笠一伙所搞的特务统治，我曾把信的全文作为电讯拍回重庆。自然一个字也没登出。从那以后，我就多次利用伦敦通讯声嘶力竭地呼吁民主。重读《瑞士之行》这篇东西，当时我哪里是在客观地报道一个中立国家的情况！明摆着是针对国内现状的。

关于瑞士的“一本万利”。我的分析可能全部谬误，我只是在衬托、在慨叹国内做着的“赔本生意”。一九七九年我没把它收入“散文特写选”，主要是由于三四十年后读起来有些莫名其妙了。但是如果对照四十年代的国内政局，就不难看出我的笔指向的是当时的重庆当局。

亲爱的读者，一个漂泊在外那么长一段时日的游子，他所想的所写的，很可能都是隔靴搔痒，本末倒置。当时就未必正确，如今就更必显得荒谬可笑了。然而，我心里希望的只是自己的祖国能摆脱贫困和愚昧，自己的民族不再低人一等，国外一切好的都变成自己的，躲开别人面临过的悬崖，跌进过的沟壑。

这颗心将永远这样跳动下去，直到生命最后一息。

一九八二年五月

三十四 我的旅行记者生涯

1 “黄鱼”塞北行

一九三四年，我那位美籍堂嫂安娜除了教学堂，在家里还收着几名学生（大概都认为学道地的英语总得找黄头发的）。平绥路货运员孟仰贤就是其中的一位。他比我大上一两岁，那时正押运货车往返于北平与包头之间。每跑一趟，就可以歇上三两天。于是，笃学的他，必然夹着书包，毕恭毕敬地找安娜来上课。我也常去那里玩，一来二去的就熟了。

那年暑假里的一天，仰贤抽冷子问我：“想不想跟着跑一趟车？”乍一听，只觉得简直像是天上掉下来的馅儿饼。为了打消我的顾虑，他紧跟着还补充一句：“一个大子儿也用不着你花，而且管保你一路玩个畅快。”

那阵子铁路职工除了每年正式发免费乘车证之外，还经常可以带几名“黄鱼”。客车上，只消向列车长打声招呼，就没人查票了。至于货车，那就更不会有人过问了——何况带我去的这位孟货运员又是一列货车之长呢。

那时，我算是已见过不少世面了。往南，曾跨过黄河和长江，并在黄海和南海上漂浮过。往北，一九三〇年我也曾到过绥远境内的卓资山。那次是跟安娜和她的一些美国老乡去的，时间很短，而且一直住在教会的高墙里。我多么想亲一亲内蒙古的土地啊！尽管为了怕遭歧视，自懂事以来，我始终瞒着自己的民族成分，可顺小我就清楚自己是个蒙古人。住在古城里，我时常向往那“天苍苍，野茫茫，风吹草低见牛羊”的故土。我对这第二遭去内蒙古——去我祖先狩猎或牧放过的地方，抱有种种憧憬：认为无论如何那里起码社会风气会比关内淳朴洁净，那里的民众必然强健壮实。

我们是在西直门上的车。平素仰贤去安娜家，总穿件蓝布大褂。如今他身穿镶红边的藏青制服，腰间还挎上个工作袋，显得格外神气。我呢，除了盥洗用具和旅行日记外，还揣着一颗渴望寻根的心。

那列货车仆仆风尘地朝着西北方奔去。过了张家口，站名牌上开始出现“旗”字。我意识到车已进入内蒙古境。我的心不免悸跳起来，像是在说：内蒙古，你的一个流入关内的后生又回来看你了。这回我要把你瞧个仔细。

客车有时间表，货车却无拘无束。有货装卸，即便小站也停，而且一勾留起码就是大半天；没货，哪怕像集宁那样的大站，它也毫不理睬，噗噗噗地照样往前开。当然，货车上不用说软垫了，甚至连一把靠背椅也没有。我和仰贤白天各坐一条板凳，晚上就地一躺。那时年轻啊，骨头经得起在硬邦邦的地板上颠簸磕碰。地板有缝，时而还望得见铁轨上迸溅的火星。只觉得这么旅行才潇洒自如哪。

列车运行中，讷讷寡言的仰贤忽而打盹儿，忽而从兜里掏出账本翻看。我则总把脸贴在那一小方窗玻璃上，目不转睛地凝望着。车一停，他就挽起袖子，把一根铅笔头掖在耳缝，泼泼辣辣地指挥起装卸货物了。这当儿，我就溜到站外，去逛市镇。等他办完公事，才来陪我做社会调查。

铁路上的人对当地熟稔，关系也多。我们不但看市容，还深入到社会底层。在大同，他曾带我摇摇晃晃地踩着湿漉漉的升降机，下到黑洞洞的矿井。在那里，看到人们以每天两三毛钱的工资，在死亡线上挣扎。更使我惊骇的是另外一种“井下”：由于贫穷，塞外到处是人肉市场。这里有八岁上就出来卖唱的小姑娘，也有替妻子所接的嫖客低声下气地点烟泡儿倒茶的丈夫。没有什么绿油油的草，遍地种的都是罂粟。开着五颜六色的花，鲜艳极了，它的毒汁却侵蚀着千百万民众。墙下贴满了各种戒烟药丸的广告，可烟馆里烟雾弥漫，炕上横七竖八地躺着瘾客。

塞外并不淳朴，它也远不洁净。

归来，我怀着忡忡忧心写了《平绥道上》，登在《国闻周报》上，一九四七年收入《人生采访》。一九七九年出版散文特写选时，我又莫名其妙地把题目改为《平绥琐记》（见《萧乾选集》第二卷，四川人民出版社一九八三年版，第三至十六页）。总之，那是我写旅行特写的开始。

那并不是我头一遭去内蒙古，何以前一次的感触就没那么强烈呢？一九三〇年那回，我竟然还站在山脚下大片大片迎风招展的罂粟花丛中，让人拍过照呢。可是一九三四年我再去内蒙古时，就那样触目惊心，那样愤慨，那样急切地想探索现实。

一九三三至一九三四年间，我在文学道路上拜了第二位师傅：巴金。他读了我那阵子写的一些小说，对个别人物或情节也表示过赞赏。但是他嫌我的视野太窄，要我走出个人的小天地，关心社会，拥抱同类。他还要我不仅要欣赏生活中的美，更要正视丑恶。在他的启发下，我写了《道旁》等小说。

那一年，在《我与文学》一文中，我就开始认识到："对现社会没有较深刻理解的人，极难写出忠于时代的作品。"（见《萧乾选集》，第三卷，四川人民出版社一九八四年版，第二百八十三页。）一九三六年又在《忧郁者的自白》中说："在师傅的鞭策下，我渐渐学习着忘记自己，而又把广大人生同自己联系起来。"（同上，第二百九十九页。）那趟"黄鱼"旅行是我接触社会现实的开始。我原想毕业后重返内蒙古，而且也不是没有这种机缘。只是当我一听说去了得当个官儿，我就坚决地打了退堂鼓。

从那以后，我这个有意识地不带地图的旅人，就天南地北地闯荡开了。

2 双重灾难

一九三五年夏天，天津《大公报》老板要物色的原是一名肯于安分守己伏案工作的副刊编辑，可他觅到的我这个青年，心里想的却是进报馆能当上个东跑西颠的访员，深入到生活的腹地中去。那时我对社会，对人间，真是无限好奇。我有着一颗不安定——也安定不下来的心。

我还是把编副刊的工作接过来了，而且干得很起劲。然而，我更渴望的是深入生活。这从我那阵子在《文艺》副刊上写的"答辞"中不难看出。我像是在为我同时代的青年朋友出着主意，其实，时常是在抒发着我自己的志愿和渴望。在《生活的舆图》中，我对费君说："你想走入实生活里去，这是文艺界进步分子的普遍要求。"其中当然也包括着我。在《给漂在帆船上的》一文中，我对亚君说："世界上虽有一些乘着火轮躲在洋舱里的旅客，唯独那些在帆船上把着孤桨，经受着艰险的人，才有份观看江海的真貌。"

当时，大公报社设在天津租界里。在我心目中，那就是间"洋舱"。我所向往的却是乘一条帆船，撑着孤桨，到生活的海洋上去漂荡。

贫穷对我并不陌生。我尝过断炊的滋味，小时在上学的路上也见过饿殍。然而，活到二十五岁上，天灾是怎么回事，我还茫然无所知。往日，帝王们真会挑：地理上，北平可谓得天独厚。天津还闹过大水灾。可这里，人祸不断，天灾却难得光临。

七月进报社后，全编辑部所在的那个长大房间里，我编副刊的那张桌子离译电员的不远（各地拍来的电讯，用的都是数字编码，需要译过来）。整个夏天，不断听他边译边叹息着："黄河无缘无故干么改道！"有时译完一篇电讯，就摇头自言自语着："怎么好，水势越涨越凶。已经平了堤顶，可雨还在下！偏偏又刮起西北风。再涨，眼看七个县就要陆沉啦！"那阵子，报纸要闻版头条标的不是水势就是灾情。民间成立了救济水灾联合会，报纸头版正当中开了天窗，醒目地呼吁着："多救出一条命，就为民族多留一名生力军！"

这时，有位读者来信问我什么是他的出路。我在《答辞·理想与出路》中告诉他："这惊动了我左侧的一位正译着报告江河水位电报的同事。'已经淹没二十几个县了！'他回答我。"我还把这同南欧恶霸墨索里尼侵略埃塞俄比亚联系起来。法西斯洪水那时也正在欧洲泛滥着。

《大公报》的胡霖社长在我进报社之前，就清楚我想接触社会现实的强烈愿望。进去后不久，他确曾派我采访过一次天津法院。任务尽管完成了，我还是坦率地告诉他说，我要去的是更广阔的内地。

总编张季鸾一到编辑部就扎进他那小办公室。胡霖则喜欢先到各版看看。也可能在他巡视编辑部时，听到我在向旁边的同事打听最近的灾情。一天，他把我叫进他的办公室。那里正坐着一位看来比我要长上几岁的穿长褂的青年。胡社长介绍说，这是画家赵望云。报社已决定派我们两人去鲁西采访水灾。他眯缝着眼睛问："怎么样？一个画，一个写。"

三十年代《大公报》的做法值得回顾一下的，是它对社会力量的大力倚靠。首先是与平津几家大学（如南开经济研究所）的联系。除《文艺》外，它的十几种各科副刊都是请教授们主编的。另外还设立了"星期论文"，每周以重酬为教授们提供一次论坛。驻外记者（如戈公振）也大多是由留学海外的人士兼任的，现今报社一般都设有美编室，可版面上除了偶尔印些摄影，却很少见美术的踪影。那时大公报社里并没有专编美术的，可是版面上经常有些风格别致的图画。报社当时有两位客卿：一位是画大西北的沈逸千，另一位就是这位赵望云。这种客卿办法既避免了报社机构臃肿，人浮于事，又可大大丰富版面，加强了社会联系，同时发挥了社会上的闲散剩余力量的作用，何乐而不为！

我不懂美术。但是，一九三五年进《大公报》后，看过几幅赵望云发表在报上的画，也听到报社内部关于他的一些微词。有的甚至说他糟践了国画。从题材来说，他不画山水花鸟，专画社会生活：农村的集市或城市街巷的景物。我深感国画如具有时代的生命力，就不能总停留在唐宋山水及古装人物上。它必须与时代生活相结合。我觉得赵望云的画有着现实感，富于生活气息。因此，一听说我们将成为旅伴及合作者，自是感到十分称意。

一路上，我一边眺望窗外的华北平原，一边听他用浓重的冀中口音诉说着自己的身世，倾吐着他在艺术上的抱负。他出身河北束鹿县辛集镇一个贫苦的农民家庭。家境使他没有可能进美术学校，国画主要是他自幼靠观摩摸索出来的。不知怎么一来，他被冯玉祥看中了，不时地请他登泰山去教画。同时，他也从冯将军那里学到一个道理：不但永恒不变的山水可以入画，同样应受到注意的，是民间生活。赵望云的作品进不了画廊，受不到藏画家的青睐，冯将军就一批批地买了下来。（天晓得那些画如今流失到何方了！）就这样，赵望云成了职业画家。

我们先到省会济南，在那里访问了大明湖畔的收容所，并向有关方面了解一下省内水灾的概况，给天津报社发去一篇题为《山东之赈务》的通讯稿，登在一九三五年九月二十八日的天津《大公报》上。完成了新闻报道的本职任务之后，我们又南行济宁，转往兖州。灾情开始在铁路两旁出现了：连根拔起的顶桩，裂陷的堤坝，时而还可望到狂奔着的洪流。伤心啊，大片大片的庄稼都被淹没了，高粱穗漂浮在水面上，坍塌的屋舍旁，倒着溺毙的牲畜。

车站的站台很自然地成了难民的临时露天收容所。那里挤满了衣衫褴褛、面带菜色的男女老少。都以为我们是“放赈的”，一只只泥污、瘦削、颤巍巍的手朝我们伸来。我拿不出馍馍给他们，只能含着泪倾听他们悲苦的吐诉。晚上，我在客栈的昏暗灯光下，结合在济南车站所见，写了《鲁西流民图》（原刊于一九三五年九月二十七日天津《大公报》。见《萧乾选集》第二卷，第十七至三十二页）。这是我进《大公报》之后第一篇旅行特写，为此还接到过胡社长表扬的电报。

顺便说一下，《大公报》有一传统：每逢在外边的工作人员做出些微成绩，社长必亲自驰电褒奖一番。四十年代我在西欧战场上采访时，也曾接过胡霖社长这类电报。对于驻外记者，这既是温暖，又是鞭策，无形中也是一种导向。记得电文说，《流民图》刊出后，赈捐立即更为踊跃了。我自然也从中得到一个启示：那些用数字表示的灾情报告，感动不了谁。特写应诉诸读者的视觉，用文字描绘现场实况，越真切，就越有读头。在这方面，我同望云实在是异曲同工。他用画笔，我用的则是自来水笔。我们相约，今后这支笔将专描绘民间疾苦。

鲁西踏访之后，望云就登泰山看望他的冯将军去了。我则去了苏北邳县。那是我平生第一次骑马，而且是在一条细窄、坑洼不平的埂埝上：一边是淹没的稻田，另一边便是运河。领我巡视灾区的县长骑术熟练，已经跑得老远了。我想追上，可又不会摆弄缰绳。那匹马大概感觉出我不谙骑术了。也不知它怎么一蹶，就把我甩下来了。幸亏跌到稻田的一边，没把我丢进运河。

我挣扎着从泥泞中爬起，暗暗责备自己当记者太不称职了：既不会骑马，又不会游泳。倘若跌到另一边，那我就只好去阴间采访已去见龙王爷的灾民了。

灾情之外，同样使我痛心的是鲁西与苏北民众之间的械斗。山东官民为了不让灾区扩大，也为了促使水势早日退下来，就希望黄水往苏境宣泄。于是，暴虐的洪流就向铜、丰、邳、沛等县冲来。当时邳县眼看就要陆沉。面对由鲁西奔来的大水，苏北人为了自保，就组织起民夫，连夜筑坝堵水。这下子鲁西的水位自然又高了起来。鲁西怎能甘心这么在水里泡下去，何况水势还继续猛涨！为了生存，他们夤夜聚众扒堤。这样，同胞之间不幸的械斗就发生了。这种人灾比天灾还要悲惨！我痛心地看到，自然灾害肆虐时，民众竟自相残杀起来。

一九四七年二月，我坐在上海江湾那间斗室里编《人生采访》时，在前言中慨叹道："山东抱怨江苏故意把水堵在鲁境，江苏责备山东夜间武装破堤。我恍然发觉中国吃尽了中央集权的亏，但却没享到一分'通盘筹划'的好处。"（见《人生采访·前记》，上海文化生活出版社一九四八年版。）

3 贵州的启示

难忘的三十年代是从九一八事变开始的。沈阳的炮声把沉睡中的中华民族唤醒了。全民族奋起抗日自然就成为那十年的主旋律：从前奏曲到第一乐章。随着上海闸北一声炮响，企盼已久的大时代终于到来了。抗日的口号可以自由喊出了，报纸上也不需再打××。激昂，亢奋，义愤填膺，好像闷室打开了窗户，瘫子挺直腰板站了起来。

战争无可避免地要打乱生活。报纸由十六版缩为四版。纸张告缺，广告也没了着落。报社势必得精减人员。既然不再有《文艺副刊》了，它的编者自然也成为多余的了。

胡霖社长把要裁减的人员分别叫到他那办公室去谈话。我也被叫去了。他的话讲得十分委婉。先对我进报社以来的工作大力肯定一番，然后又以饱经世故的长者口吻，从爱护青年出发，说看来这仗一打，就得破釜沉舟。估计沿海是保不住了。像我这样的青年，应当尽早去大后方，以便保存实力。接着又用歉疚的口吻补上一句："报社现在正处于朝不保夕的状况。遣散费嘛，只能支给半个月薪金。"

八一三那天，刊物上还在出着最后一次的书评专辑，半个月后，它的编者就这样失业了。我只好匆匆忙忙地结束在上海环龙路新搭起的安乐窝，偕同刚由东京赶回来的"小树叶"，开始了我们为时将近一年的流亡生活。

当时，沪宁路已被炮火切断，只好搭船绕道去香港，再经广州去汉口。在那里，遇到适从沦陷了的北平逃出来的杨振声和沈从文两先生。感谢他们把我们收容下来。在珞珈山下滞留了几个月，然后经长沙转到沅陵，在沈云六大哥那幢半山腰上的杏黄色小楼里小住数月。好容易才买到开往昆明的汽车票：从华东的黄浦滩经港穗折回华中，又经湘黔而落脚于滇池之畔，走的可说是个大"之"字形。这一路的见闻，大致已记入《湘黔道上》（见《萧乾选集》第二卷，第三十三至四十八页）一文了。

流徙中，我体验了中国之大，也强烈地感到发展得多么不平衡。沿海城市和广袤的内地，不知相差了几个世纪。同时，省与省之间的自然条件，也十分悬殊。这印象在从富饶的湖南进入贫瘠的贵州时，特别强烈。在贵州，又看到城市与农村的巨大差别。

车开出晃县不久，朱色的肥沃土壤和蓊郁的松岭就不见了。车在重岩叠嶂间的羊肠小道上迂回行进，一路颠颠簸簸。望着车窗外轮下的万丈峡谷，时刻捏着一把汗。贵州的山秃而瘦骨嶙嶙，土壤是灰黄色。一辆刚翻下去的客车倒在谷底，人们正往外抬着血淋淋的死伤乘客。我们这辆车上的人倒吸一口气，偏过头去，或用手捂着眼睛，不忍也不敢去正视。真是"前车之鉴"啊，我们自己也只能听天由命。山脚下，几匹瘦马在啃着枯草。偶尔出现一座疏林，还像煞有介事地插着"实验造林场"的木牌。

群山之间，时而也出现一二村落。农民在稻田里唧唧唧地踩着水车，用汗水向吝啬的大地讨着生存。老天为什么对贵州如此刻薄！难道秃山底下就没为他们埋藏点儿稀有矿苗？村边坟地，到处竖着表彰"节烈"的石碑，凉篷小轿下耷拉着三寸金莲。娃娃们裹着一身破布，走了八百里荒山，还没见到一所小学！

一到贵阳，可就完全不同了：马路两旁整齐地栽着树木，旅馆里电灯、电话、洋瓷浴盆、抽水马桶，虽比不上上海南京路，又回到了文明世界。

这对比太强烈了。从那八百里荒山来到这现代化的都会，舒坦之余，又觉得这片繁华只不过是纸糊的，是贵州的橱窗，荒山才是贵州的实体，中国搞建设，功夫和本钱不能都下在橱窗上啊！橱窗已进入二十世纪初叶，实体却仍徘徊在明清时代。那怎么行！这样空尚形式，只注意表面，自欺欺人的国家，在武装到牙齿的强邻欺凌下，如何得了！

中国啊，不能再沉睡下去，你该醒醒了，在这靠实力来较量的世界上，不能把功夫光花在橱窗上，不能光靠梳妆打扮！

4 从昆明到海防

一九三八年秋，《大公报》在香港创刊了。事先，我应胡霖社长电召，赶去那里参加筹备工作。

那时，内地人赴香港，得走安南（即今越南），正如要去西藏得走印度。我必须先穿过当时那块法国殖民地，才能到达英国统治下的香港。倒也好，这样可以体验一下两种殖民统治。

以昆明为起点，安南海防为终点的滇越铁路并不长。其实，有一趟名“米西林”的特快列车，当天就可到达。然而只有达官贵人才坐得起。当时那种便利与我无缘。普通旅客得走上三天，因为火车只在白天行驶。它像驿马一样，每晚都停下来，乘客分头去住客栈。第一天它停在滇南重镇开远，那时也叫阿迷州。第二天在河口出国境，抵老街。第三天开到海防，这才搭轮船航行三天，到香港。这六日行程如今飞起来，连六个小时也用不了。

这条铁路沿线（尤其在云南境内），风景真是迷人到家了。火车开出不远，铁道就同玉带般的红河并行起来。我从黔南进入滇北时，就注意到：在贵州，你爬完一道高山，等待你的还是一道峻岭。云南则不然。火车穿过一道险峻重岩（有时是从一个悬崖钻入另一绝壁），在众山环抱中，总有一片平坦、碧绿、富于人情味的田野：镶嵌着棕榈芭蕉的稻田里，时有老乡赶着水牯在耕作。

离开昆明后，火车不知跨过多少桥梁，穿过几十座隧洞。有人说，当初法国人修筑这条铁路，为了炫耀他们的工程技术，故意专走险处。关于有些地段如丝带桥及人字桥，还有一些美丽的传说。忘记指的是哪座架在两道悬崖之间的险桥了，据说多少造桥专家的设计都失败了，在施工过程中还死了一些工人。最后只好在巴黎重赏招标，中标的是某火柴厂的一名普通女工。她用火柴棍摆来摆去，竟然拼凑出力学家们所未能设计成功的图案。

那个时期，我有个习惯：喜欢随时随地掏出个小本本，记一记所见的景物或头脑中刹那间闪现的思绪。行程的第二天，快要到边境时，我正倚窗作文字速写。猛然间，被人从身后紧紧搂住了。火车到站后，大家都忙着下车办理过境手续，我却以“当场抓获”的间谍嫌疑，被腰挎盒子炮的边境检查站的人扣留下来。幸经同行的施蛰存老兄出面证明，站上又向昆明反复核实，才得以放行。

在老街，我第一次领略到法国殖民地海关人员的粗暴。他胖得呼哧呼哧直喘，嘴里斜叼着雪茄，人又喝得醉醺醺的。他双手在我皮箱里东翻西抓，最后索性把箱子扣个底儿朝天。他不是在搜寻什么违禁品，只是在逞威风。

好容易住进了旅馆。本来热带气候就闷热，又这么折腾一通，身上的衬衫已经贴肉了。正要享受一下淋浴时，茶房敲门了：到殖民厅去核对护照。迟一刻，第二天就休想上火车。

旅馆离殖民衙门还有好长一段路。茶房在前头领着同乘这趟列车来的这批乘客浩浩荡荡地前往，队伍里还有缠足的老妪和抱着娃娃的妇女。

殖民厅好威风啊！天花板上是一只靠人工拉拽的大风扇，由两个安南人操作着。台子后面神气活现地坐着位殖民官。他一边喝着什么饮料，一边捻着他那两撇仁丹胡子。站在一旁的安南下属握着一沓护照。每当喊到谁，就得挤到前边，听任殖民官上下打量。等他确认你是良民后，才在护照上唰唰地画上两下，就算过了关。

老街是个边境小镇。旅馆门前是一条专做过路旅客生意的街。街北草坪上有座露天剧场，附近还有一家赌场。每当回忆起老街那家旅馆，除了难熬的闷热外，屋角墙缝间那种叫起来活像麻雀的大壁虎的形象，就会浮现在眼前。

抵达香港后，我曾在《安南的启示》一文中写道："在安南，你可以看到一个国家应有的东西：美丽的山河，现代的文明；所缺乏的只有一样：自由——独立国人民应有的自由。……丢掉了自己的文化，又丢掉了自由，那是注定了的悲剧，是什么现代文明也不能补偿的损失。因为机器本就是吮血的家伙。如果不是由自己来掌握，文明也许正是个噩梦。"（见《萧乾选集》第二卷，第五百一十九至五二十页。）

5 中国的东南角

在香港，我一边编着刊物，一边还在寻找着去内地跑跑的机会。在我的生活愿望中，那总是占第一位的。

这时，我与昔日的同窗谢冰季（冰心大姐最小的弟弟）在岛上重逢了。我们从小学一年级就同班同学。初中毕业后，他去英国学海军了。一九三八年，他在一条缉私船上当船长：一身雪白笔挺的制服，黑地金道道的肩章，神气极了。他的船当时正在珠江三角洲一带游弋，就提议带我去距香港只三小时航程的宝安县玩一趟，说那里如今正处于三不管的状态：它当然不属于香港，可广东省正忙于防御敌军入侵，也鞭长莫及，而日本人可能认为早已是囊中物了，或者还没来得及去占领。我自然很乐意同他走一遭：既可一路上叙叙别情，又能踏访中国东南一个被历史遗忘了的角落。

归来，我写了《从香港到宝安》(《萧乾选集》第二卷，第七十三至八十二页）一文。

然而，我心坎上更挂念的，还是潮汕。那是我十八岁上开始流浪生活的起点，是我的第二故乡。在那里，我第一次尝过爱情的苦果，也第一次体验了人生。

就在这当儿，我遇到了代表华北游击队来香港募款并购置药品的黄浩。我同潮汕人总是一见如故的。我们立即成为好友。我陪他在香港跑了一些地方，并访问了同他一道来香港的尉桂勋。他是我在崇实的一位老同学，我们曾坐在一条板凳上织过地毯。那时，他已成为华北游击队一名出色的爆破大队长了。根据他的自述，我写了《一个爆破大队长的独白》。那是较早的一篇描写游击战争的文章。

在香港完成了任务之后，黄浩忽然问我，想不想跟他一道回一趟他的家乡？那还用说！我绝不会放弃这样的机会。我并没辜负他的美意。回港后连续写了《潮汕鱼米乡》《岭东黑暗面》《林炎发入狱》以及《阻力变成主力》。文章内容可能有犯忌的地方。那阵子我写的通讯，总是香港及重庆两地的《大公报》同时刊登。这一批香港照登了，重庆却一篇也没采用。

这是我第三次去汕头了，是在侵略者随时可能登陆占领的前夕去的。尽管那里的海还是蓝得像宝石，小电船在鮀江上也依然龙虾般地穿梭着，一路捏着鼻子尖声叫着。绵亘起伏的蜈蚣岭也仍像天地间一只巨蟒那样沉睡着。可我心里却有一种异样的惆怅感。当然也想到了我那一去不复返的“梦之谷”，可更萦萦于怀的，还是潮汕的命运。看到岭东的黑暗面，我真为它担着心思。

然而，不同于当时的香港，这毕竟是自己的土地啊！到处贴着“誓死保卫祖国”的标语，路口堆积的沙袋象征着民众抵抗的决心。市电力厂已经遭到敌机的轰炸了，除了中山公园一角，四下里一片漆黑。关心时事的市民们坐在大喷水池周围，倾听着南生公司的无线电播放着新闻。不过，小巷里卖鱼丸馄饨的小贩照样挑着担子，敲着竹梆，用沙哑的嗓音叫卖着。十年前的往事立即兜上心头。

这时，黄浩的胞弟暹罗（即今泰国）归侨黄声为了配合救亡工作，正在揭阳和普宁一带办起南侨中学。我们访问了校本部和几所分校，同那里充满活力的热血青年相处数日，看他们上课，操练，开讨论会，个个都将是游击队的坚强战士。我写了《教育流进僻乡——南侨教育史上一奇迹》。在他们身上，我瞥见了岭东的黎明。

不少当年的南侨学生，五十年代都成为潮汕地区的行政骨干了。黄声也当上汕头市的副市长。然而，在史无前例的“文革”浩劫中，黄声、黄浩哥儿俩均屈死于残暴的红卫兵之手。黄浩的第三个儿子也受了牵连，被暴徒从东四头条硬拖到六条，一路拖一路打，就这么丧了命。在《未带地图的旅人》一文中，我曾追忆过同黄家的这段友谊。

一九三九年春，我又从香港赶到昆明去采访正在修筑中的滇缅公路。那次我一口气写了五六篇通讯，登在港版及渝版《大公报》上。一九四七年编《人生采访》时，我只收了《血肉筑成的滇缅路》。我拙于言辞，在文中称那些铺土、铺石，也铺血肉的两千五百万民工为“历史的原料”。在我心目中，他们才是抗日战争的脊梁骨，历史的栋梁。

6 两位长者

我能在第二次世界大战前夕，身兼《大公报》驻英特派员的职务登上一艘开往欧洲的轮船，亲历人类那场大屠杀的全过程，首先要感谢如今已年过九旬的于道泉大哥。就先从我们之间的友谊谈起吧。

我是一九二六年结识他的。当时，我还是个初中三年级生，他则已从齐鲁大学毕业了。他和已故李安宅都是我四堂兄（安娜的丈夫）在齐鲁时的同学。那时我愤于军阀黑暗统治，在崇实中学参加了CY，安宅是我的介绍人和领导。我经常骑车到他在海淀老虎洞的家去过“组织生活”。

一天，安宅透露给我个秘密。他不久将去库伦（即今乌兰巴托）开会。这期间，要我找道泉。我在老虎洞见过他，那以后，我就不时地向他报告有关在崇实组织少年互助团的事。

后来由于团里一个比我低两班的成员告密——事后才晓得他爸爸是侦缉队的，而那时队上每抓获一个赤化分子，就赏五块银元——我被逮了去，关进北平东四报房胡同拘留所。亏得安娜托人把我营救出来，改由学校软禁。一九二八年北伐军抵北平，我恢复自由后一打听，道泉知我被捕，旋即遁入雍和宫，由喇嘛们保护起来了。那可能就成为他钻研藏语的契机。今天，他是中央民族学院教授，国内不可多得的藏文专家。

一九二八年我流浪到汕头后，我们之间就失却了联系。一九三九年我们在英国重逢时，他才告诉我：三十年代中叶他就去了欧洲。一九三九年春他在伦敦大学东方学院任教时，学院秋季正要聘请一名中文讲师。我们虽多年未通信，他却一直从《大公报》上了解到我的行踪。他向学院推荐了我。

我从滇缅路回到香港，在大堆积信中，发现了东方学院的聘函。我当然是喜出望外，然而细一琢磨，并不那么可心。待遇低得要命：年薪二百五十镑，还得刨去四分之一的所得税。最令我绝望的是：旅费自筹。我只好望洋兴叹。

由于胡霖社长的关怀，才成全了我那次的欧洲之行。

看样子是去不成了，我也就没去告诉这位老板。可他从编辑部风闻此事，立即主动把我叫到办公室，问我的意向。他坚决主张我马上复信，接受聘请。“至于旅费嘛，报馆先垫上，以后你用通讯来还就是。”

报社在大战前夕用预支的办法在现场布下了我这颗棋子（胡霖语），而我则在命运的突然召唤面前，没打退堂鼓，接受了生活的挑战。

回顾那七年的海外新闻工作时，我不能忘记在自己一生重要时刻这两位长者所起的关键性作用。

我自知才具有限，一向也不够勤奋。我倒过霉，但有时我的幸运也是不同寻常的。我做梦也没想过能赶上人类这么大一场戏。它确实使我走出自己那个窄小天地，在更大的领域内，体验了人生。

7 并非“莫名其妙”

第二次世界大战是以一九三九年九月一日纳粹德国对波兰不宣而战、突然派大批机群轰炸华沙为开端的。紧接着英法就对德正式宣战。其实，头一年，奥地利和捷克斯洛伐克就已相继被吞并。在那之前，希特勒在东方的伙伴也早已对中国动了手。然而有的西方历史学家竟然把英法联军对德宣战到转年四月那段日子，称作Phoney War。

Phoney这个字不大好译。它一般是作“虚假”或“有名无实”解。但是这根本不通。宣战后，英国吸取了华沙的教训，天空就布满了气球阵，街头巷口也堆起准备巷战的麻袋。市民不论男女老幼，肩上个个挎着防毒面具，民政部给低收入的家庭发了盖防空壕用的钢板。扛得动枪的男子统统入了伍，妇女也组成了农业大军。这怎么能说是“虚假”，或“有名无实”呢！一个勉强的译法是“莫名其妙”。我估计此语是站在历史安全岛上的英国市民所发的愉快的牢骚。似乎表示：要打，你们就认真打呗。这么不打不和，闷闷沉沉的，算怎么回事！

其实，英国政府鉴于希特勒对波兰的突然袭击，还是十分认真对待的。宣战后，措施之一，就是立即把高等院校一股脑儿迁出首都。伦敦大学就这样被疏散到了剑桥，我任教的东方学院也随之就由那里的基督学院收容下来。抵英后我最早寄给《大公报》的是两封《剑桥书简》，其中主要描述我乘法国邮轮驶离九龙后，近一个月的航行，包括在西贡无缘无故地被拘留七天的经历。

大学城的生活固然丰富多彩，然而作为记者，那时我更急切想去的还是英国首都。因此，一放寒假，我立即搭乘公共汽车，奔往五十五英里以南的伦敦（不坐火车，是为了沿途可以一睹战时英国乡镇村落的风貌）。从《初访伦敦》中，读者可以看到我逍遥自在地逛动物园，访狄更斯故居，参观杜素夫人蜡人馆，巡礼威斯敏斯特教堂。一路从从容容。皮卡迪利圆场和庞德街上，牵着狗的时髦仕女照样花枝招展，着礼服的绅士也依然甩着手杖出入“女人止步”的俱乐部。除了一些防空措施，伦敦确实没有多少战争气息。

那阵子，英国政坛上及文化界少数慕尼黑派投降主义者还真的蠢蠢欲动，不断传出英德即将媾和的谣言。一批短见人士也在叫嚣着德国空间实在窄逼，随他们去吞并奥地利，占领捷克斯洛伐克和波兰算啦。英国犯不上为旁人去卖命！从我那篇《一九四〇年欧洲稗史大观》也可以看出当时那些鸵鸟式自保主义者的蠢动。也正是出于这种极端利己主义者的幻想，珍珠港事件前还有人在酝酿东方的《慕尼黑协定》。

在这种虚假的“升平”气氛下，伦敦选起戴防毒面具的皇后来了，法国自称固若金汤的马其诺防线旁，甚至种起了玫瑰。人们热爱和平，厌恶战争，这在情理中。混世魔王希特勒也正是利用善良人这种心理来恫吓、迷惑、麻痹以至分化。

就是在这种“莫名其妙”的气氛中，伦敦大学校董会在一九四〇年学年结束前，做了迁回伦敦的决定。当时，整个西欧都已沦陷，英国正处于兵临城下的境地。五月十日，用绥靖政策吊起希特勒胃口的张伯伦已挂冠卸任，雪茄不离口的丘吉尔入主唐宁街。我们刚刚在六月底迁回，七月十日“卐”字轰炸机群就飞临伦敦上空，“不列颠之战”开始了。

8 大轰炸·大考验

一九三九年九月，英伦三岛上空尚未出现敌机踪影时，伦敦大学当局就遵照政府命令，失魂落魄地疏散到剑桥。转年在大轰炸的前夕，它却迁回伦敦。校内不少人自然感到困惑不解，甚至啧有烦言。

我当时的心情是矛盾的。当然我也贪生怕死，巴不得还舒舒服服地留在剑桥大学城，每晚踏踏实实地上床睡觉。但出于职业（记者）本能，我又庆幸伦敦大轰炸时，我能在场。从广播中得悉，来袭的敌机每晚都超过一千架次。八月二十日那晚，竟出动了七千九百架次，而英国起飞应战的喷火式战斗机的数目也不相上下。那阵子夜夜得睡在地下铁道硬邦邦的站台上，白天一拉空袭警报，也得狼狈地四处找地方隐蔽。汉普斯特德的住所被炸了，到友人家去度周末时，房子又中了烧夷弹。然而，我看到的是八百万伦敦人在死亡面前的镇定，守秩序，而且依然保持着幽默感。这种民族素质值得报告给也在挨太阳牌敌机狂轰滥炸的重庆同胞。在《伦敦一周间》《血红的九月》《矛盾交响曲》以及《银风筝下的伦敦》中，我就用日记、通讯以及散文特写的形式，向国内读者着重报道了一个民族大难面前的精神面貌。我并没记述昨晚来了多少架，打下多少架。可我在踏访轰炸后的废墟时，偶然瞥见，在已经被炸成一堆碎砖破瓦的地方，竖着一块“照常营业”的招牌。既富于风趣，又显示出英国人凛然的气概。我的意图显然就是要让在重庆以及整个大后方的同胞感到不孤。希望他们能从伦敦人的镇定中，得到鼓舞。

如今回想起来，当时我确实有点使命感。大轰炸之前，来自中国本土的庚款留英学生均已陆续回国了。那时留在伦敦的中国人，除我之外，主要是十几位马来亚华侨和使馆以及中国银行的工作人员。我又是旅英华人中唯一的记者。朋友们每提到我在一九四四年联军大反攻期间当上随军记者那段往事，就认为我准是出入于枪林弹雨之间，冒了好大风险。事实并非如此。我这个人胆子不大。可是每次空袭后，为了报道大轰炸下的伦敦，警报一解除，我就踩着还在冒烟的废墟，踏访落过炸弹的地带。有时地下煤气管道炸裂了，四下里烟雾弥漫；更令人提心吊胆的是角落里的定时炸弹，或尚未爆炸的家伙。我平素大大咧咧，那会儿可丝毫也不敢冒失。

安图称霸天下的歹徒野心家，总以为可以凭借残暴的狂轰滥炸来征服酷爱自由的人民。大轰炸却恰恰使英国人民抱成一团，攥成一个拳头。打那以后，人们都铁了心，再也听不到苟且偷安的议和声了。一度传说曾主张向希特勒乞和的逊王爱德华第八世，也毅然赴百慕大去就总督职。

第二次世界大战西欧战场上不乏令人难忘的壮举。三十万溃军从敦刻尔克海滩撤退固然可歌可泣，诺曼底大反攻也声势浩大。然而，我始终认为在整个西欧沦陷后，英国与纳粹只一水之隔。处在兵临城下境地而能顽抗到底，才是最关键的。这时纳粹空军头子戈林把从空中进攻英伦三岛定为“鹰计划”。那仅仅是代号为“海狮计划”的登陆序幕。每晚从德国本土以及占领下的法国西海岸分别派出上千架机群，接连三个月向伦敦等人口密集的大城市进行地毯式轰炸，成千架英国喷火式和飓风式战斗机奋起应战。这个民族不怨天，不尤人，更不屈服，咬紧牙关拼到底。终于使“鹰计划”破产。转年九月，希特勒手令“无限期推迟‘海狮计划’”，掉头执行进攻苏联的“巴巴罗沙”计划，重蹈拿破仑的覆辙了。真是人定胜天。那无疑是英国历史上最伟大的时刻。

我是适逢那个岛国在物质生活上最匮乏的时期旅英的。足足有六年，每月吃不上一磅肉，每年只配给两双袜子。朋友请吃茶，得自带糖和茶叶各一小包，香蕉只见过泥塑的。然而，在精神方面，那正是这个民族最光彩的时期。在大毁灭的威胁面前，他们昂起头，挺直了腰杆。

这就不能不令人记起当时为英国人民掌舵的丘吉尔。

9 英雄与时势

年轻时血气方刚，喜欢跟人抬杠：从先有鸡还是先有蛋一直抬到究竟是时势造英雄抑或英雄造时势。饱经沧桑进入暮年，就懂得天下事都不宜也不必说得那么绝对。精力过于充沛没地方使的时候，抬抬杠倒也无妨；既可消磨一下多余的精力，又能获得战胜了对方的满足。而今，躯体里剩下的精力已无几，再也没有那种兴致了。

一九四〇年七月，当丘吉尔下令封锁中国抗战唯一的对外孔道滇缅公路时，英国正义人士群起抗议这种短见的自私行为。由于我是在英国唯一采访并报道过滇缅路的记者，英国援华会就安排我赴各地演讲。我主要谈的是滇缅路对中国抗日战争的重要性。结论中，自然也不能不痛斥丘吉尔的不义之举，并指出，他实际上是在掐中国的咽喉，并助长日本在远东的侵略。英国迟早必然自食其果。

毫无疑问，那是一卑劣行径，说明国际间，即使在面对同一法西斯敌人时，也只顾各自的利益，谈不上什么道义。没有珍珠港事件，美国也不会参战。

然而，在开战七个月后，当英军从挪威溃败下来的千钧一发之际，英国中流换马，撤掉软骨头的张伯伦，让铮铮铁汉丘吉尔挑起大梁，确实是扭转战局的关键的一步棋。

正如我在《一九四〇年欧洲稗史大观》一文中所写的，当时日本横滨银行驻伦敦分行的经理加纳子爵已预言，不出三个月英国就将挂白旗向纳粹屈膝投降。美国驻英大使肯尼迪也公然发表谈话说，民主主义在英国已寿终正寝，纳粹接管只是时间问题。英国的败北主义者更不断造谣惑众，说圣诞节就将停火。但是丘吉尔上台后，用一个大大的"不"字，粉碎了一切和平幻想。犹如罗斯福总统每星期五对美国听众广播的"炉边恳谈"一样，那时丘吉尔也于每星期一晚七点，通过电台对广大群众发表亲切谈话。我还记得，他曾用发颤的声调对英国公众说："我能奉献给你们的，只有热血、汗水和眼泪。"略顿片刻，又带着蔑视和坚定的自信补上一句："我们正等待着德国人过来呢——连海里的鱼也在等着。"

一九四〇年英国陷于危在旦夕的"时势"不是丘吉尔之过，毋宁说那是希特勒那个混世魔王一手造成的。然后，丘吉尔以破釜沉舟的果断之气，凭他那宁为玉碎不为瓦全的浩然之气，发自肺腑的感人誓言，再加上他用食指和中指叉成V字形（表示胜利）的手势，的确将四千余万英国人动员起来，扭转了乾坤。倘若误国误民的投降主义者张伯伦依然掌着舵，那就不堪设想了！在这个意义上，也可以说英雄造了时势，使得一九四四年六月联军有可能从诺曼底大举反攻，从腹背夹攻纳粹歹徒，最终直捣柏林。

然而，在一九四五年七月的英国大选中，丘吉尔这位舵手竟落选了。当时有不少人想不通。当我看到坐在波茨坦无忧宫三强会议英国席上的首席代表是平庸的艾德礼时，也曾深感不解：英国选民怎么忍心抛弃力挽过狂澜的英雄呢！现在回想起来，英国选民的抉择是很有道理的。

首先，杰出的军事家未必就是伟大的政治家。战阵之间讲究兵不厌诈，为政则首先要取信于民。军事上完全可以不问三七二十一，凭借火力先压倒对方再说，政治家可不能光图痛快，追求声势；一时心血来潮，那会造成不可挽回的后果。每走一步，他都必须瞻前顾后，切忌随兴之所至。

人们不曾忘记战时丘吉尔的许许多多博得喝彩的演讲。当天空布满乌云时，他说过："有人问我们的目标何在，我们的目标就是胜利。不顾恐怖地求得胜利。不怕路途遥远和艰难，必得争取胜利，因为不胜利就没有生存。"一九四〇年六月二十二日法国投降那天，他说："我们不能松懈，不能失败。我们要抗战到底。我们要在海洋上作战，不顾一切牺牲，保卫我们的国土，永不屈服。"大反攻得手后，他又说："走向胜利的道路也许不像我们想象的那么遥远了。但是我们无权这么想。不管远近，不问难易，我们要走到道路的尽头。"他的豪言壮语，他在战时的众多果断措施，特别在希特勒转过头来打苏联时，一生反共、"十月革命"时还曾帮过白军的他，能马上联苏，下令英国军火工厂优先为东线生产武器，这都是极为英明的。自然，他是绝对从英国本身的利益出发的，但毕竟具有远见。

然而，英国选民断定这位出身贵族世家，曾发誓"我当首相一天，就不会让任何人染指大英帝国"的丘吉尔，与人们普遍渴望民主自由、亚非拉各大小殖民地都纷纷要求独立平等的战后世界，是不相适应的。工党没有丘吉尔那样的显赫人物，但拍得出一份给英国人民以生活保障的"贝沃立治计划"，因而选民们就毅然抛弃了那不可一世的丘吉尔。于是，有着汗马功劳的丘吉尔不能居功恋栈，只好乖乖地从唐宁街十号卷了铺盖。他甘心吗？在资产阶级议会政治的那套机器下，他别无选择。六十年代，倒是另一个保守党政客——在军事上从未立过功勋的麦克米伦，识时务，顺潮流，承认“改革之风不可逆”，从而拯救了保守党，也拯救了英国。

在战时，丘吉尔是英雄，因为他顺应了时势，推动了历史。在另一情况下，英雄也可能成为历史进程中的绊脚石。

英雄者，识时务者也。

10 精辟的结论

珍珠港事件之后两三年间，伦敦与远东之间的邮路中断，我的通讯随之也就稀少了。在那之前，我曾在《大公报》上开辟了一个《话说当今英格兰》的专栏，除了战事外，还报道了战时科教、妇女以至宗教等方面的问题，其中《舆论·广播·宣传》一文当时曾特别引起国内读者注意。原因很明显：那时重庆压制舆论，不容许任何不够和谐的论调存在，且动辄赐以大帽子：轻则“破坏民主”，重则“泄露军事秘密”。一九四〇年七月初，英国政府也对舆论界设了一些禁区，规定了惩罚条例，并对那些不够驯顺的言论及行为严加惩处。这下子英国报界为之哗然。他们对政府的抨击反而变本加厉。一时就防空设备差，对人岛拘留营的敌性侨民待遇欠佳等不许涉及的种种问题，向政府大举攻讦。《新闻纪事报》甚至在社论中对英政府发出警告说：“英国人民是决心打赢这场战争的。放心，他们的纪律是好的。但绝不准备接受高压。信任他们吧，否则谁信任你们！唯有法西斯苗头的萌芽才会使我们自趋灭亡。”

英国政府吃不消了。七月二十三日这天，由首相亲自出马，向舆论界道歉，承认错误。收回成命。凡因触犯了条例已判刑的，立即赦免。凡因而被罚款的，马上照额退还。政府深得人心，民众士气因而大振。

当时的执政党是保守党。英共及工党非但在报刊上对政府时加抨击，还出版了两本风行一时的畅销书。一本是攻击《慕尼黑协定》的《罪人们》，另一本是《奸细》。二书的销数均打破了一百万册。对保守党政府最不客气的是《世界史纲》的作者赫·威尔斯。他在纽约对美国报界发表谈话，攻击当时在任的外交大臣说：“哈立法克斯代表的正是每个英国爱国者所痛恨的。如果有一天他去签订和约，那和约必然是危险的。由于他的宗教成见，他打心里反苏。”这下可惹怒了保守党中的死硬分子温特吞贵族，他在议会里愤然提出：“根本不该准许威尔斯去美国。”在场的内政部官员赶紧解释道：“威尔斯已年逾七十，远远超出兵役龄，不能阻止他出国。”

我就是通过这类报道，对当时《大公报》的读者说明，舆论统一并无助于民气的兴旺。反之，有怨气，让它出一出，既有助于改进政府工作，又能振奋人心，促使人们更积极地支持战争。

这当然是说给重庆当局听的，也为国内的言论界撑了撑腰。然而，英国检察官肯让我利用伦敦报纸上这些对他们自己政府的抨击来激发中国言论界吗？为了防止通讯稿被扣，我就故意在文中加上一句：“以上种种，如果不被检察官剪掉，读者至少可以一睹英国舆论界在战时的活力。”这么将他一军。检察官果然就放行了，既没敢打红杠杠，也没剪掉。

在战时，新闻自由确实是件极为敏感的东西。作为一名外国记者，我尤其得时刻当心。我尽量不涉及军事方面的内容，侧重报道英国政府对舆论界攻讦的容忍，以迫使国内当局放宽言路。那个时期英国报刊的读者来函栏里还不时登载一些去重庆访问过的英国文化界人士，对中国政府迫害知识分子所作的揭露或抗议。这些，我则很少漏掉。有些报道《大公报》没敢登，但胡霖社长也总有函电向我解释，并要我务必继续照发。不过，这类通讯还是登了不少，以致重庆《新华日报》于一九四四年九月一日以《祝记者节》为题，发表了一篇社评。我佩服这篇文章绝不仅仅因为它对我个人当时的工作给予的支持和肯定，更是由于它对那场反法西斯战争胜利的关键，作出精辟的分析和结论。所以特在此将全文转录如下，以供第二次世界大战研究者们参考。

社论 祝记者节

前天《大公报》登载了萧乾先生的伦敦通讯《虎穴的冲击》，一开始就论到开辟西欧第二战场的历史意义。他在讨论英美盟军的成功时，提出了这样一段教训：

“此举吾人最应注意的，是五年来的欧战，英美知己知彼，一面保护自身的长处（如言论自由的维系），一面无时或忘学习敌人的强点。”

他把言论自由等民主权利和向敌人学习并提，认为这是制胜的原因。萧乾先生在英国多年，是位记者，他的观察和结论，是应该重视的。他从英国的实际情形，深切地体验到，没有言论自由等民主权利，“有史以来军事上由惨败而至挺战的大翻身”，由退却转到反攻是不可能的。

从这个事例，我们更容易了解，为什么罗斯福把言论自由列在四大自由的第一条，为什么丘吉尔把言论自由列在七项标准的第一项。正是因为他们重视言论自由，把纸弹的火力，动员并集中到揭露和打击法西斯主义，同时也热烈地欢迎人民批评政府政策和各种作战努力，揭露错误和缺点，使民族更团结，人民更积极，士气更提高。这样，美国便能雪珍珠港之耻，而转入反攻，英国便能雪敦刻尔克之耻，而走向胜利。英美从大西洋到太平洋，从地中海到印度洋，从欧陆到缅甸，现在所以能够战无不胜，攻无不克，政治上的民主，是最重要的关键，而言论自由，又是极重要的一环。这是铁一般的事实。

罗斯福和丘吉尔都把言论自由确定为战争目的之一，在战时，要依靠它来打胜仗，在战后，还要依靠它来保持永久和平。早在去年二月十五日，美国报纸编辑协会会议，在罗斯福亲自出席参加之下，曾通过议案，要求在战后全世界保证出版自由。美国国务院在它巨大的战后议事日程中列有国际新闻关系这一问题，已预定设立特别委员会起草提议，以便日后或由美国政府主持与其他列强谈商，目的也是为了保证国际间的言论自由。今年四月二十二日，美国报纸编辑协会会议，又通过决议，认为全世界新闻和通讯自由对避免未来战争十分重要，决定请由国际协定形式，保障此项自由。《圣彼得斯堡时报》的编辑鲍恩特，且提议向美国国会请愿，要求宣布美国的国策。“拒绝承认侵害新闻与言论自由的任何政府和个人。”这些材料，不仅说明言论自由在彻底反法西斯主义、保障世界持久和平中的重要，也说明了盟邦新闻界同人怎样重视言论自由，把言论自由看成和新闻事业血肉相连的东西。可以说，没有言论自由，就没有健全发展的新闻事业；没有言论自由，新闻事业本身是会枯萎的。所以，新闻界同人，随时随地都在团结一致，为言论自由而奋斗到底。

中国的新闻界同人，是世界民主的新闻战线中的一部分。地域尽管不同，任务却是共同的。每个记者都应该是反法西斯的战士，都是要争取和保卫言论自由。今天“记者节”日，我们竭诚向全国记者呼吁，亲密的团结起来，把笔锋瞄准日本帝国主义和汉奸，积极为争取民主进步，要求言论自由！

11 眼花缭乱的一年

一九四四年春间，正当我身披黑袍、头戴方帽在剑桥钻研着意识流小说时，胡霖随中国访英团来到了剑桥。这位老板大概早已料到我不是搞学问的材料，劈头就问我：“你即使拿到了剑桥的学位，回国去又有什么用？左不过是在履历上添了这么一条。”接着，他又向我挑战说：“第一次世界大战我可是中国驻欧唯一的记者。（他报道过《凡尔赛和约》的签订。）如今，你的机会来了，就看你有没有这个魄力和决心了。”

我一生逢到过几次挑战。那也是一次。当时，小论文已经写了十来篇，导师也还满意。只要再串一串，就可以凑出一篇毕业论文了。况且三年的奖学金又还剩一年，何必这么功亏一篑呢！

然而另一个更响亮的声音在召唤着我：你不是要采访人生吗？当初不就是为了怕教书，你才转到新闻系，好当上记者吗？如今，千载难逢的机会来到了。当人类这出大戏快演到高潮时，你是继续扎到故纸堆中啃天书呢，还是立即到热火朝天的地方去驰骋呢！

早在一九三五年春天同这位老板在北平来今雨轩初会时，他就已了解我平生最大的志愿是深入到生活中去，而不是伏在案头。所以他泰然自若地对我说："你尽管慢慢地去考虑，明天再告诉我，怎么样？"

可是我没等到第二天。我转过身去挠了挠头，咬了咬牙，接着就横了心说："胡先生，我决定了：去！"

当晚我就向导师谈了我的意向。瑞兰德教授不免吃了一惊，感到失望，但他懂得尊重门徒的意愿。他摇着头，怅然地表示了充分的理解。

这样，学期一结束，我就搬出那套十四世纪的古老斋舍，告别了恬静优雅的大学城。在希特勒正向伦敦密集地祭起他那两件看家的秘密武器——火箭和导弹时，我在伦敦报业中心的舰队街开设了《大公报》驻英办事处。同时，经正式申请，成为随军记者。

在这之前，我从未拍过电讯（而且是用英文拍），从未管理过坐着五名洋女秘书的办公室，更没经营过广告业，没同油滑的广告商打过交道。我也不懂得怎样签订各种租约及合同。所有这一切，我都必须现学。更重要的是得尽快穿上军装，随部队奔赴硝烟四漫的欧陆。

一九四四至一九四五年确实是我一生最忙碌，流动性最大，最为眼花缭乱的一年。当我坐在美军第七军那装满黄色炸药的车队中的一辆里，浩浩荡荡地驰赴莱茵前线，以便参加大桥争夺战的时候，重庆报社驰电要我立即赶回伦敦，直驱美国旧金山去采访联合国成立大会。于是我乘护航舰，钻大西洋上的纳粹潜艇的空子，前往美国。后又在全美兜了个圈子，飞回伦敦，报道完英国大选后，奔赴波茨坦。

这一年，我拍了不少电讯，却没时间写通讯，因为无暇定下心来思考。那时，世界大事宛如过眼浮云。我就像个（不太合格的）气象报告员那样报报温度和风向。可我更渴望的还是去写我的特写通讯。因为那就不单纯是报道了，其中将包含我的感触体会，也容许我去描绘。

早在一九三四年，我就在《我与文学》一文中说过："如果在经历中我见到了什么值得报告给大众的，自己纵不是文人，也自会抑不住地提起笔来。如果我什么也不曾找到，至少在这大时代里，我曾充当了一名消息传达者。"

这里，还没出校门我就把传达消息作为起码的，也是最低的目标了。我对热门新闻一直兴趣不大，更不屑于重复新闻发布官所宣布的。那些自然会有人去拍发。我想根据自己的亲身观察体会来写。这也许就是我从事新闻工作的一个特点，是我从斯诺那里学到的。

回国时，我搭的是一艘蜗牛式的货轮。从伦敦到上海，它足足漂了三个多月。《南德的暮秋》就是在地中海上补写的。

入世以来，我一直持一原则：先克尽本位职责，再去经营个人理想。或者说：先完成起码的，再去争取较高的。决不能把个人兴趣放在前头，而忽略本位工作。在编副刊时，我就把写旅行通讯放在次要的位置，尽管那是我更想做的。同样，在我任驻伦敦特派员的那一年，我每天只顾得往重庆拍电讯，几乎抽不出时间写什么了。

曾经有人说我是当时西欧战场上唯一的中国记者。我想在此澄清一下。伦敦大轰炸期间，确实是这样的。可是诺曼底登陆，西线大反攻时，舰队街上已经有了由任玲孙主持的中央社。一九四五年在旧金山，除了中央社，还有来自重庆的其他同行。此外当然也有力量远比我们雄厚的路透、美联、哈瓦斯等西方大通讯社。我这孤家寡人怎样在这批膀大腰粗的竞争者当中进行工作呢？一九四五年八月欧战停战日那天，我正在旧金山采访联合国成立大会。喜讯传来，与会的四十七个国家的代表，自是群情欢腾。市内汽笛长鸣，探照灯的彩色光束在天空交织成绚烂的图案。一时万人空巷，素不相识的人们也欢快地搂抱在一起，翩翩起舞。一场浩劫终于结束了。可是接踵而至的，又将是怎样一个世界呢？

我感到新闻工作中，最枯燥乏味的是采访大会——尤其像一九四五年五月在美国旧金山开的那次联合国成立大会。举行了十分庄严隆重的开幕典礼之后，自第二天起，美苏就在大会程序问题上针锋相对地争了起来。首先争的自然是大会主席这把交椅。作为东道主，美国认为当然应该由他们担任。但莫洛托夫坚决不干。吵了几个小时，毫无结果。第二天，由英国外相艾登提议，干脆轮流担任。接着又争起参与国问题。自然也是互不相让。然后又争各委员会的主席。挨了十天，我实在不耐烦了。况且所有这些消息，各大通讯社反正都将会有闻必录的。

我一向厌恶重复，而当时的重复，代价还是极为昂贵的——发往重庆的海底电报要按字付款。我只能钻钻空子，找其他报社所没有或不会报道的拍。

在旧金山拍了那份独家消息（见《“独家消息”落手记》，收于《一本褪色的相册》第二百五十五至二百五十八页，天津百花文艺出版社一九八一年版）之后，我就说服胡老板，索性放我去美国各地转了一趟，然后搭水上飞机，赶回英国。大选结束，我又奔赴柏林，继续写关于欧洲的报道。

我先后去过四趟德国。一九四四年三月，我在莱茵一带看到败溃中的德国。转年七月，又来到投降后的德国。那年秋间，我搭乘一辆吉普车，在巴伐利亚转悠了十八天，踏访了战败后满目疮痍的德国。一九八四年我又重访德国。每次，都有一个幽灵紧紧地跟着我：希特勒。这个曾经不可一世而终于一败涂地的“元首”，是值得世上每个人——特别是掌握大权者——研究一下的超级反面教员。他是历史上罕见的暴君，又是个人野心的化身。

12 新《感应篇》

一九四四年美军第七军向莱茵推进时，我们这批随军记者住进一幢富丽堂皇的宅第。花园的池塘里居然还有座别致的假山，睡莲正开得茂盛。石径两旁是修剪得十分齐整的矮树篱。后来才得悉那曾经是铅笔大王法贝尔的私邸。据说本世纪初公司已经易手。书房好大啊！可是十分凌乱。主人大概心里有鬼，没等联军到来，仓促之间一家人就逃之夭夭。走时慌忙得把金牙也遗忘了，还躺在抽屉里，发着黯淡的光。

在莱茵河畔，我看到一位德国老先生佝偻着，跟在美国兵后边拾烟蒂。另一老妪则挎着篮子在地上捡着什么可以充饥的。

战争结束后，德国可以说是完全处于由胜利者瓜分的状态。苏联占东部，英占西北，包括重工业区鲁尔，美占萨尔地带和西南部。划来划去，只图自己合适。法占领区是后来由英美区硬拨出的残羹剩饭。我在《南德的暮秋》中用美占领区的阔绰来对照法占领区的寒碜。

进入柏林，我恍若来到了三十年代的天津——一座城市竟设有八国的租界。那时的德国首都，也被分成苏美英法四国的占领区。威廉街上的德国总理府就在苏占领区内。但这是每个来柏林的记者必去之地。周围已化为灰烬，这座罪恶的建筑却安然无恙。一九三三年希特勒上台伊始，就同死党希姆勒、戈林和戈培尔在这里兴风作浪，密谋称霸。我去的时候，大门前有苏联红军站岗。大厅里悬挂着的巨大枝形灯上的灯泡，早已被纪念品的猎取者们拧得寥寥无几了。谁都不甘心空手而归，到处寻觅可资纪念的。热门货是各种勋章。有人还啐了口黏痰在希特勒那把座椅上。

秋间采访纽伦堡审判战犯时，我顺便去了趟纳粹一伙的发祥地——慕尼黑。这原是同巴黎、罗马齐名的欧洲文化古城，如今竟蒙上了耻辱。好不容易才找到纳粹当政前歹徒经常聚集的那家啤酒馆，也去了臭名昭著的达豪集中营。一位只剩下骨头架子的、幽灵般的波兰籍前战俘一路指点着各种惨无人道的刑具。当年有吊死的，有被狼狗咬死的和毒瓦斯熏死的，还有死于形形色色的“科学”试验的。十二年间死于纳粹之手的，仅犹太人就不下五百万。光这一座集中营（而在纳粹占领下的欧洲共有上百所），登记本上就有三十六万冤魂，而达豪周围还有几十个附属的死亡营。我瞥见一间大仓库里堆满了死者的鞋：男鞋，高跟鞋，甚至童鞋。对一批犯人行刑时，歹徒们不但要其他犯人在旁观看，还逼人们在手风琴伴奏下唱歌。

13 历史的规律

对待战争，我很赞成“一反对，二不怕”这句名言：态度既鲜明干脆，又饱含着历史的智慧。

战争意味着破坏和死亡。除非是狂人，野心家，或正常人出于自卫，没有人愿意去尝试。然而古今中外，隔一阵子总会出现个把或一批狂人或野心家（二者其实是一码事），妄想骑在旁人头上作威作福。善良人或健全人总是先忍让。然而歹人既萌野心，就难有止境。

为了防止悲剧重演，第一次世界大战后出现了个国际联盟。它成立于一九二〇年。实际上，一九三一年它就寿终正寝了。那一年，日本关东军一举粉碎了人类那个美好的和平理想。一九三七年，他们索性大干了起来。一九四五年在旧金山联合国成立大会的记者席上，我一直在默默地思忖着：这回能成吗？

一九四三年在德黑兰和开罗，以及一九四五年在雅尔塔召开的几次大国会议，都是在调整相互利益的前提下，为战后世界画着蓝图。那时所设想的世界，纯粹是大国主宰的，小国仿佛只是无所作为的阿斗。当时既无所谓“第三世界”这个词儿，即使有，也不会被人放在眼里。那时所有的前殖民地国家一心一意都只想“物归原主”。英国不肯撤离马来亚，迟至一九四六年六月，它才退出印度。法国也想通过一个傀儡政权赖在安南。从一九四六年一直打到一九五四年，被打败了之后才撒手。荷兰也到一九四九年才承认印尼的独立。美国更是牢牢攥住太平洋那一串岛屿不放。托管有规定期限，它不干；一定要永久占领。

历史的进程最终并不听大国的支配。第二次世界大战之后，世界最大的变化就是亚非拉民族独立运动的风起云涌，第三世界的崛起。这绝对不是军事家如丘吉尔当年所能预料的，事实也完全违反了他们的意愿。中国不当超级大国，不称霸，坚决站在第三世界一边，是明智而正义的。

我曾以乐观主义者自诩过。根据我这八十年的经历，我并不认为这是一句空谈。八年侵略与反侵略战争，打出一个更加富强的中国。纳粹烧起的六年战火，烧出一个新欧洲。战争还在东西方都粉碎了旧世界的秩序，往昔的被奴役者纷纷敲碎桎梏，挺起胸，站了起来。这些当然是战争发动者始料未及的。对他们而言，是事与愿违。他们原想拖世界的后腿，世界却更前进了。

我是本世纪第十个年头出生的。一晃儿活到九十年代了。我并非生来就是个乐观主义者。一九六六年的夏天，我一度悲观过，以为世界将永为红色海洋所淹没。作为“臭老九”，我估计自己善终不了。我错了。我至今还算得上硬朗，甚至仍在写着东西。而当年那帮张牙舞爪的害人精的下场，却堪称现世现报、演出了又一本新《感应篇》。

我这辈子没少走曲折而崎岖的路。头上的天空时而浓云密布，时而冰雹交加，时而一碧如洗。无论国际上还是国内，芸芸众生都总像是在听任摆布。然而冥冥之中历史自有它的意志，它的规律。大国不能永远支配小国，大人也不能永远控制小人。这就是我的乐观主义的依据。

一九九〇年